中华文史故事 第三辑

◎张巨才 主编
杨羽 编著

公案故事

中州古籍出版社
·郑州·

图书在版编目(CIP)数据

公案故事／张巨才主编. — 郑州：中州古籍出版社，2019.1
（中华文史故事）
ISBN 978-7-5348-6998-3

Ⅰ.①公… Ⅱ.①张… Ⅲ.①历史故事-作品集-中国 Ⅳ.①I247.81

中国版本图书馆CIP数据核字(2017)第078147号

出版社：中州古籍出版社
（地址：郑州市经五路66号　邮政编码：450002）
发行单位：新华书店
承印单位：河南瑞之光印刷股份有限公司
开本：640mm×960mm　1/16　印张：18.5
版次：2019年1月第1版　印次：2019年1月第1次印刷

定价：32.00元
本书如有印装质量问题，由承印厂负责调换。

目 录

赵童生深夜造访　华八公酒楼断案……………………… 1
含冤受辱李贾告状　欲擒故纵青天判案……………………… 6
无赖偷鸡反蚀米　板桥巧审大青石……………………… 11
世人只知金钱好　贪心不足尽失了……………………… 15
小人苦心设诡计　判官神算辨真伪……………………… 18
李江只言泄天机　师爷片语点迷津……………………… 21
石碑落款判风水　柬帖七字改风云……………………… 24
暗道通奸难久长　谋杀亲夫罪不容……………………… 27
胭脂花绣鞋生是非　施公接状纸巧破案……………………… 31
公孙巧扮访乡里　包公明镜断奇冤……………………… 38
伽蓝殿和尚命归西　拾墨斗官爷抓真凶……………………… 43
更夫贪财杀人灭口　阎王审案县令不及……………………… 46
珊瑚坠引发皮熊案　杨大成冤魂得安息……………………… 51

农家女机智斗恶少　出家人贪色命归西 …… 54

含冤饮恨泪洒黄泉　歪打正着盗听真言 …… 57

芙蓉屏系落难情　相亲相爱莫相捐 …… 62

刘大人巧扮讨真情　白翠莲报仇杀恶棍 …… 68

孝妇几经尝苦难　挚友相帮助团圆 …… 74

倪青天私访生疑窦　万年轻酒后吐真言 …… 78

奸相当权忠良蒙难　主事位卑侠肝义胆 …… 82

旧势力难阻好姻缘　笨阿笨终难逃法网 …… 89

借首饰招来杀夫祸　隐奸情自食苦命果 …… 95

机关算尽太聪明　无辜受累凶化吉 …… 98

是鸳鸯棒打不开　有情人终成眷属 …… 101

猪首引出无头尸　贼人错偷无尸头 …… 114

风流情场无常　真情赤诚永存 …… 120

展南侠夜探通真观　假新娘落发出红尘 …… 125

科举场北方人落第　清廉官受牵连入狱 …… 130

十五贯戏言成巧祸　刘大娘苦心化泡影 …… 136

乱投医皇帝驾崩　吃红丸千古疑案 …… 144

遇女尸张柱遭陷害　执法度老臣受牵连 …… 149

祖业是福亦是祸　断案需法亦需情 …… 161

涂如松因妻得祸　杨同范由子丧命 …… 166

丑脸痴心骗美妻　天谋别人得便宜 …… 171

受人托携女完姻　龙颜怒恶惩昏官 …… 179

知生死先生枉告诫　三现身包拯解暗语…………………… 183

东邻含忿跨县告状　县令设计西邻就法…………………… 191

年近八旬娶少妇　美貌少妇善教子………………………… 194

玉英蒙冤绝处逢生　焦氏贪财罪有应得…………………… 203

六科未收兄弟分离　包公断案各得其所…………………… 214

科场案三上三下成正果　康熙帝三令五申正法度………… 222

两番冤狱谁主沉浮　一片诚心皈依佛门…………………… 231

除夕夜幼子寻母　风雪中狄公救妇………………………… 243

店主贪心偷梁换柱　两地县令优劣自明…………………… 250

痴心人跛腿求乞遭暗害　负义女攀权附贵下毒手………… 254

摆迷阵贺春帆机关算尽　消疑团狄仁杰技高一筹………… 264

父母官爱民不分多寡　借东风狄公巧破双谜……………… 274

不务正业被砍头　李吉误斩因画眉………………………… 282

赵童生深夜造访　华八公酒楼断案

故事发生在清朝咸丰年间湘潭地区的一个镇子里。初冬的夜晚，残月斜挂天际，华八公公的院落一片凄冷，只有北屋窗口露出一抹昏黄。华八公公是石门的老秀才，平日闲居乡里，以教书度日，在附近一带德高望重。此时华八公公正在油灯下潜心研读经书。

突然，一个年轻人推门闯入，倒地便拜。华八公公先是一惊，连忙起身，双手将来人扶起一看，原来是童生赵家国。赵生二十出头，就住在离石门不远的桥头浦，家中只有老母娇妻。赵生为人老实忠厚，常与华八公公有文章方面的交往。只见他哭道："华八公公一定救我！我蒙受不白之冤，跳进黄河也难洗清，还要赔一百两纹银。老母卧病在床，妻子寻死上吊，我也不能再活下去了。"

华八公公见赵生哭哭啼啼、言语混乱，便安抚他坐下，细细问个明白。

原来，昨天黄昏时分，赵家国顶着刺骨的北风到青山镇给生病的老母去抓药。返回途中天已全黑，赵生心中惦记着老母，急火火朝前赶路，忽听前边一个女子在呼"救命、救命"。赵生走近，那女子两手撑于腹部，不住声地喊痛，见有人来，连连哀求："相公，行行好，帮奴家一把，奴家就住在下边的山冲里。"赵生碍于天色已晚，男女授受不亲，且心中挂念老母，难于从命。可那女子苦苦纠缠，不肯放他前行："相公啊，积德行善，救人一命吧！神灵保佑你，父母高寿，进学中举！"

赵生原本心性敦厚，又见女子十分可怜，动了恻隐之心，便扶着她朝山冲里走去，进了山冲的茅屋。他扶着那个女子坐下后，便告辞要走。谁知，他刚刚转身，一个黑脸大汉手持利斧冲进门来，不问缘由，凶神恶煞般抓住赵家国的前衣襟，怒吼道："哪里来的野男人，竟敢深夜闯入民宅，奸污我妻子。今晚，不是鱼死就是网破。"一边说一边举起利斧又冲着那个女子喊道："好啊！我先杀死你这臭婆娘，然后让你们俩一起去见阎王！"赵家国被吓得目瞪口呆，魂不附体，忙上前死死拉住黑脸大汉，苦苦哀求。

这黑脸汉子名叫赵丁山，是本地出了名的恶棍，吃喝嫖赌，干尽坏事。这种混世魔王哪里听得进赵家国的分辩。他推开赵家国，恶狠狠地打了妻子两记耳光，然后指着赵家国的鼻子骂道："臭书生，你干的好事！这丑事你是要见官坏了名声,还是自愿写一份罚银一百两的字据?如果同意挨罚,明天正午到青山镇酒楼交银退字据,互不张扬,就算了事。不然,有你的好戏!"说着晃了晃手中的利斧,逼近一步。

赵家国平日里只是安生度日,没想到祸从天降。在赵丁山的威胁下,他只好写下欠条。

说罢,赵家国又无可奈何地掉下泪来。华八公公总爱打抱不平,听到这里,连连斥责赵丁山不务正业,赌钱成性,居然不顾天理,干出这等伤风败俗的事情,一定不能轻易让他得逞。于是,他劝慰赵生一番,然后,附在赵生耳边如此这般地说了一遍。赵生听后,欣喜若狂地连称:"妙计,妙计!"

送走赵家国,夜已很深,残月高挂夜空,冷清清地洒下一片白光。

第二天,赵家国按约来到青山镇酒楼。中午时分,酒楼内外热热闹闹,楼上楼下酒客络绎不绝,酒保们忙前忙后,端酒上菜。赵家国此时一改昨夜的狼藉之态,衣冠齐整,腋下夹着一个蓝色包袱,悠闲地走上楼来。在楼上一个角落处,赵丁山正鬼鬼祟祟地朝楼梯口张望。赵家国走到赵丁山面前,迅速拿包袱换回那张字据,然后悄悄把它揉成纸团张嘴吞了下去。赵丁山拿了包袱,得了银两,心里暗自庆幸,所以并没注意赵家国吃了那张字条。他自顾自地准备下楼,再去赌场开心。

忽听，背后有人大喊大叫："抓扒手，我的包袱，我的银子被偷了。"这一声喊，闹得整个酒楼顿时哗然。赵丁山正心下高兴，无意理会旁边的动静，径自往楼下走。迎面正碰见华八公公和两个酒友把他拦在楼梯口。

赵丁山本来想发火，只是心中有鬼，就压压火气，道："各位借光，我有急事。"

华八公公走近两步，微微一笑，道："客官说得有理，大家的事情都很急，只是楼上有人丢了银两，不弄个清白出门都不便交代，各位朋友是否同意老夫愚见？"说着朝众人环视一周。围观的酒客都连称："有理，事情没有结果之前，谁走下楼都脱不掉干系。"

这时，赵家国迎上前来，凄惨惨地说："晚生的纹银整一百两，不幸被人扒去，此乃家母养老之银，请各位帮忙。"

酒客们个个摩拳擦掌，要抓住扒手，狠揍一顿。赵丁山自然不能逃脱。酒保挨个查问，最后在赵丁山身上找到那个蓝布包袱。赵丁山并没有惊慌，这个狡诈的无耻之徒强词夺理，道："银子也没有号明是谁的，凭什么说我这银子就是那后生所丢之银，拿出证据来，否则，别怪我赵某的拳头不认人！"

华八公公制止了酒楼上的喧哗，正视着赵丁山和赵家国，满面笑容地说："有话好讲，不必以武力威胁。这银子属谁，终会有个公判，请两位各拿出证据。"

赵丁山不知华八公公用心，自以为事情有转机，满口同意华八公公的明判。华八公公要来文房四宝，开口问："黑汉子姓甚名谁？家住何处？以何为生？银两从何而来？有何标记？"赵丁山不假思索，随口答道："我姓赵名丁山，家住西阳冲，经商为生，纹银百两乃经商资本，外用两层禾草纸包裹，可以查看。"几个酒客看后，果然如此，赵丁山更加得意。接着，华八公公又问赵家国，赵家国也如实报上："晚生赵家国，家住桥头浦，童生出身，此百两纹银乃老母之资。用双层禾草纸包裹，第二层上写有'寿比南山'四个字，每锭银子上都用小刀划有'寿'字细纹，烦请诸位查看。"

酒客便打开禾草纸，果然与赵家国所说完全一致。顿时，群情激愤，就要把赵丁山扭送官府，赵丁山见势不妙，连连哀求华八公公饶命。华八公公面沉似水，严厉斥责赵丁山："你不努力进取，沉溺于恶习，实该送衙门管教，你若能改过自新，就可免你这次。但是，你要把所犯之罪写在纸上，呈给县衙。日后再犯，绝不轻饶。"

赵家国讨回纹银，又讨得公道，心中欢喜，再三拜谢华八公公。老人摆手制止，挥袖而去。

含冤受辱李贾告状　欲擒故纵青天判案

清朝嘉庆年间，百文敏在江西任职，当时人称"百青天"。

这一天，百文敏接到一份状纸，是李家庄的李贾状告其弟李兴独霸家产的案子。百文敏阅罢传李贾上堂，细细查问一番。

原来，李氏兄弟二人，父母早亡。李家祖上贫困潦倒，没有一分亩产，也没有留下任何积蓄。兄弟二人就靠租种几亩薄田维持生活，苦度光阴，相依为命。这一年，江西一带许久没有下雨，田里颗粒无收。遇到这样的大旱灾年，原本勉强过活的贫苦人家就更无力苦守着田园过日子了。实在没有出路，为了生活，为了抚养幼弟，李贾就东借西挪凑了些本银，独自一人到汉口一带去做生意。

李贾靠着薄利多销、童叟无欺，生意倒也做得平稳。经过几年的经营，省吃俭用，还掉借来的本银，竟然还赚下了一些钱。他一面寄银钱回家买地置办房产,一面寄银钱供养弟弟继续读书,日子过得一天天好起来,生意也日渐有了基础。但是李贾一人常年在外面奔波劳碌总不是个长久的办法。叶落归根,李贾心里盘算着回家乡安度晚年,便把店铺盘出去,打点行囊兴冲冲回到李家庄。谁知李贾刚刚到家门口,其弟李兴竟翻脸不认兄长,喝令家人把李贾扫地出门。

李贾被当头泼了一盆凉水,竟浑然不知发生了怎样的变故。他在外经商多年,家业不断兴旺,曾使他心中颇感安慰,且弟弟已经长大成人,长兄的责任已经尽到,满以为可以过几年清闲日子。万万没料到,弟弟李兴居然忘恩负义,住着自己披星戴月、流血流汗置下的房屋,占着自己风里雨里苦熬得来的田产,使奴唤婢、吃饱穿暖,竟把兄长赶出家门,独霸其田产。李贾不明白这是为什么,细细想来,不禁老泪纵横。现在汉口那边的店铺已经盘出去,他又一次成了无家可归的人。所不同于前次的是此时的李贾已经老了,再重打锣鼓另开张谈何容易,怎么办?他想:去告官,可是田园契据都在李兴手里,自己没有任何证据,官府只看凭证,不重别的;不告吧,这口恶气,这一肚子的委屈还有后半生的生活,会把他彻底打垮。左思右想,徘徊数日。早听人说这里有个"百青天",抱着试一试的态度,李贾托人写了一张状纸,求一个公平。

百文敏看罢状纸,又见李贾一副老实巴交的样子,心下想：他倒不像个狡诈之人。但是条件却对他不利，他没有任何证据证明田产是他的，这个案子着实得费一番周折。于是，传令："带李兴上堂。"衙役从堂下带上一个年轻书生，上得堂来即向上叩头："拜见大人。"

百文敏一拍惊堂木："呔！下面可是被告李兴？"

"正是。"李兴沉稳地答道。

"你家兄长状告你霸其家产，且不行仁义，将其赶出家门，可有此事？"百文敏捕捉着李兴的每一个表情。

李兴一口咬定说："回禀大人，家中财产全是小生自己一手操持置办的，与兄长无关，不信有契约字据可以做证。"说着从口袋中摸出一大把字据来。

百文敏看过字据，转向李贾问道："你告李兴可有凭证？"李贾无可奈何地低下头。

百文敏朗声道："此案证据不足，难以定案，退堂。"

过了几天，不见官府音讯，案子似乎石沉大海了。李贾有苦难言，只好认命。这样一来，李兴心里暗自得意：人家都说百文敏是"百青天"，原来不过如此，连一桩小小的案子都断不清，看来是徒有虚名。

事情刚刚平静下来，日子依旧过得没有什么新奇。忽一日，李家门外来了几个差役，不容李兴分说，将其押到衙门。李兴上得堂来，百文敏将惊堂木一拍："呔！你可知罪？"李兴丈二和尚摸不着头脑，战战兢兢地问："大人，小生何罪之有？""还装糊涂！本县刚刚查获一桩盗窃案，堂下盗贼已供认，赃物全部窝藏在你家中，你枉为读书人，竟勾结盗贼干出此等无法无天之事，还不从实供来！"

李兴一听吓得浑身发抖，连连替自己开脱道："回禀大人，小生从未有过这等行为，一直居家读书，不曾与外边有任何往来。兄长李贾常年在外经商，走南闯北，结交不三不四的朋友，或许此事与他有关，请大人明察。"

"呔，大胆李兴还想抵赖！"说着就要下令责打。李兴忙说："大人，小生无半句虚言，想那家中财物都是李贾一人所为，与我无关，只是他委托我代为保管。这窝赃之罪，自然应当由他来承担。"

"嗯，这样说来，所有家产都是李贾一人的？"

"一点不错，小生不敢欺骗大人。"

"你可敢当堂对证？"

"当然！"李兴忙不迭地回答。

"那好，你把全部财产报将上来，本县要据实查收，不得有半点虚报。"

李兴为开脱自己，把所有家产当堂具结，心中得以轻松。

忽听百文敏厉声呵斥："大胆李兴，枉读诗书，竟敢霸占兄长田产，丧尽天良，国法不容，革去生员，家产全部归还李贾。传李贾上堂。"李贾原以为告状一事已经没有希望，

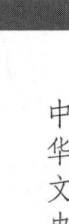

听衙门传唤急急上堂,听候百大人发落。李贾得知收回全部田产连呼"百青天"。李兴被轰出公堂。

百文敏不愧为"百青天",他欲擒故纵,使兄弟善恶一目了然。

无赖偷鸡反蚀米　板桥巧审大青石

提起郑板桥,可谓是家喻户晓,尽人皆知他在诗、书、画等方面有着极深的造诣。但是,他早年生活贫困,做过塾师,卖过画。直到四十四岁才得中进士,出任山东一些小县的县令,在十二年的仕途生涯中留下许许多多动人的故事。

就在郑板桥从范县调到潍县任职的第五天,就巧妙地处理了一件恶棍们故意起哄的案子。

这天,郑板桥有事外出。晌午时分,轿子到了衙门前,却走不动了,只听前边乱喊乱叫。郑板桥吩咐"落轿",轿子稳稳当当停在街心。他走出轿子要看个明白。

原来,衙门前围着一帮人,他们一边高声喊着"迎接县太爷",一边故意堵住衙门口。由于这街道两旁有些小贩做生意,买卖人见势不妙急着躲避,其中一个卖稀粥的老汉被人群一拥,粥罐不偏不斜地砸在一块七棱八角的大青石上,罐破粥流。一个满脸胡子的家伙一把揪住老汉,那帮人趁机大吵大嚷，把县衙前弄得一团乱。

郑板桥见状，心中已经明白七八分。然后，他走上前去，问道："你们都聚在此处吵闹是何道理？"话音刚落，那个屠夫模样的大胡子立即揪着卖粥老汉走上前，答道："启禀老爷，为迎接新老爷上任，小的们正在此迎候，偏这老儿故意扰乱……""老爷开恩，小老儿实不是故意滋事。我家中老小全靠我卖粥度日，今日不知哪个缺德的将小人绊倒，粥罐已碎，全家都得饿肚子。小老儿冤枉。"只见老汉边说边落下泪来。郑板桥看着老汉，心中觉得可怜。就在此时，一个肥头大耳的财主上前朝郑板桥深鞠一躬说："小人看得明白，这老汉确实是被东西所绊。老爷明鉴，实在该给百姓主持公道。"郑板桥上下打量了胖财主一眼，问道："既然你亲眼所见，可知是哪个做此缺德之事？"胖财主故意拖着长腔，指着那块糊满粥的青石说："禀告老爷，是这块作孽的大青石！"胖财主话音刚落，别人也随声附和，衙门前又吵闹起来。

此时，郑板桥已猜出他们的用意，心中也有了对策，便郑重其事地问道："这么说来，是这块石头惊扰了本县？""确实如此。"胖财主连连说。"谁人做证？""小的们亲眼所见。"胖财主身后一帮人附和着。"那好，本县今天就审审这块石头。"郑板桥吩咐左右，"把这罪魁绑上公堂。"随后又叫那些目击者上堂做证。

于是，郑板桥一行人呼啦啦拥入衙门。没多长时间，郑板桥升堂审石头。大堂之上，一边跪着卖粥老汉，一边是那块大青石，两旁站着证人们。郑板桥端坐堂上，用手指点石头，问道："好可恶的石头，你因何将老汉的粥罐砸破？给本县从实招来！"堂下众人面面相觑。郑板桥一拍惊堂木："来人，先打它四十大板！"衙役们遵命行事，公堂之上一片石木相撞之声。两旁的豪绅、地主、流氓们挤眉弄眼，偷偷发笑。郑板桥斜了众人一眼，大声发问："你们是当证人的，不听本县审案，何笑之有？"堂下乱糟糟地答道："县太爷明镜高悬，赏罚分明。可惜，这块石头不能讲话，就是问上三年五载也不会有结果。""噢！这石头不会讲话吗？那么它可会行动？"众人自作聪明乱答道："天生的死物，没有生命，不会讲话，也没长腿。""住口。"郑板桥厉声喝道，"它既无嘴又无脚，怎能欺负这卖粥老汉，成了该案罪魁祸首呢？分明是你等心存不轨，嫁祸于它，欺瞒本官。我今日绝不轻饶你等！"然后命令衙役："这帮无赖，一人赏四十大板，轰出堂去！"

这一声令下，恶棍们纷纷求饶，谁都害怕吃板子。郑板桥自有考虑，见这帮人个个磕头如鸡吃米，便吩咐左右端来一个大筐箩摆在堂前，问："你们既不愿挨打，可愿挨罚？"恶棍们连称"愿罚"。"那好，你们哪个不愿受刑，就在筐箩里留下赎罪钱，此事就算了结。"郑板桥指着那个堂前的笸箩说。

　　这帮地痞无赖个个怕挨打，纷纷扔下钱，逃出公堂，真是偷鸡不成蚀把米。那一大笸箩钱，郑板桥送与卖粥老汉以续炊米之资。

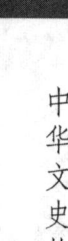

世人只知金钱好　贪心不足尽失了

迎客来酒楼在夕阳余晖中矗立街角，酒客进进出出着实热闹。每到此时，酒楼都在一天结束前达到生意的高峰。

随着最后一抹斜阳退出天际，酒楼迎来一天的傍晚时分，也就是酒客们酒足饭饱后离去、酒楼寥落的时光。酒保小三仍忙碌地收拾着桌上狼藉的杯盘。当他打扫靠窗户的一张桌子时，发现在桌子的横档上挂着一个褡裢袋。拿起来一看，袋子里有两枚银洋和几十文铜钱。小三生性老实，酒客丢失钱物他都小心保存以便失主认领，于是他又像往常一样把褡裢袋拿进去放好。

过了没多久，门外急匆匆奔进一个中年人，他东瞧瞧、西看看，像在寻找什么东西。小三迎上前一问，那中年人说他丢了一个褡裢袋，袋中还有钱。小三弄清之后，便取出那个袋子原物奉还。那中年人接过袋子不但不道一声感谢，甚至看都没看一眼袋中之物，便冲着小三大喊："哎呀，我袋中的钱哪里去了?"他朝袋中抓出两枚银洋继续说:"这不对,我袋中原来有四十枚银洋,二百多文铜钱,现如今只剩下这一点点?一定是你拿去了,快拿出来。"小三一番好心,想不到被这中年人反诬一口,顿时不知如何回答,只是连称冤枉。中年人以为得势,就变本加厉地大喝大叫,凶得不得了。被他又吵又闹,酒楼外吸引了一大群好事者。

正巧,刘知县的轿子路经迎客来酒楼,听见楼内吵嚷,又看见酒楼门口人群拥挤,便命令衙役:"落轿。"大轿停稳,刘知县要进酒楼去看个明白。

众人一见知县大人到,忙行礼拜见。那中年人便连喊"冤枉"。刘知县命中年人从实讲来。中年人道:"小人今日午后在此吃酒,随身带有褡裢袋一个,内中装有银洋四十枚和二百多文铜钱。因小人贪杯,多吃了些酒,将褡裢袋忘于此处。再寻时,袋中只剩下这两枚银洋和一些铜钱。请父母大人为小人做主。"那中年人不慌不忙道出事情经过。刘知县不动声色,问道:"你的褡裢袋放于何处?"中年人答:"挂在桌子的横档上。"一面说一面用手指给刘知县等人看。刘知县又转向酒保小三问道:"他刚才所说可是实情?"小三忙答道:"袋子挂在横档上不错,是我亲手取来保存的,可袋中钱物只有现在这么多,小人不敢撒谎。"刘知县听到这里,当即板起面孔训斥酒保:"开店迎客,理应小心伺候;客人失落之物,原该奉还,怎好从中暗算?不过,这次念你初犯，家境也不富裕，本县替你补上赃银，以后不可重犯。"小三有苦难言。刘知县说着，命衙役们取来三十八枚银洋放进那个褡裢袋里。那褡裢袋本来就不大，此时鼓鼓地放于桌上。刘知县又转身对那中年人说："这些银钱还给你，以后好自为之。"那人一见顿时眉开眼笑，一边称是，一边就要拿着褡裢袋离去。

忽然，背后刘知县喝道："慢走！你且把褡裢袋照原样挂在横档上给我们看看。"一听这句话不要紧，那中年人顿时变了脸色，拿着褡裢袋怎么也放不好。原来，当初的褡裢袋里银钱不多，挂在横档上，两端往下垂，放得十分牢靠；如今，被那四十枚银洋塞得满满的，好像一块圆木头，稍微一动，袋子里面的银钱就会滚出来，更不用说把袋子挂在横档上。所以中年人弄得手忙脚乱，却怎么也挂不上去。

一旁众人都在暗中窃笑。刘知县板起面孔说："你说你袋中有四十枚银洋、二百余文铜钱，而当初又确实挂在横档上，可见你的袋子一定很大；如今，这里却只是小袋，塞满钱却又挂不上。如此看来，此袋并非你所失之物，你自去他处寻找吧。这袋还与酒保。"说完，取出袋中的三十八枚银洋，然后把褡裢袋交与酒保保存，又叫众人散去。他出门乘轿扬长而去。

可见为人做事不可太贪，不然只能自己搬起石头砸自己的脚。

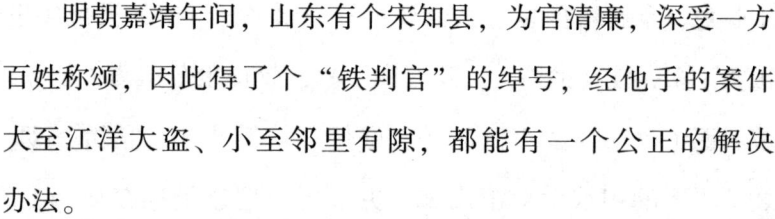

小人苦心设诡计　判官神算辨真伪

明朝嘉靖年间，山东有个宋知县，为官清廉，深受一方百姓称颂，因此得了个"铁判官"的绰号，经他手的案件大至江洋大盗、小至邻里有隙，都能有一个公正的解决办法。

一天，"铁判官"审理完一件案子，正要退堂，衙役来报，门外有人喊冤告状。

"传告状人上堂。"宋知县吩咐道。

不多一会儿，告状人被带上大堂。宋知县仔细审视来人，见来人皮肤白净，眉目还算端正，衣冠不很华丽倒也整齐干净，年纪约在三十岁。便开口问案："来人状告何人？有何冤屈之事？"

"启禀县太爷，小人姓孙名贵，在城南关开布店谋生。与木匠铺的张乾为邻，平日相处和睦，互帮互助，只因去年张家生意清淡，张乾手头不宽裕，曾到小店借钱，说好半年为期。可是现今已经一年有余，张乾仍然没有还钱的意思。今天我去他家讨取借款，不料张乾赖账不还，还拒不承认曾借钱之事。望大老爷给草民做主，替小人追回银两。"孙贵一五一十细细呈词。宋知县接着问："孙贵，你借给张乾多少银两？可有凭证？"孙贵一边回答一边递上一张三百两银子的借据。

衙役把一张纸呈给宋知县，知县接过细看，只见借据写得明明白白，借贷双方落款明了，而且还有两个中间人的签字。宋知县心中有些盘算，便抬头问："中间人尤六成和金子羊何在？""我已把他们请来，现在门外听候传唤。"孙贵见事情有门儿，连忙回答。宋知县吩咐下去："传证人进来。"

一会儿，两个中间人被带上大堂。只见一个肥头大耳，是个中年人；另一个五十多岁，矮小干瘪，唇上还留有两撇小胡子。两人分别报上姓名。其中的小老头就是金子羊，平时靠给人抄抄写写维持生活，那个中年人是城中一个肉铺的掌柜。然后，知县大人又命衙役去把被告木匠张乾带上大堂。

张乾走上堂来，莫名其妙，不知所以。忽听宋知县说："张乾，现在孙贵告你借钱不还，可有此事？"张乾连连摇头，口称："绝无此事。"宋知县面有怒色，用手举起那张借据说："这借据上签名可是你亲笔所书？""小人冤枉，小人从未向孙贵借钱,哪里会有签过名的字据?"张乾更是丈二和尚摸不着头脑了。宋知县不动声色,命人:"笔墨摆下。张乾,写下你的名字。"

张乾写好后呈上,宋知县仔细与借据上的笔体对比,两个签名分毫不差。孙贵等人从知县脸上掠过的一丝狐疑中感到此案获胜有望,正心中暗自得意。哪料知县一声吩咐:"将原告孙贵、证人金子羊和尤六成三人分开站好,每人一张纸、一支笔写下张乾借钱的时间,是上午、还是下午或是晚上,三人不得交头接耳!"

这一招把孙贵、金子羊和尤六成三人吓得惊慌失措,不知如何下笔。宋知县目光如剑冷冷地盯视着他们。大堂之上静寂无声,空气仿佛凝固了一般。终于,孙、金、尤三人自知理亏,连忙跪下,磕头求饶。

原来,这几年张乾生意越做越红火,家业兴旺,孙贵见张家买卖亨通,便眼红人家,于是和金子羊、尤六成二人合计想坑害张乾。金、尤二人也早有此心,于是三人一拍即合,由金子羊仿照张乾的笔体,做了一张假借据,所以才会有上述公堂之上的闹剧。

李江只言泄天机　师爷片语点迷津

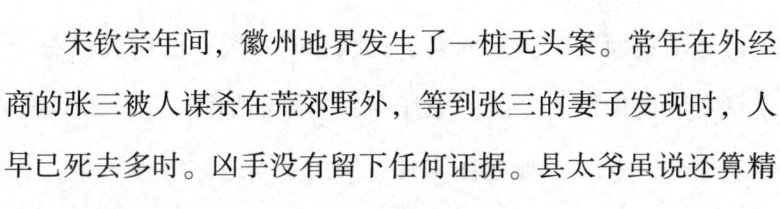

宋钦宗年间，徽州地界发生了一桩无头案。常年在外经商的张三被人谋杀在荒郊野外，等到张三的妻子发现时，人早已死去多时。凶手没有留下任何证据。县太爷虽说还算精明，这次却也束手无策。

原来，张三常年和好友李江在外地经商，这次回家探亲之后，又准备出发了。前一天晚上，两个人在李江家喝酒，并且约定第二天五更时分，张三到李江家去喊他，然后两人一同上路。第二天一早，天边刚泛起鱼肚白，张三的妻子被一阵急促的敲门声吵醒，接着就听到李江急促的说话声："大嫂，快快开门！"

张三的妻子天不亮时送走丈夫，此时刚刚睡去，迷迷糊糊穿好衣服，出去开门。只见李江大汗淋漓，急火火地问她："大嫂，张兄跟我约好五更时分到我家会面，怎么现在还不见行动，此时天已大亮，恐怕来不及搭第一班船了，快

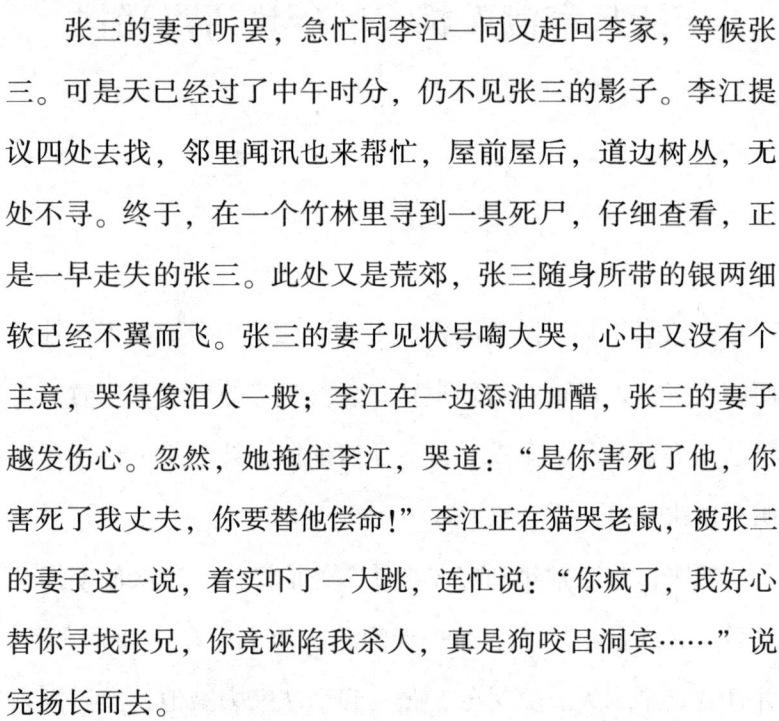

快叫醒张兄才好。"张三的妻子大吃一惊,顿时睡意全无,连忙解释道:"张三很早就去了,怎么会没到你家?"李江又说:"没有没有,要是早去找我,我怎么还会来寻你呢?"

张三的妻子听罢,急忙同李江一同又赶回李家,等候张三。可是天已经过了中午时分,仍不见张三的影子。李江提议四处去找,邻里闻讯也来帮忙,屋前屋后,道边树丛,无处不寻。终于,在一个竹林里寻到一具死尸,仔细查看,正是一早走失的张三。此处又是荒郊,张三随身所带的银两细软已经不翼而飞。张三的妻子见状号啕大哭,心中又没有个主意,哭得像泪人一般;李江在一边添油加醋,张三的妻子越发伤心。忽然,她拖住李江,哭道:"是你害死了他,你害死了我丈夫,你要替他偿命!"李江正在猫哭老鼠,被张三的妻子这一说,着实吓了一大跳,连忙说:"你疯了,我好心替你寻找张兄,你竟诬陷我杀人,真是狗咬吕洞宾……"说完扬长而去。

张三的妻子不肯罢休,到大堂下击鼓喊冤。县太爷升堂问案,张三的妻子又没有任何证据。县太爷这下犯了难,审来审去,只好暂时搁在一边。退下堂来,县太爷紧锁眉头,茶饭不香。正巧,师爷来见。县太爷把案情说给师爷听,看他有什么好主意。谁知道师爷听罢微微一笑,对县太爷说:"您该如此这般……"县太爷被师爷的一席话说得眉开眼笑,只等第二天升堂抓凶。

第二天，县太爷把其他案件搁置在一边，升堂审问张三被谋杀一案。他吩咐道："带张三妻子和李江上堂。"不多时，便将李江等人带到。县太爷开口就说："张三与你约定，那天一早到你家会面可有此事？""正是。"李江对答自如。"张三届时未到，你到张家去叫他，也是事实？""是这样，一丝不差。"李江面不改色。县太爷听从师爷的话，步步紧逼："那么我再问你，你到张家去找张三，为何开口不叫张三开门，偏偏叫张三的妻子来问话？难道你已经知道张三不在家中不成？"这一问，吓得李江目瞪口呆。县太爷继续逼问："李江，事实是否如此？"李江此时瘫软在地，承认了谋杀张三的罪行。正是李江谋财害命，他约出张三并将其杀死在竹林之中，然后又假意去寻张三，在旁观者面前喷上一层迷雾。县太爷厉声呵斥："李江谋财害命，画押认罪，等候处决。"

可见得万事一例，来不得半点虚假。自以为谎言劣行天衣无缝，谁知一句话泄露天机。正如常言所说："要使人不知，除非己莫为。"

石碑落款判风水　柬帖七字改风云

绍兴府会稽县地界有座小山头,为争夺这块地闹出过一段故事。原本这山头是李家祖业,世代属李家管理。适逢一年,此地来了一个风水先生,放出风声说这山头风水好,如果谁能在上面安置祖坟,后代子孙便可以飞黄腾达。这话传到邻近张员外耳朵里,张员外便打起了坏主意,强说这山头是他家的产业,上面有张家的祖坟。于是,两家为这个小山头打起官司来。

一天,衙门传下票子,要两家人随同县老爷当场查勘。县老爷一到,下令破土验证。果然在山头的左边挖出一通石碑,石碑上书"张公某某之墓",下面的落款是"大明万历甲子年立"。随行人等见此情形,纷纷议论。县老爷也觉得事情已经弄明白,就传下话来:"改日听候判决。"然后打道回府。

县老爷刚刚进府,书童就送来一张柬帖,县老爷随手打开一看，上面只写着七个字"万历皇帝无甲子"。县老爷正在为今天办事顺利心中自在，这七个字给他当头泼了一盆凉水。他急忙去翻看万年历书，上面载万历皇帝癸酉年登基，在位四十八年，果然没有换过甲子。县老爷心里顿时明白了八九分，原来那通墓碑是假的。张家耍了手段，欺瞒了众人。

次日，县老爷气冲冲升堂问案，传张、李两家人等上堂再审。张员外眼见风水宝地唾手可得，神气十足。谁料想，上得大堂，县老爷冷眼斜视，问道："张翁，你身为乡绅，为何做假证，欺骗本县？"张员外一听，忙辩解道："小民不敢，墓碑出土，是老爷亲眼所见，小民怎敢作假？"县老爷又问："墓碑何年所立？""万历甲子年立！"张员外不假思索地回答。

县老爷拍案怒斥："万历皇帝无甲子，你当我是无知小儿，你自己去看。"说着把万年历书扔到张员外面前。张员外自知事情败露，却不知为何败得这么迅速。

原来，这张员外想夺那个小山头，又苦于无证据，他为了达到目的，就挑了一坛好酒、一个猪头去求县衙的师爷帮忙。谁料到这师爷对张员外的行为极其厌恶，他虽然没有明说，心中却有了盘算。见张员外厚着脸皮，一副无赖流氓样，他心想：这种人也算知书识礼，得让他栽个好看。便凑过去在张员外耳边低语一阵，说得张员外心花怒放。然后，

师爷又补充说:"这事,年代太远了不好,太近了也不好,依我看不近不远,就写万历甲子年。"于是,那张员外如获至宝,也没有细细思量这话中的奥妙,急忙回家,连夜做成一通石碑,叫人抬到小山头上埋好,也就是县老爷派人挖出的那一通。正是这通石碑令张员外狠狠地摔了一跤。至于县老爷收到的帖子,不必说,也是师爷一手操办的。

暗道通奸难久长　谋杀亲夫罪不容

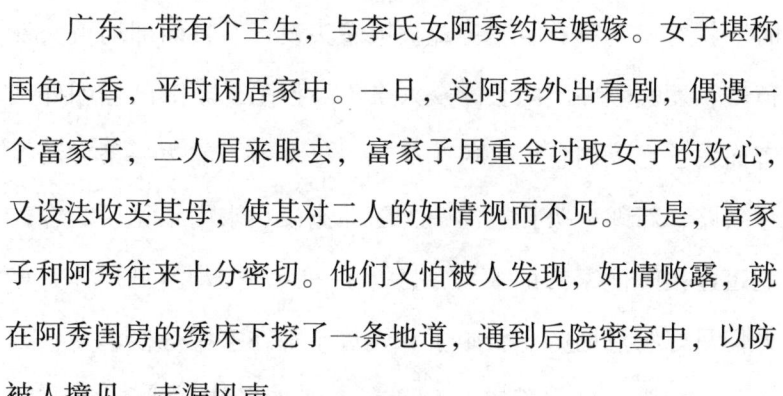

广东一带有个王生，与李氏女阿秀约定婚嫁。女子堪称国色天香，平时闲居家中。一日，这阿秀外出看剧，偶遇一个富家子，二人眉来眼去，富家子用重金讨取女子的欢心，又设法收买其母，使其对二人的奸情视而不见。于是，富家子和阿秀往来十分密切。他们又怕被人发现，奸情败露，就在阿秀闺房的绣床下挖了一条地道，通到后院密室中，以防被人撞见，走漏风声。

不久，王生考中秀才，派媒人到阿秀家约定婚期，以完成洞房花烛这一人生快事。这下急坏了富家子，他急急忙忙来到阿秀家中和阿秀母女商讨对策。富家子心狠手黑，他要阿秀母女诱骗王生入赘李家，然后伺机杀死王生。母女二人贪图银钱，竟然允诺。阿秀的母亲告诉媒人说："王生家中已经没有了父母，老妇膝下也正好没有儿子，两下都没有依靠，如果王生愿意入赘，两家合一家互相有个依靠。不然，只好等到老妇死后女儿才能嫁过去。"媒人告诉王生，王生欣然同意。婚期定在四月，准备选个好日子完婚。

到了成亲的日子，亲朋好友都来贺喜。王生更是高兴，安排宾客入席后，自己兴冲冲地到新房和新娘子相对饮酒。当时，新房内只有新娘子独自一人坐在床边，王生举杯请酒，新娘子也十分大方，不像未出阁的女子羞羞涩涩，竟然拿起酒杯自己斟酒回敬王生。厅堂之上，宾客们也正值酒酣耳热之际。忽然，听到新房之内一声惨叫，大家正在惊骇之时，就看见新郎衣服整齐却披散着头发，而且面部均被头发覆盖，发疯般冲出门去。众人来不及拦阻，新郎已经朝外飞奔而去。客人们急忙去追，追了一里多地，前边一条大河拦住去路，新郎一头扎进河中，随即淹没在水中不见了。客人们迅速招呼渔家帮忙救人，打捞了一天一夜却不见尸体。客人们只好叹息而归。新娘子和她母亲都在家中等候消息，二人面色慌张，坐立不安，看到有人回来报信，就急忙询问。还不等来人把情况讲完，新娘子就号啕大哭，并且絮絮叨叨地说："夫婿正在房中饮酒，忽然发疯般冲出门去。我不知怎么办才好，料想他出到外面亲友们会阻拦他，岂料想，你们听凭他投河而死，现在连尸体都找不到。一定是你们把我的夫婿害死了。"众人一听此话都不便再说什么。新娘子母女不肯罢休，于是告到官府。官府审问众宾客，众人都说："大家在仓促之间来不及防备，追又没追上，事情出乎意料，哪里有亲朋好友见死不救的道理呢？况且，当时所在的并非一两个人。"官府审问新娘子母女，更是一无所获，她们只是哀求找回尸体。一条大河，源远流长，打捞尸体是没有可能的。此案只好被封入卷宗。

不久，此地换了一任地方官，这个新官素有清廉居正的美名。他上任后，整理查处前任移交的案子时，发现王生投河一案值得研究。于是他翻阅了所有相关资料，经过反复推敲，终于恍然大悟，细想想：新郎投河反而诬陷客人，此用意不在诬陷，是想让客人证实新郎的确是投河而死。可是，客人们所供新郎当时是披头散发，但是衣履如故。这里面必定有缘故。于是，新地方官微服私访。他扮作算命先生，来到新娘邻居处询问。邻人说："李家经常有个富户子出入，以往没听说他们有什么沾亲带故的关系，只是近来来往十分密切。"地方官又问："听说新娘的夫君在新婚之夜投河而死？""确实如此，我亲眼所见，只是当时王生的脸被头发蒙住，匆匆奔往门外。"邻人非常惋惜地叹了口气。地方官心中明白了八九分，于是又问："这个富家子现在何处可见到？"邻人回答说："今天我还看见他到阿秀家中去了。"

地方官告辞回府，改换了官服，带领三班衙役突然闯进阿秀家，并且包围了前后门进行搜查。家中只有阿秀母女二人。地方官抬脚直奔阿秀的闺房。老妇人横身拦住说："这是寡妇的房间，三尺孩童不许进入，何况县太爷身为百姓父母,难道不知道礼仪吗?"地方官微笑作答:"我要为你女婿申冤了,你不必紧张。"老妇人又说:"如果大人进去而无所获,又该怎么办?"地方官不予理睬,示意衙役把老妇人拉出去。

地方官进入阿秀卧室,只见屋内摆设精致洁净,都是日常所用之物,没有什么可疑的。当他的目光停留在那张绣床上时,眼前掠过一丝光芒。地方官弯腰向床下看去,发现有一双男人的鞋,再细看床下有一个暗道。他回头看阿秀,见她吓得面如死灰,芳容大变。地方官招呼衙役从地道穿行而出,来到一个密室。在密室的角落里,有一个少年躲在那里。衙役们捉住少年,推开房门走进院子里,看见地上有新挖的痕迹。众衙役在地方官的指令下,掘开地面,里面正是王生的尸体。虽然尸体已经过了一年却没有腐烂,喉间的扼痕仍然清晰可辨。

地方官带领衙役押解着阿秀母女,带了王生的尸体和那个富家子打道回府。次日,开堂问案,只过一堂,凶手就供认罪行。此后,众人才知王生酒后被新娘子和奸夫一起掐死,把尸体从地道抬到后院,趁夜深人静时悄悄掩埋。投河的人并非王生,只是富家子用重金买通的同伙,他熟悉水性,假扮新郎投河后到一方自在去了。只可惜,王生刚刚金榜题名,却在洞房花烛时被杀害。

胭脂花绣鞋生是非　　施公接状纸巧破案

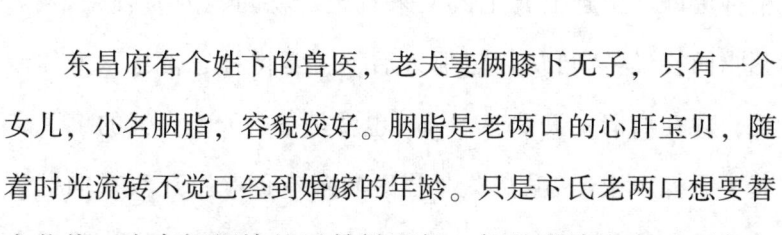

东昌府有个姓卞的兽医，老夫妻俩膝下无子，只有一个女儿，小名胭脂，容貌姣好。胭脂是老两口的心肝宝贝，随着时光流转不觉已经到婚嫁的年龄。只是卞氏老两口想要替女儿找一个高门望族的子弟做配偶，但是世族人家看不起卞家的门第，因此胭脂年已及笄还没有定亲。

对门住着龚氏夫妇，妻子龚王氏为人轻狂，喜欢开玩笑，是妇女们房中聊天说地的伴儿。有一天，胭脂送龚王氏到门口，看见一个后生从门外经过，身穿白衣，头戴白帽，一派洒脱丰采。胭脂芳心为之所动，又目送白衣人远去。龚王氏见胭脂心驰神往，逗她说："凭你的容貌得配那个后生，可也没什么遗憾的了。"胭脂听了，自知失态，脸颊涨得通红，讷讷地说不出一句话。龚王氏又问道："可否认识这后生？"胭脂摇头回答："不认识。"龚王氏借机又说："这是南苍中的鄂秋隼秀才，是已故鄂举人的儿子。我过去和他同乡，所以有旧。世间的男子，像他那样温和的可不多有。最近他妻子去世，丧期未满。姑娘如果有嫁鄂秀才之心，我该当传话过去让他托媒人来求婚。"胭脂没有回答，龚王氏笑着走开了。

龚王氏去后，一连几天也没有消息，胭脂疑心龚王氏没有空闲去鄂家提及此事，或者是她早把此事忘记。于是胭脂近几日愁闷徘徊，心神不宁，渐渐地吃不下饭，睡不着觉，精神倦懒。正赶上龚王氏又来看她，就问她因何卧床不起。胭脂回答说："自从你走那天后，就觉得神思恍惚，身体疲乏，现在病情一天重似一天，也就是早一天晚一天的事了。"龚王氏低声说："我男人外出贩货没有回来，还没有向鄂秀才致意，你的身体有病，该不会是因为这件事吧？"胭脂听了脸上飞起两朵红云。龚王氏故意挑逗她说："如果真是为了鄂秀才，现在你已经病成这个样子，还有什么顾忌？先让鄂秀才夜里来此一聚，他难道还会不同意？"胭脂苦笑一下，叹道："事已至此，就烦劳姐姐周全。如果他不嫌我家寒微，就快些派媒人来，我的病就好了；若是私下约会，却万万使不得。"龚王氏点头答应，又坐了片刻后离去。

其实，龚王氏原来就不是个安分的妇人。她年轻时和邻居后生宿介私通。嫁给姓龚的之后，宿介探听到龚王氏的丈夫经常外出，就来龚王氏家重温旧好。这天夜里，宿介又来龚王氏家幽会，龚王氏就笑着把胭脂的话告诉了宿介，并且让宿介向鄂秀才转达。宿介是个拈花惹草的浪荡子，久闻胭脂姑娘美貌动人，听说这件事后暗中高兴，以为大有可乘之机。但是又怕龚王氏吃醋，就假装无心，问清胭脂的卧室位置。第二天夜里，趁着夜色，宿介偷偷摸摸跳墙进入卞家小院，直奔胭脂的闺房，用手指轻敲窗根。里面问："是谁？"宿介假冒鄂秀才应声。胭脂说："我思念你卧床不起，是想同你结下百年之好，白头到老，不是只图一夜之欢。你若真有迎娶之心，就快请媒人提亲；若说私下相合，胭脂不能从命。"宿介心中着急却无可奈何，于是假意答应，并苦苦哀求握一下胭脂的手腕为凭。胭脂不忍心拒绝，用力支撑着打开门。宿介急速进来，立即抱住胭脂。胭脂不能支撑，倒在地上，喘不上气来。宿介害怕，急忙扶起胭脂。胭脂气息微弱地说道："哪来的恶少？肯定不是鄂郎。鄂郎为人温和顺良，知道我思君成疾，应当倍加怜爱，怎么会如此狂暴？如果再这样，我就要喊了，这样有辱品行，两方都没有好处。"宿介害怕他的事情败露，不敢再次放狂，只好按下心中欲火，只是请求日后再会，并且要一件信物。胭脂不给。宿介抓住胭脂的脚，脱下她的一只绣鞋拿走了。

　　宿介在胭脂处未能如愿，又到龚王氏家中过夜。躺在床上之后，他心中不忘绣鞋，暗地里去摸衣袖，竟然不见绣鞋。急忙点上蜡烛四处寻找，怀疑是龚王氏藏起了绣鞋。龚王氏见状只以笑作答。宿介只好讲出实情，请求龚王氏把绣鞋还给他。龚王氏哪里见过绣鞋，于是两人拿起蜡烛四处寻找，始终没有找到失落的绣鞋，只好懊恼地回房睡下。

先前，这条巷子里有个叫毛大的人，平日里游手好闲，吃喝嫖赌，不事产业，一心挑逗龚王氏而没有如愿。当他得知宿介和龚王氏相好，准备突然捉奸以便胁迫龚王氏就范。正巧这一夜，他走过龚王氏家门，发现宿介走了进去，却没有闩门，便偷偷走了进去，蹲在窗下静听响动，屋内一阵调情说笑之声引得毛大心痒难耐。忽然，他发觉脚下踩着一件东西，软软的如同棉花布帛，捡起来一看，原来是女子的一只绣鞋。毛大正在暗自思量，忽然，听到宿介与龚王氏正在为绣鞋争执，细听才知正是为了这只胭脂的绣鞋。听罢，毛大喜上眉梢。

过了几天，毛大趁夜深人静时，溜进卞家小院，由于门房不熟，惊动了卞老头。卞老头偷看窗户，见一个男子奔向胭脂的闺房，心中愤怒，持刀径自冲向黑影。毛大大惊，回身就跑，刚想翻墙逃走，卞老头已经追到身后。毛大急忙中没有退路，回身夺下老人的刀。此时，卞老太太也颤抖着起身出门。毛大见势不妙，为了及早脱身，就杀死了年老的卞老头。胭脂拖着病体出门，看见月光下老父倒在血泊中，老母在一旁已不省人事。众人在墙下捡到一只绣鞋，递给苏醒的卞老太太，老太太认识此鞋是女儿之物，逼着女儿说出实话。但是胭脂不忍心连累龚王氏，只说是鄂秀才自己来的罢了。

天亮之后，官府派人来查。县令逮捕了鄂秀才。鄂秋隼莫名其妙，他平时为人谨慎，不善言辞，年方十九岁，见生人就像孩子一样害羞；被带到公堂上，非常害怕，更不能为自己辩解，只有战栗的力气。县令见他如此害怕，越发认定他是杀人凶手，于是大刑不断使用。弱书生经不起拷打，只得屈招认罪。然后，又把他押到郡里，郡府审讯也只动大刑逼供。因此鄂秀才被判为死罪，等秋后处斩。

鄂生杀人一案几经复审，都没有不同看法。后来上面委派河南府最后定案。当时，济南太守吴南岱负责办理。他见鄂秋隼是一文弱书生，觉得他不会是杀人凶手，暗中派人私下查访，使鄂生说出心中的委屈。吴公经过几天筹划，才复审案犯。先提胭脂问："你与鄂生订约后，可有其他人知道？""没有人知道。"胭脂答。"那么遇见鄂生时，可有别人在场？"回答仍然是"没有"。吴公传鄂生上堂，鄂生供出："我曾经过卞家门口，见旧时乡里邻居龚王氏和一位少女出来，我就急忙走开，过后并没有任何往来。"吴公呵斥胭脂："方才你说没有别人在场，龚王氏又是什么人？"说罢就要对她动刑。胭脂害怕，说："虽然当时龚王氏在场，可是此事和她实在没有关系。"

接着，吴公又提来龚王氏，不让她和胭脂互通信息，上堂便问："龚王氏，杀人者是谁，快供上来。胭脂已经招供，杀他父亲的凶手你很熟悉，你还想隐瞒下去吗？"龚王氏大

叫:"冤枉啊!胭脂她思念男子,我虽然有做媒的话,只是和她开玩笑罢了。她自己招奸夫进院,杀死其父,我怎么知道其中缘由?"吴公步步紧逼,细问详情,龚王氏才把前后戏耍的话述说一遍。吴公转向胭脂怒斥道:"你说她不知情,是何道理?"胭脂流着泪说:"我自己不好,连累父亲惨死,不愿再使其他人为我受难。"吴公又问龚王氏:"你和胭脂的戏语可曾说给其他人?"龚王氏一口否定。吴公假意要动大刑,龚王氏没见过动刑的阵势,内心害怕,只得如实招供:"曾和宿介说过。"

案情到此已告一段落,鄂秋隼无罪释放,只是白白受得一些苦头。宿介被逮捕归案,吴公动刑审问,宿介受不住折磨,就承认是自己杀了卞老头。此后案卷报到上司,吴公明断得到人们称颂。宿介虽然为人不拘小节,品行不好,却又是山东一带知名的人士,听说学使施愚山先生最有贤能的名声,又有爱惜才士的美德,就写了一张状子诉说自己的冤屈,言辞悲切。施公见状纸后,反复琢磨,认为其中确有冤情。于是请求巡抚、臬台,移案再审。于是此案再次搬上公堂,再次会审宿介。"宿介你可知绣鞋丢在何处?"宿介供说:"忘记了。但是敲龚王氏房门时,绣鞋还在袖中。"施公又转问龚王氏:"除宿介之外,你还有几个奸夫?"龚王氏供说:"再没有其他人,就是挑逗的人,也不敢以身相从。"施公逼问:"还有何人挑逗过你?"龚王氏喏喏地说:

"同村的毛大多次想无礼都被我拒绝了。"施公怒斥："你这样的妇人现在倒装起贞洁来，你丈夫外出时，还有谁到过你家？"龚王氏早已吓得面无颜色，连忙说："还有几个只是借钱或送东西，并没有太深的接触。"施公把这几个人的名字记下来一齐拘捕到案。

众人到齐后，施公到城隍庙，命令大家都趴在神案之前，对他们说："神人相告，杀人凶手就在你们几人之中。现在你们对神人讲出实情，不得说谎。如果肯自首，还可以原谅；说谎的人，查出后绝不轻饶。"众人都说没有杀人。施公见凶手不愿自首，就将刑具丢在地上，要动大刑，束紧他们的头发，扒光衣服，这些人齐声喊冤。施公命令放下他们。怒斥道："既然自己不招，应当由神人指出凶手。"然后，施公命令人用毡褥把大殿的窗户挡得不透一丝光，使各个犯人光着脊背，将他们赶到黑暗之中，给他们一盆水，命令他们每人自己洗干净手后，站到墙壁之下，告诫他们说："面对墙壁站好不得移动。神人会在杀人者的后背写上字。"过了一会儿，把众人叫来查看他们的后背。施公指着毛大说："这个人就是杀人凶手。"原来施公先派人把墙壁涂上灰，又用烟煤水使他们洗手。杀人犯害怕神人在自己后背上写字，所以把脊背靠在墙壁上而沾有灰色；走出来时，用手遮护后背，而沾有烟色。施公的猜测得以证实。毛大招出全部实情。

公孙巧扮访乡里　包公明镜断奇冤

话说包公自毕姻后，见夫人李氏小姐幽娴贞静，体态端庄，诚不失大家闺范，满心欢喜。夫妻二人相敬如宾，感情日笃。

一天，放告坐堂。有个乡人年约五十岁，口称"冤枉"。立刻带至堂上，包公问道："你姓甚名谁？有何冤情？"那人叩头向上，道："小人姓张名致仁，在七里村居住。族弟张有道以做货郎为生，与小人来往颇多。只是，前些天小人到他家中探望，他竟死了！问我小婶刘氏，是何病症，为何没捎信给我。刘氏说，是心疼病死的，因家中无人，故此未能送信。小人觉得事情不明，报官要求开棺验尸，县太爷准状。及至开棺检验，张有道并无伤痕。为此小人挨了二十大板，讨保回家，越想越不对头。无奈何求青天明断。"说罢，泪汪汪，匍匐在地。包公听张致仁哭诉，也觉事有蹊跷，其中必有缘故，于是准了状子，立刻出签传刘氏到案。

不多时，外班禀道："刘氏现已传到。"包公传令："带刘氏。"衙役接声喊道："带刘氏！带刘氏！"只见从外边进来一个妇人，年纪二十岁左右，神色泰然。上堂后，小妇人袅袅婷婷朝上跪倒。包公便问道："下面可是刘氏吗？"妇人回答："小妇人正是张有道之妻刘氏。"包公又问道："你丈夫是得什么病死的？"刘氏一副可怜人的模样，轻启朱唇："那天晚上，我丈夫吃罢晚饭和衣睡下，天交二更，忽然说心口疼痛。小妇人吓得不得了，急忙起身。谁知不多一会儿他就死了。"说罢，泪流满面。包公把惊堂木一拍，喝道："既是害病而死，为何不通知他哥哥张致仁？实话对你说，现在张致仁在本府堂前已经首告。从实招来，免得皮肉受苦！"刘氏道："不给张致仁送信，一则小妇人烦不出人来，二则也不敢给他送信，只因他每见小妇人丈夫不在时，常言来语去，小妇人着实脱身困难。"包公见小妇人牙如利剑，口似悬河，说得头头是道，须查访实在才能让她服输。于是传令三日后再审。

退堂之后，包公来到书房请来谋士公孙策，将口供全词给公孙策观看。公孙策提议由他暗中访查。不多时，公孙策扮作一个医生，一路摇着串铃朝七里村方向走去。他边摇铃边喊："有病早来治，莫要多延迟。养病如养虎，虎大伤人身。凡有疑难杂症，保管手到病除，贫不计利。"正在念诵，可巧一个老婆子唤道："先生，这里来，这里来。"公孙策闻听，向前问道："妈妈唤我吗？"那婆子点头，随后带他走进柴扉。婆子便说道："丈夫早已去世。儿子名叫狗儿，在大户陈应杰家做长工，只因我儿媳妇得病半月有余，求先生看看脉，吃点儿药。"

公孙策素有实学，所有医理他皆知晓。所以诊完脉息，已知病源。他站起身，说道："恭喜妈妈，早得孙儿。令媳妇虽是双脉，但病源因气恼所致，郁闷不舒，竟是个气裹胎了。若不早治，恐入痨症。必须说出气源，方好用药。"婆子闻听，不由得吃惊："先生真是神仙，待我细细告诉先生。"原来，有一天，狗儿忽然拿了两个元宝回来。说是陈大户与七里村张有道之妻不清不楚，一天陈大户到张家去，可巧被她男人撞见，因此陈大户起了害张有道之心。给狗儿元宝，是叫他找什么东西。狗儿媳妇劝狗儿，但狗儿不听，媳妇反被他踢了几脚，忧闷卧病不起。

公孙策听后，提笔写了一方，递与婆子。然后背起药箱，拿了招牌回转开封府，来找包公，便将密访的情由如此这般叙述了一遍。包公闻听欢喜，立刻出签拿狗儿到来。老爷点鼓升堂，狗儿上堂跪倒。包公喝道："只因张有道的冤魂告到本府台前，说你与陈大户主仆定计，将他谋害。但此事你不过是受人差遣，概不由己，你可从实招来，自有本府与你做主。"狗儿听见冤魂告状，不由心中害怕。即向上叩头，道："老爷既与小人做主，小人只得实说。因小人当家的与张有道的女人有私情，那天被张有道撞见了，他跑回来就病了，总想念刘氏，又不敢去。因此，他想出一个法子来，须得害死张有道，他才遂心。故此，他将小人叫去说：'我托付你一宗事情。'我说：'当家的，有什么事呢？'他说：'你去找一种叫尸龟的东西，仿佛金头虫儿，尾巴上发亮，有蝼虫大小。这种东西须在坟里找，总要尸首肉都化了，才有这虫儿。'小人一听，就为了难了。他马上塞给小人两个元宝。老爷也知'上人差遣，概不由己''受人之托，当忠人之事'。因此，小人每夜到坟地里去，好容易得了此虫。晒成干，研了末，放入或茶或饭里，食后必死无疑，并无伤痕，唯有眉间有小小红点。后来听见张有道死了，大约就是这东西害的。求老爷为小人做主。"包公听罢此话，大约不会有假。命书吏把供状让狗儿画押，吩咐把狗儿"带下去"。然后又传陈应杰。陈大户被传上堂，吓得惊疑不止。包公一拍惊堂木道："你这大胆的奴才，与刘氏私通谋杀其亲夫，狗儿已经招供。你还不从实招来！"陈大户还想抵赖。包公吩咐"大刑伺候"。左右一声喊，将三木往堂上一摆，把陈大户吓得魂飞魄散，连忙说："愿招，愿招。"他便将狗儿找寻尸龟，悄悄交与刘氏，叫其放入饭中害死亲夫，并告诉她不会有一点痕迹的事情，从头至尾说了一遍。包公看了供状，叫他画了押。一旁听审的刘氏见陈大户招供,不觉朱颜失色,形色慌张,免不得向上跪倒连连求饶。

包公又问陈大户:"你这尸龟的方子,是如何知道的?"陈大户回答:"是我家教书的先生所说。"包公立刻将此先生传来,问他如何得此毒方。先生贵士奇回道:"小人素来学习医学,因知药性。间或茶余饭后说与东家,提及此药不可乱用,其中有六脉八反,乃是最毒之物。小人是无心闲谈,东家有心记忆,故生出这般事来,求老爷明察。"包公点头,令其退下,即行办理文书,将他递解还乡以示告诫。刘氏定了凌迟处死,陈大户定了斩立决,狗儿定了绞监候。原告张致仁无事放回。

伽蓝殿和尚命归西　拾墨斗官爷抓真凶

包公新到定远县任职，一路私访而来，所有衙役三班早知消息，一个个兢兢业业，早已预备齐全。包公细细审查秋审册籍，对沈清伽蓝殿杀死一个僧人的案件产生疑问，立刻升堂审问沈清。

喊了堂威，包公入座，标了禁牌。不多时，将沈清提来，带至大堂之上，除去刑具。包公细看下跪之人，年纪三十左右，浑身颤抖，匍匐在地。包公开口便问："下跪沈清，你因何杀人？从实招来。"沈清哭诉道："小人沈清，探亲回来，天近黄昏时分，那日又下着蒙蒙小雨，路途泥泞。小人素来胆小，不敢走夜路，走至这县南三里多地的古庙，暂避风雨。谁知次日天未明，有公差拦路，见小人身后有一块血迹。公差便问小人从何而来，定要到庙中看个明白。老爷呀！小人同差爷回到庙中，见佛爷之旁有一个僧人倒在血泊中。小人没有杀人，老爷明察。"包公闻听，便问道："那么,你衣服上因何沾有血迹?"沈清答道:"小人原在神橱下过夜,血水流过,将小人衣服玷污了。"包公听罢,点头,吩咐带下收监候审。立刻传令,打道伽蓝殿。

一路之上无话。来到伽蓝殿,包公下轿,吩咐众人候在殿外,独自带包兴进入神殿。至殿前,只见佛像残败,两旁配像俱已倒塌。又转到佛像背后,仔细观看,不觉暗暗点头。转过佛像,见神橱之下果然有一片血污。忽见一物放在地上,便捡起一看,一言不发,收入袖中,起轿回府。

回府后,包公叫包兴找来值日的班头,命他召集县中木匠,说有要紧的活计要做。次日木匠们都已传齐,包公吩咐:"预备下数份笔墨纸砚,将木匠俱带到后花厅。"包公这边收拾利落,就带着包兴来到后花厅。见那边有几个木匠迎候一边。包公道:"现在我要做各样的花盆架子,一定要新奇式样。你们每人画一种样式,合适的老爷有重赏。"说罢,吩咐木匠动手。两旁答应一声,各自搜肠刮肚描描画画。包公在座上,往下仔细观看。不多时,几个人都已经画完,挨次呈递。老爷接到其中一张,便问道:"你叫什么名字?"那人道:"小的叫吴良。"包公向众木匠道:"你们散去。将吴良带至公堂。"左右答应一声,立即点鼓升堂。包公一拍惊堂木:"吴良,你把杀死僧人的经过从实招来。"吴良被带至公堂,已心中愁苦,这一问,吃惊非小,强撑着说:"小人以木匠为生,怎会杀人?老爷明察。"包公道:

"谅你也不轻易招供。左右至伽蓝殿将伽蓝神像好好抬来。"左右应声。

一杯茶的工夫，伽蓝神像被抬至公堂。包公叫道："吴良，你那日行凶之时，已经在神像背后留下暗记。下去比来。"左右带吴良至神像背后，见其肩膀以下恰有左手六指儿的血手印，正与吴良的不差分毫。吴良此时已吓得魂飞魄散。左右人无不吐舌，赞叹："老爷真乃神人也。"殊不知包公那天亲自视察伽蓝殿时，捡到一物，却是个墨斗，又见那伽蓝殿神身后有六指手的血印，因此想到木匠身上。

左右又将吴良带上公堂，包公一声断喝："大胆吴良，现在物证俱在还不从实招来！"吴良又见左右衙役凶狠，忙道："小的愿招。小的原与庙内和尚有旧，二人互为酒友。因那天和尚请我喝酒，酒醉后说他现也积攒了二十多两银子，收在伽蓝神像脑袋里面。小人一时见财起意，见和尚已醉，就用斧子将他劈死，不想弄了两手血迹。因上神桌时，左手扶住神背，右手在神像的脑袋里掏银子，谁想到留下了指印。老爷明断，小人实实该死。"

包公闻听吴良供词，料他不敢隐瞒，又拿出墨斗，他也供认。于是命其画押，收监。沈清无故被冤，赏官银十两，释放回家。

更夫贪财杀人灭口　阎王审案县令不及

掘港一带提起王三来没有人不恨他。平日里,王三游手好闲,一般人都畏他三分。一天,他手摇纸扇,到张二家的烟店买烟,随手递上十几个鹅眼沙壳的铜钱。张二见有买主,笑脸相迎,见这十几个铜钱便说:"老兄,小店本小利薄,照本抄号,摸点皮儿的,这钱不能用,请另付几文吧!"王三顿时眼睛一瞪,说:"难道这钱是我私造的不成?"说着就要抢烟,张二不给,两个人拉拉推推。出了店门,王三转身踢了张二一脚,手叉腰间扬言:"姓张的,三天之内我让你去见阎王。"说罢骂着走了。

这天晚上,天气闷热。张二在店堂里乘凉,店门没有关。偏巧更夫蔡大经过烟店,看见店门敞开着,就偷偷摸摸来到柜台里面。张二迷迷糊糊听见有响动,便起身到柜台里,一把抓住偷东西的人:"怎么,是你蔡大?!"蔡大一惊转身想溜,张二死死拉着他不放,蔡大随手一摸,拿起一把烟刀,朝张二砍去。张二当时毙命。蔡大借机溜出店门。

王三这夜在赌场输得干干净净,半夜回家经过张二烟店门口,见门开着,心中痒痒,他想:白天你与我为几个小钱斤斤计较,今夜叫你加倍赔本。于是轻手轻脚走进店堂,没走几步,脚下被什么东西一绊,"扑通"一声摔倒在地上。用手四处一摸,湿漉漉不知何物,借着月光仔细一看,"天啊!"是个尸体。吓得王三拔脚就跑,溜出了街头,到了河边,借星光一看,双手双脚都是血,身上也有些血迹。他连忙把鞋子脱下来扔到河里,洗掉手上污迹,然后慌张地逃回家里。

天大亮,满街传张二被杀的消息。乡丁、地保连忙赶到,火速派人报告县太爷。县令亲临现场,追踪血迹,获得王三留下的一切证据。主簿签票立即捉拿凶手王三。此时,王三吓得哆哆嗦嗦,抱着老娘不肯撒手,说:"娘呀,儿子平时不学好,可是昨天我确实没有杀人,我冤枉,娘你一定要帮我申冤呀!"差人不容细说,拖走了王三。王三的老娘顿时失魂落魄。

张二被杀一事无处不知,自然更瞒不过曹秀才。曹秀才人称"百事通",平日里专爱替人解难。于是,一早他就到张二家察看,心中已经有了主意。见王三娘六神无主,就上前说:"老姐姐不必着急,此事包在我身上就是。"王三娘千恩万谢。

再说张二一案，县官认定凶手即是王三，且凶器、赃物证据确凿，王三已被判在秋后问斩。可是曹秀才经过细心观察发现：在张二店中当时还有第三者，此人就是蔡大。因为更夫蔡大右脚有毛病，前脚掌落地，后脚跟不落地，张二店中有这样的足印。而且，曹秀才打听得知，出事那一夜打更声恰巧有过一段间歇。但是，为了拿出更有说服力的证据，曹秀才仔细观察蔡大，和蔡大做起了酒肉朋友。

一天，在城隍庙前，曹秀才遇见戏班子的杨老板，心中一亮。他上前与杨老板打招呼之后，便说："杨老板，小弟有件事，想烦劳大哥帮我唱一台戏。"杨老板一口应允。"不知曹先生唱哪一出？"曹秀才在杨老板耳边如此这般地交代了一番。杨老板先是一惊，继而一怒，再就是慷慨地点头说："就这样。"曹秀才安排好这边后，一路往蔡大那边走了。

天渐黑时，曹秀才敲开蔡大的门说："蔡大哥，今天不用值更，陪我到城隍庙走一趟可好？只因今年春天，我惹了一场大病，久治不愈，后来在城隍庙许了一个愿病才好。明天十日朝城隍菩萨要上街，今天晚间我得去上一次香，加一次灯油。可我的胆子太小，晚上最怕见庙里的十殿阎君，特别是那五阎王，个个如同活的一般。你陪我走一趟，敬了香我们回来吃酒。"蔡大听说有酒吃便答应同去。

于是两个人同到城隍庙。曹秀才虔诚地敬香加油，磕了头出来，然后患得患失地说："听别人讲，此庙里经常有阎王在半夜抓人审问！"蔡大一惊，忽听一阵隐隐约约的皮鞭声。二人急忙退出庙门。不料被身后的杨老板吓了个半死。杨老板故作惊讶地问："两位，此般时光还在庙中停留，真是胆大得很。"曹秀才忙道："只为还愿，我不敢来，所以请了蔡大哥做伴。"杨老板点头，然后盛情相邀："两位事已办完，不妨到小弟处喝上几杯。"说着携手带二人到了自己的住处。三人围着小桌，吃了两杯酒后，杨老板神秘地说："刚才在外面我不便说，二位真好胆量。昨夜三更天，我起来解手，见前头田埂上灯笼火把朝庙中走来，进了庙门，但又不见庙门打开，吓得我浑身汗毛直立，躺下又睡不着，隐隐约约听到后边庙里有刑具碰撞的声音，还有人的哭泣声、求饶声。"曹秀才连忙说："杨老板，不要再说了。这世上的事，若要人不知，除非己莫为。"说着，三人请酒互饮。蔡大此时心中有事，不多时已烂醉如泥。

　　曹秀才吩咐杨老板把原先约好装扮鬼神的人一个个请来就位，然后把蔡大抬到城隍庙内的大殿上，上了锁链，用凉水喷醒。蔡大耳中听到各种声响，他似醒非醒地把眼睛睁开一看，不由得惊呆了。牛头马面站在两旁，一个个小鬼张牙舞爪，判官手提朱笔指着他说："大胆蔡大，贪财杀人从实供来！"蔡大早已吓得魂不附体，结结巴巴还想抵赖："没，没有，张二是王三杀的。"

"蔡大，你该知道冤有头债有主，你瞒得过县官，还想在阴府里花言巧语，张二已在此将你告下。带张二！"五阎王一声吩咐，堂下张二被两个小鬼架了上来，浑身鲜血淋淋。他看到蔡大说："蔡大，我与你远日无冤、近日无仇，你那夜杀我只为贪财，你还我命来！"蔡大一吓，说："我愿招，愿招，求阎王开恩。"于是，他把那天夜里的作案经过讲述一番，画了供，盖了手指印。这时，他已浑身发软，被小鬼抬进一间黑漆漆的屋里，便昏昏睡去。

第二天，天已大亮，蔡大被杨老板喊醒，见衙役站在床前，横眉冷目。蔡大不知所以地被带上公堂。县官一拍惊堂木，喝道："蔡大，把你杀死张二之事从实招来。"蔡大还想抵赖，县官把曹秀才一早送来的物证一一核对。未等用刑，蔡大全部交代。原来，昨夜之事，蔡大并不是在梦中，而是曹秀才苦心安排，得到的亲口供词及画押，第二天一早送交公堂。所以蔡大才落入法网。王三被无罪释放，只因在狱中、堂上受了不少皮肉之苦，经此事后，他改邪归正，经营起一些小买卖，供养老母以尽孝道。

珊瑚坠引发皮熊案　杨大成冤魂得安息

一天，包公刚刚审过一件重要案件，只听有击鼓喊冤的声音。包公吩咐把喊冤的人带上来。但见从甬门进来两个人，一个年纪二十岁左右，一个有四十岁上下。来到公堂上，二人跪倒叩见包公。年轻的说："小人名叫匡必正。叔父匡天佑开一家缎店为生。只因叔父有一个珊瑚扇坠，重一两八钱，遗失有三年了。今天碰巧，小人见此人腰间佩的正是此物。小人原想借过来看看真假，谁知他不但不借，还开口大骂，请老爷明察。"旁边那人也不示弱，道："小人姓吕名佩。今日遇此人拦路强抢我腰间的珊瑚坠子，求老爷给我做主。"

二人各执一词，包公听罢，便将珊瑚坠子要来一看，果然是真的，淡红，光润无比。包公问吕佩："此坠从何而来？"吕佩道："此坠乃友人所送。""既是朋友所赠，他叫什么名字？实话讲来。""朋友姓皮名熊，他是马贩头儿，这一带无人不知。"包公听说是皮熊，发票去传。不多时，皮熊传到。包公把惊堂木一拍，问："下跪皮熊，可是你送这一珊瑚坠给吕佩？"皮熊道："小人虽有此坠，只是三年前捡的，不曾送与任何人，仍在家中柳氏手中。"为取证据，包公又传令带柳氏上堂。那边去带柳氏。包公转向吕佩道："大胆吕佩，此坠从何而来？"吕佩一时慌了手脚，连连叩头，便把他与柳氏私通，柳氏私赠此坠的话说了出来。

不多时，柳氏带到。谁知柳氏深恨丈夫在外宿奸，与自己同床异梦。因此，上堂来未等用刑，便说出丈夫皮熊平日与杨大成之妻毕氏通奸之事。又道："此坠是皮熊从毕氏处带回来的，交给小妇人保管已有两三年了。小妇人与吕佩相好，前些天拿出来私自赠他。"包公立刻出签，再传毕氏到案，又叫柳氏画押后带下。正在此时，忽听外面又有击鼓之声。暂将众人带在一旁，先带击鼓人上堂。此人不是别人，正是匡天佑，五十岁上下，上堂来禀道："小人匡天佑，闻听侄儿被人告到老爷台前，只为那块珊瑚坠，老爷，要为我叔侄做主啊。"原来三年前，匡天佑托杨大成到缎店取缎子，将此坠作为凭证。过了几日，未见杨大成来取货，也未收回此坠。匡天佑到杨大成家中去探望，谁知杨大成就在那日晚间已死，坠子也就无处寻找。

包公听罢，心中已有分晓，叫匡天佑下去，带皮熊、毕氏到堂，便问毕氏："你丈夫死于何时，因何病而死？"毕氏未及开口，皮熊在旁边答道："三年前，是心疼病死的。"包公将惊堂木一拍，呵斥道："该死的狗奴才！用你多言，她丈夫死于何病，你如何知道？分明是因奸谋命，还不从实招来！"两旁众衙役一齐威吓："招！招！招！"皮熊自知失言，慌了阵脚，说道："小人与毕氏通奸是实，并无谋害杨大成之事。"包公闻听，怒斥道："狗奴才还敢嘴硬，珊瑚坠已在你处发现。左右，抬大刑伺候。"皮熊见瞒不过，为免皮肉受苦，从实招出与毕氏杀杨大成一事："只因小人与毕氏早有奸情，情投意合，又唯恐杨大成知道，饶不得毕氏，拆散我二人，因此定计将他灌醉，用刀杀死，悄悄装殓掩埋，对外人只说是心疼暴病而亡。彼时见到珊瑚坠，小人拿回来，交付妻子柳氏收了，此便是全部实情。"

包公听罢，叫皮熊、毕氏画供。判定毕氏凌迟，皮熊斩决，将吕佩责打四十大板后释放。柳氏官卖为奴，匡家叔侄领回珊瑚坠无事。因此，人人皆知包公断案如神，清正之名远扬。

农家女机智斗恶少　　出家人贪色命归西

清乾隆年间，桂县李家村从他乡迁来一家富户。富户横行乡里，无人敢惹。富户迁来不久，他家中的大少爷就听说李家村有个农家女玉兰长得漂亮，只可惜已经许给了二十里外一户农家。富户大少爷叫张潜，他用重金强行聘婚，女家的父母贪图张家彩礼，就又答应把女儿嫁给张潜做妾。玉兰得知父母将自己转聘给张大少，心绪烦乱。她偷偷求邻居家的一个老婆婆给未婚夫家送信，催促他们在近几天内快些来迎娶。她的父母虽然不同意女儿的私作主张，可是也没办法制止她的行动，就假意答应了她，尔后急忙跑去告诉张潜，让他在女儿出嫁的路上，强抢花轿。这些暗中的盘算，玉兰自然不会知道。

总算到了迎娶的日子。在这之前，玉兰又喜又忧，直到这天一早梳洗装扮后，听到喜气的喇叭声，才安下心。她恋恋不舍地告别父母，登上花轿离开生活了十几年的家。一路上迎亲的队伍喜气洋洋。走了一段山路后,天色已晚,远远地望见前边火炬通明,又听见人声嘈杂。玉兰心中一阵紧张,心想:莫不是那张潜又来抢人?早听说,他有此等劣迹。想到这里,她对轿夫说:"赶快停下轿子,等我藏好,你们搬块青石放在轿内,如果有人抢轿,你们只管给他们,我只得暂避一时。"轿夫放下轿子,玉兰下轿躲在路边树丛中远远地看着迎亲队伍和那伙强人相遇。果然不出意料,强人夺过花轿扬长而去。她心中好不凄苦,想道:父母难道会给那恶少传递消息?总之回家是不可能的了。附近正是王家堡,此处有个寡妇姑姑,就先去投靠她,再想别的办法。于是,就深一脚浅一脚摸黑向姑姑家走去。到了门口,只见院门虚掩,走进院子,堂屋灯火通明,姑姑正和一个和尚对饮。玉兰大吃一惊,急忙退出,却又不知应该到什么地方去。在黑漆漆的天地间,她忽然感到从未有过的恐惧和无助。路在哪里?她终于决定,朝着她该去的地方去。于是,就不顾一切地赶到夫家。登堂拜见公婆,公婆惊喜万分,虽然天已半夜时分,仍为小夫妻举行了婚礼。

　　再说张大少喜滋滋地把花轿劫到家里,迫不及待要与佳人快活,打开轿帘一看,里面只有一块冷冰冰的石头。这下子可气个半死,众奴才也都傻了眼,连连又出主意:听说,玉兰只有一个寡妇姑姑在王家堡,她必定不敢回家,躲在那里。张大少听罢,召集众奴才到王家堡抢人。外边夜深人静，一伙人的吵闹声把玉兰的姑姑惊醒。她正与那个和尚同床共枕，这一惊非同小可，急慌慌把和尚藏到木柜里，用锁锁好。张潜来势凶猛，进屋四处搜查，对木柜仔细地看了看，心知里面有人，于是不管寡妇阻止强行抬走了木柜。丢下寡妇心中害怕不提，张大少带着战利品回到家。这次，他不急着打开木柜，先摆酒和众人欢饮。五更时分，众人散去。张潜喝得舌根发硬，他对着木柜大声喝道："下贱的丫头，想和我捉迷藏。不把你劫来，你就不知我的威力！"边说边用木棒狠砸木柜，因为用力过猛，把木柜打破，但里面悄无人声。张潜上前细看，分明是一个和尚躺在柜中，已脑浆迸裂毙命。顿时，张大少酒醒了，他赶快把和尚埋掉，清洗现场，企图掩盖自己的罪行。

不料，玉兰的夫家已经告到县衙门，几经审理，又牵涉到玉兰姑姑与和尚的奸情，自然张大少杀和尚的事也是纸里的火，很快败露出来。张大少抢亲不成，自食苦果。

含冤饮恨泪洒黄泉　歪打正着盗听真言

　　元朝仁宗延祐初年，京城设有木匠局，有几百名木工集中在一起服役。官方为了管理上的需要把木工们编为五人一组或十人一组，分别设工长带领他们。

　　一天，某工匠与他的工长发生口角。工长虽然不占理却不肯认错，工匠因此和他断绝往来。两人结下私怨。日子仍然不紧不慢地流去，一晃有半年多光景，一块儿干活的工匠们都觉得吵架不是什么大仇，有心为两个人说和一番。于是，大伙儿凑钱买来酒肉，强拉着这个工匠到工长家吃酒。酒席上，大伙儿推杯换盏，气氛和谐，两人也就各自寻个台阶和好如初。一直喝到日已西斜，玉兔东升，工匠们个个醉醺醺地回家了。

　　谁知这个工匠的老婆放荡生事，竟与人私通，早已把丈夫看作眼中钉，想除掉亲夫以图快活，终于机会来了。这一天，见丈夫被工友们拉到以前的仇人家去吃酒，回来时已喝得烂醉。淫妇找来奸夫杀死了丈夫。仓皇之间不知道如何毁尸灭迹。淫妇想到房间里有一个土炕，中间是空的，是天冷时置放炭火的地方。于是就把炕席卷起，掀掉炕砖，将尸体放入洞里。只因炕洞狭小，他们又把尸体剁成四五块才填了进去，然后把炕砖铺好。第二天，淫妇跑到工长家里哭着说："我丈夫昨晚一夜未归，到底发生了什么事情？"工长一家莫名其妙，只说："昨晚吃过酒，大伙儿就各自散去，未曾留客在家。"淫妇一口咬定是工长害死她的丈夫，就跑去警巡院将工长告下。

警巡院认定工长原是工匠的仇人，如今工匠失踪，一定与他有关，就把他逮来，严刑拷打。工长经受不住酷刑，只好被迫供认。淫妇身穿丧服，装模作样给丈夫发丧，请来和尚念经超度亡灵，做道场热闹一番，痛哭了一场。警巡院审问工长尸体在哪里，可怜工长已被折磨得胡言乱语，编谎说："扔在护城河里了。"院主责成两个仵作去护城河里打捞尸体。仵作是以代人理丧为职业的，百姓中有死因不明而打官司的，常由他们出面验尸。这件案子由于刑部御史和京城行政长官催得很急，限定他们两人及早办理。可是，护城河中根本不可能有工匠的尸体，仵作没法交代。过了几天，上头下令给他们两人十天期限，超期就得挨板子。过了十天尸体仍没下落，二人挨了一顿大板；再以七天、五天、三天为期均没有结果。两个人一连挨了四次板子，终究还是找不到尸体。而限期却越来越短。两个人整天绕着护城河闲逛，唉声叹气，无可奈何地等着下顿板子。可是这没完没了吃板子总不是个办法。于是，他们就想了另一个办法交差。

一天傍晚时分，他俩坐在河边等着机会的光顾。远远看见一个老头骑着一头驴向这边走过来，等驴走到护城河的桥上时，两个人上前推推搡搡，把老头挤下桥，落入冰冷的水中，听任驴子跑去。他俩又担心老头与木匠相貌不符合，就没有马上打捞尸体。又挨过几次打之后，才捞起老头的尸体抬到警巡院，可是尸体已经腐烂难以分辨。警巡院召来工匠老婆仔细辨认。妇人少不了又是一通干号般大哭，一边哭一边说："这就是我丈夫呀！他死得好惨啊！"院主见事已查明，案子就此了结。警巡院判工长死罪，案卷报上去，等待批文。

再说，骑驴老头儿家里的人四处寻找老人没下落，偶尔发现一个人背着驴皮在路上走，那驴皮很像自己家养的那头驴的皮，就上前去盘问；又见皮上血迹还没干，不容背驴皮的人申辩，就把他捉去见官。他也因为经不住酷刑，只好承认自己抢劫了老头儿的驴，老头抗拒不给，就杀死老头儿夺下驴子，把尸体藏在某个地方。官府派人去找却没有找到，他又谎说在另一个地方，照旧还是找不到。最终背驴皮之人的案子不了了之，此人囚死狱中。

一年多的时间过去了，冬去春来，满天飞雪没有带来春

的信息,却送来工长的死刑判决令。他被捆绑着走出监狱,已然麻木,工友们都跟在后面,哭嚎声震动周围。大家虽然都为他蒙受不白之冤而不平,却无力挽救他的生命。工长被杀了,含恨离去。工匠中有些人心绪难平,他们四处查访,希望有所收获,可是没有点滴头绪。于是,他们又聚在一起商讨,共同凑集一部分钱,写成契约放在大路上,说谁能提供工匠的真正死因,就可获得这笔钱。有人虽欲求却终不可得,谁知这钱却被一个小偷轻巧地得去。

有一天,这个小偷本欲去别处行窃,可是见时间太早,不好下手,就摸黑来到木匠家屋檐下等着。快到鸣钟净街的时候,忽见一个醉汉踉踉跄跄走进来,进门便大撒酒疯,对着工匠老婆又骂又打,着实凶神一般。妇人也不敢声张。醉汉闹了一会儿便睡了,留下妇人在灯下垂泪,进而听见妇人轻声责骂道:"都是为你才害死我丈夫,他的尸骨现在炕下已有两年,既不能点火烧炕,又不敢请泥瓦匠来修理。我丈夫的尸骨还不知化掉没有,你就这般虐待我!"小偷站在窗外听得清清楚楚,暗自庆幸,盘算着天亮后去领赏钱,也就不去偷鸡盗狗。次日,他兴冲冲来到木匠局对众人喊道:"我已经找到工匠的真尸体,快把钱给我。"众人都知他是个惯偷,不肯轻易相信,说:"必须一手交钱一边见物。"于是双方写好一式两份的契约,各持一张。小偷让众人远远尾随在他后面,自己装作大醉的样子,进了工匠家,挑逗工匠的老婆。妇人怒骂："臭叫花子竟敢在此撒野！"邻居闻声赶来，要棒打小偷。小偷借机跳上炕，掀起炕席、揭掉炕砖，做出要打架的样子，这下子尸体的肢节暴露出来。

众工匠一拥而入，妇人顿时吓得面如死灰，小偷得赏钱自去享受。工匠们反绑了妇人去官府。妇人吐露了实情。深究护城河里的尸体，两个仵作只得承认他们把骑驴老头儿挤进河里的事实。于是仵作被杀头，淫妇和奸夫在街市上被碎尸示众，从前主持判决工长死刑的官吏被削职为民。从中牵出的背驴皮的人的冤案因为早已没有了下文，官府便不深究了。

芙蓉屏系落难情　相亲相爱莫相捐

元朝至正辛卯年间，真州书生崔英家境很殷实。他靠着父辈的荫庇，补为浙江永嘉县尉，不久便带了妻子王氏前去赴任。

一天，经过苏州到达甪山时，停船休息，上岸买了纸钱和酒肉，到山上神庙中祭祀一番。祭毕回船后，夫妻二人相对饮酒。船夫见他们所用之物都很昂贵，顿时生了歹意。这天夜里，江上风平浪静，月光如流水般直泻而下，一片静寂。船夫暗中把崔英身边的丫鬟、仆人一一杀死，惊动了崔英夫妇。就在崔英出舱察看时，被船夫推入水中。然后，他转身进了船舱威胁王氏说："留你一命，将来为我二儿子做媳妇，他过一两个月撑船回来，你们就成亲。你不用害怕，你丈夫留下的宝贝够咱们花销的。"说完就自顾自地收拾崔英的东西。王氏一时不知如何是好，竟想以死了结一生。可是，王氏毕竟非一般女子，思前想后，她假意答应船夫，勉强为他料理家务，尽量做出安分殷勤的姿态。船夫日久也便放松了警惕，轻闲地做起当公爹的美梦。

一个多月后，正值中秋佳节，船夫买来酒肉大吃大喝，不觉大醉。王氏等他酣睡后借着月光爬上岸逃出魔爪。走了一段路之后，她因地不熟，迷失了方向，周围都是芦苇和水草，不知路在何方。可是为了跑得更远一点，她拼命快跑。一夜奔波后，东方渐渐发白，王氏不知身处何方，只远远看见前边树林中有一座房舍。她用尽气力朝着那座房舍投奔而去。到跟前一看，原来是一座尼姑庵，里边隐隐传出敲钟念佛的声音。王氏敲开山门，里边走出一个女尼带她到禅房中休息。

院主出来询问她的经历，王氏不敢讲出实情，假说："小妇人是真州人，随夫家在江浙居住。只因丈夫早逝，寡居多年，公爹做主改嫁永嘉崔县尉做妾，经常受气挨打。最近丈夫解官回家，乘船路经此地，时逢中秋赏月，让我取金杯斟酒，小妇人愚笨，失手把杯子掉到江里。为了活命，连夜逃出，不想迷路打扰师父。"说着泪水已打湿罗帕。院主心慈面善，已动恻隐之心，问道："你可有去处？"王氏只是摇头。院主心中明白，说："老身我有一言相劝，不知你能否接受？"王氏说："师父救我落难之人，愿听教诲。"院主说："这里是个偏僻的江岸，荒无人烟，庵中只有两个同道人，年岁也都在五十岁以上，弟子们恭谨朴实。夫人你虽年轻貌美，只不过命中多劫，如能舍弃人世欲念痴情，可在庵中落发为尼。睡禅床，伴青灯，粗茶淡饭，过一段平平淡淡的清静日子，不知你是否愿意？"王氏听罢连忙叩头谢恩，说："这正是我的心愿，几经变故，我已看破红尘，愿剃度皈依佛门。"

于是，院主为王氏在佛前削发，法名慧圆。王氏读书识字早有功底，所以对佛家的典籍很快就熟悉了，深得院主的尊重。寺中事体无论大小，王氏都尽心照料。只是每日都要在观音菩萨前暗暗诉说自己的心事，寒来暑往不曾间断，清心淡泊地在庵中苦度光阴。

一年之后，庵中来了几个歇脚的过客，吃过斋饭后，拿出一幅画来施与院主。院主把画张贴在白色的屏风上。王氏见画，认识是丈夫的墨迹——《芙蓉图》，就去问院主画的来历。得知正是船夫顾阿秀的两个儿子所送。心中悲恨交加，睹物思人，不觉悲从中来，提笔在芙蓉屏上写道：

少日风流张敞笔，写生不数黄鉴。芙蓉画出最鲜妍。岂知娇艳色，翻抱死生冤！

粉绘凄凉疑幻质，只今流落难怜！素屏寂寞伴枯禅。今生缘已断，愿结再生缘。

这是一首《临江仙》词，尼姑们都不明白词中的含义。

庵中的生活清苦平静。忽然有一天，城里有个叫郭庆春的人路经尼姑庵，见了芙蓉屏上的题词，喜欢异常，就要买回家中赏玩。正巧御史大夫高纳麟退职闲居苏州，四处收集清美的书画，郭庆春就把在庵中买来的芙蓉屏献给高纳麟。高老先生也觉此屏清新淡雅，就放入后宅。一天，外面有人拿着四幅草书来卖，高先生一看，见字体风格有点像怀素，清朗有力，不同于一般。先生问："这是谁的墨宝？"那人回答："是我练习之作。"老先生素来爱惜人才，见此人不像庸碌之辈，于是就问起他的身世。那人眉目凄然，说道："我姓崔名英，去年携妻前去赴任，不料途中遭歹人暗算，我被推入江中，家财和娇妻下落不明。幸亏我自幼熟悉水性，才得在江中求得一命。可是我已不名一文，只得以卖字为生，一路勉强到苏州报官，如今等候处理已经一年多，仍如石沉大海，杳无音信。这字也是些拙劣的习作，不敢说善于书法。"老先生听了崔英的陈述，深表同情，说："你的遭遇着实令我心动，如果你不嫌弃，可暂且在老夫这里做塾师，日后再作考虑！"崔英感激万分。于是，老先生把他迎进内宅一同饮酒。崔英突然看见芙蓉屏，眼泪簌簌不能自控。老先生觉得很诧异，询问缘由。他说："这画是我在船里的物件，芙蓉是我亲手所画，怎么会流落到先生府上？况且画中何时添此词？此笔迹定是我妻所书。睹物更觉伤怀，不知我妻现在何处？"老先生也为有此奇遇惊讶，更替崔英高兴。

次日，老先生悄悄找来郭庆春询问，庆春说："芙蓉屏是从寺院里买来的。"老先生托他再去寺中询问此屏的来历。过了几天，郭庆春回来说："庵中女尼从本县船夫顾阿秀处得此芙蓉画，庵中慧圆题词一首，院主很是喜欢，才做成芙蓉屏。"为见慧圆真面目，老先生派人到尼姑庵中向院主请求说："高老夫人喜欢念佛经，可惜没人相伴。听说院中慧圆修行精深，想请到家中讲经，望院主不要推辞！"院主不愿意让慧圆再涉世事，可是慧圆愿去。只因为她心中仍然有恨，她要借机去替夫君报仇。老先生备轿把慧圆接到府中，让老夫人与她一同起居，闲暇的日子里，聊些家世以探听虚实。多日相处，一老一少结下了深情。一日，老夫人问及王氏出家的经历，触及王氏心中的伤痕，王氏便把实情告诉老夫人。然后，她说："夫君的深仇，我一定要报，才能告慰他的灵魂。"老夫妻了解了王氏的经历，知道她必定就是崔英之妻无疑，就更加善待她，却对崔英没有透露一点消息。老先生暗中查访了顾阿秀一家的情况，但没有轻举妄动，只让老夫人劝说王氏留发还俗。

时间一晃又是半年，新任监察御史薛理来苏州巡行。他本是高老先生的弟子，老先生对薛理的为人很了解，知道他正直、干练，是个廉洁之人，就把芙蓉屏的悲欢一一相告。薛理办案，捉拿顾阿秀归案，查回崔英当年的任命状。可家财早已被他挥霍殆尽，只是王氏下落不明。于是薛理判处顾阿秀以极刑，就地处决。崔英将再次前去上任，高老先生说："相公且等几日，待老夫为你做媒，娶了亲再去，如何？"崔英婉言谢绝，言辞中多是凄苦与伤感："我与糟糠之妻，共度生活已多年。如今她生死不明，我无心再娶。如若天怜人意，就会给我破镜重圆的机遇。多谢先生美意，怎耐小生不能依从。"老先生也不勉强，说："既然如此，明天我为你设宴饯行，然后，你可安心离去。"次日，老先生摆宴，举杯说："老夫今日有一喜讯，为崔县尉了结生死之缘。"说罢，请出慧圆，正是崔英原配之妻王氏，夫妻相见，如遇来生，在座客人无不感动落泪。老先生赠送给崔英夫妇男女仆人各一个，又备了路费送他们上路。

　　好事总是多磨，虽月有盈亏，恩爱伴侣天怜爱，即使今生缘尽，何妨来世再叙。崔英任官期满后，还乡时途经苏州，高老先生已然故去。他们在老先生的墓前做了三天三夜的道场，以报再造之恩。王氏此后长年素食供奉神灵。

刘大人巧扮讨真情　　白翠莲报仇杀恶棍

清朝乾隆年间，刘墉蒙皇恩被御笔亲点为金陵江宁府的知府。钦命紧急，刘墉随身只带了一名小内厮刘禄，便选吉日启程到江宁府赴任。

且说江宁府的书吏三班人等，自从接到转牌，得知乾隆皇爷御笔亲点的江宁府刘知府不日到任，众属下人役天天在接官亭坐等闲谈，迎候新官上任。谁知迎来的竟是一个骑驴的"罗锅"，真是不同于一般。

刘墉自从来到江宁府，每日升堂，处理公务倒是与别人不同。这天，刘墉传话：立刻升堂。不多一时，一切齐备，刘墉座上吩咐将放告牌抬出，然后就查阅下属州县详报的文书。

瞧到江宁府的首郡上元县令刘详呈报："本县北关以外路东，有一开店之人，叫李有义。夜间杀死一名男客，男客之妻逃跑，不知去向。现有李有义的口供为证。"刘墉看罢，心中不免生出疑问：店家既已杀死男客，女子焉能逃跑？即便逃走，男人被害，岂有不替夫主鸣冤告状之理？看来，其中定有隐情。想到这里，刘墉传令："带李有义。"不多时，差役把店家李有义提到堂上，跪在下面。刘墉打量李有义的容貌，见来人年约五旬，残目浑浊。刘墉看罢开口问："下跪李有义，既做买卖当守本分，岂不知胡乱行为王法不容？"李有义向上叩头，道："启禀大人，小人开店不敢为非作歹。那一晚，一男一女来住店。小人就租一间正房给他们。歇店后，小的在前边看守门户，还有几辆客人的布车，偏偏他们要起早。天近五更时分，小人起来打发布车离店。天大亮之后，小人想他夫妻俩也该起床，便过去照料。走到门口时，不见屋中有动静，小人叩门多时没有回音，只好把门打开。可是屋中只有那个男子，已经没了活气，女子不见了人影。小人吓得不知如何是好，报官后，上元县的老爷验尸后，把小人屈打成招，小人冤枉，求大人为我做主。"

刘大人听罢李有义一番言辞，心中有了主意。吩咐退堂，回到书房唤来刘禄叮嘱一番，刘禄下去办理。

不多时，刘墉摇身一变竟已装扮成一个道人，手中拿一个蓝布包袱，包袱里有一本《百中经》及两块毛竹板。他悄悄地出了府衙，从小胡同来至江宁府的大街上。他边走边高声喊："众位乡亲请听言：有缘早把山人会，瞧瞧大运与流年……"刘墉信步来到一座茶馆前，心中暗想：这种地方最能得到消息,我先去打听打听。于是他迈步走进去,找了个僻静的位子坐下。堂倌上来看茶不细说,就听那边七言八语开谈。所说之事正是李有义杀人的事。就听一个说:"杀了也好,那死鬼名叫伊六,就住上元东关。这小子,坏事干得不少,把爹娘留下的家私挥霍一空,连个媳妇也没讨上。只听说有个舅舅叫季三,是个暴发户。也不知他从哪里拐了个女人来?"这一问,又引出一大堆讨论,就听旁边一个茶客接话:"伊六这小子,从他舅舅那里得了一笔小财,就在咱们这儿置了几亩田产,吃租。咱们这东街上土地庙东边那个富全家就种伊六的地。伊六那小子下来收租时常在富全家落脚。富全的妻子是个俊妞,叫白翠莲,我瞧伊六不怀好意。"众人争执得兴高采烈。

刘墉心中暗自盘算:看来伊六带的女子有点来头。我不妨先去富全家走一遭。想毕,付钱出了茶馆,往东一拐,顺着大街朝茶客说的富全家走去。他口内叨喝着:"月令高低瞧贵贱,六壬神课断吉凶。行人出外问我信,气死平则门的吕圣功。"他特意在富全家门口徘徊了一会儿,不多时,出来个丫头把刘墉带进院子。原来,这丫头名叫青儿,是白翠莲的表妹,长得奇丑。刘墉在院中站住,忽听那竹帘子内有女子说话:"青儿,快拿把椅子请先生坐下。"刘墉坐定问:"不知夫人是算自己还是算别人?""先生,先算一个属牛的,男,二十七岁,五月十五生人。"刘墉听罢,说:"不吉利，今年是白虎神押运，吊客星穿宫，牛头不利呀。这人有性命之忧。不知他是夫人什么人？须早日防范。"那女子闻听刘墉一派胡言，一掀帘子走了出来。刘墉见此女子果然美丽，便又问："但不知他是何人，说得明白卦便灵。"女子说："他是奴家夫主富全，前段日子与奴姑舅哥哥钟老到句容县做生意。现在已经七八个月还不见回来。这几天，我心恍惚不安，所以请道爷看个吉凶。"刘墉又问："令夫主在家做何生意？""种地为生。""是祖上产业吗？"女子说："是租种别人的。""地主是哪个？"女子语塞。刘墉把这一切看在眼里。又听女子说："交租子都是我夫主与他们打交道，我不知道。"说罢拿来一百钱给刘墉，吩咐青儿："送先生出门。"刘墉故意留下诈言说："我瞧你家的院子凶得厉害。"说罢径自离去。

　　刘墉回府换去道袍，吩咐叫承差陈大勇来见。然后，在他耳边低语一阵子，陈大勇点头回去办理。不说刘墉在书房闲坐。再说陈大勇领了命令，出了衙门瞧着太阳已下山，急忙回家吃了点饭。天色黑定之后，他来到富全家小院内，走到窗下，用舌尖将窗纸舔破，往屋里细看，正是刘墉所说的女子白翠莲。忽听她说："神灵保佑奴在外的夫主身体安宁。再者一事，奴家求神明鉴：奴家并非淫荡女，只因恶人奸计得势，奴家才遭不幸。"陈大勇听到此处，找了块破瓦抛在院中，然后按大人吩咐学出几声怪异的号叫。先听屋内女子只认为是盗贼，屋外响动不断后又说些没头脑的话："啊，原来是你，你说你死得不明，前来纠缠我。你既然前来，奴家岂怕一死，待我与夫主见一面，自会与你森罗殿辩个明白。"陈大勇装鬼诈出白翠莲真话后，回府复命。

刘墉听罢陈大勇述说，心中更加明白，一边吩咐差役去把白翠莲的那个姓钟的哥哥抓来，一边乔装改扮，又是一路木板声，敲到富全家门口，果不出所料，青儿出来把刘墉召唤进去，白氏已候在院中，问："道爷可知我这院中有何怪物作乱？"刘墉说："依贫道看来，是个男鬼，二十几岁。"女子听罢，吓得粉面焦黄，连忙说："道爷妙算，就请快施法力，将鬼魂赶去，事成有重礼相送。"刘墉说："既然如此，山人与你写一套解冤咒，把死鬼姓名写在上面，三更天时多烧些纸，连解冤咒一起烧掉，再不会有鬼来作祟。"谁知，这女子才貌双全，她只叫刘墉把咒语写好，留下姓名自己写。刘墉无奈，一番苦心没有收获，只得悻悻然回到府衙。

此时，差役已把钟老带到，只等大人传唤。刘大人升堂，问道："钟老家住何处？做何生计？"钟老见问，叩头道："小人家住江宁，只有个妹妹小青，住在表妹家中，几月前与表妹夫到外地做生意，奉公守法，不敢乱行。今日不知何罪到此？"钟老狡猾，不露口风。刘墉吩咐把白翠莲带来。不多时，白氏带到，她已写好状纸，没有半点惊慌之色。刘墉接过状纸细细看了一遍。

原来，富全租伊六田地。那伊六到富家收租，见白氏美貌，心中便生邪念。一天，富全、伊六和钟老在富家吃酒，钟老与富全商议到句容县做买卖，伊六出本。次日，他们二人去了句容县。剩下伊六住在富家，他用药酒使白氏昏迷，强行奸淫。白氏忍辱，假意顺从伊六，二人约好逃往北京。在上元县北关住店时，白氏用预先准备的刀刺死伊六，趁五更天布车出店时溜了出来。

刘墉看罢状纸，又问白氏："你还有何话讲?"白氏说："奴家冤仇虽报，可是不见夫主一面，死不甘心。"刘墉叫白氏转脸看。白氏见堂边跪着钟老，这会儿也顾不得身在何方，说："老哥，你同妹夫上句容县，他怎么如今还没回来?"钟老贼眉鼠眼地说："表妹，我那妹夫早该到家多日了，你怎么反来问我?"堂下的对话，刘墉听得明白，知道钟老又在抵赖，吩咐左右："大刑伺候。"钟老见势不妙，连连叩头求饶，招出实情。他与伊六都是一路货色，游手好闲，二人一见如故。伊六想霸占白氏，与钟老定计，骗走富全，半道暗害，抛在一个破窑中。钟老自知国法难容，带了钱财四处挥霍。如今，法网恢恢，天地不容。

命案现已清楚，钟老被定剐罪，白氏虽杀伊六，其情可恕，暂且回家，等候领尸。白氏叩头谢恩，出衙门回家了。

孝妇几经尝苦难　挚友相帮助团圆

绍兴府昌安门外有一座小村庄,村子不大,但很幽静。村里有个买卖人叫张世昌。每次出门做生意总得几个月才能回来。家中只有老娘和妻子魏氏住在一处。

一年春天,张世昌外出卖货,到夏天还没有回家。张母身体不适,加上天气闷热,卧病在床,想吃白水煮鸡。魏氏就宰了一只鸡孝敬婆婆。她想到婆婆年迈,牙口不好,就先捞起一块鸡肉尝尝炖熟了没有。正赶上婆婆在里屋唤她,她想答应,情急中鸡肉卡在喉咙里,气息堵塞而昏倒在地。婆婆几次呼唤媳妇,却没听到应声,就爬起来看媳妇,见媳妇倒在灶边,婆婆以为她是热天里中了暑,调治不醒,只好央求邻里赊了一口薄棺盛殓起来。暑伏天,尸体不能久留,虽然丈夫没有回来,娘家又无做主的人在身边,婆婆也只好拖着带病的身子,求邻里把棺材先抬到坟地暂时停放待葬。

不料,媳妇之"死"只是一时气闷而致。待穿衣入棺,人们抬着棺材到坟地时，由于一阵颠簸，鸡肉逐渐从喉咙间滑下去，气息回转过来。天近黄昏时分，媳妇清醒过来，却发现自己躺在一个黑漆漆的地方，用力顶开盖子，才知自己已是死过一回的人。四顾茫茫，不觉凄凉，又不知是在什么地方，不觉坐在棺材边垂泪，守着那口薄棺顿感凄楚悲凉。这时，远处菩提寺和尚独修和工役马四，讨债回来，路经此地。见一名女子在哭泣，便上前询问。女子把实情讲给了独修。独修举灯照看女子，见她眉目清秀，便生了歹心，与马四低声商量，二人决定把女子带回寺中。于是，假装说道："你家和我们去的地方顺路，我们送你一程吧。"女子心中一块石头落地。

仲夏夜，天空如洗，纯净幽深。旷野中，三个人倒也不觉寂寞。走了一里多地后，前边隐隐有人家的灯火。马四建议说："我哥哥马二就住在这个村子里，今夜他们举家都去岳父处祝寿，我们可以先去歇息一会儿。"说罢，带着独修和女子来到马二家门前，马四弄开锁头走进房屋。当时已到半夜子时，邻里们都已睡去，马二家的动静没人知晓。马四叮嘱独修先去灶下生火，自己进屋取米淘洗，放入锅里之后，趁独修不注意，操起一把劈柴的斧子，结结实实砍在独修头上，独修当场毙命。然后，他又用斧子逼迫女子。女子浑身抖作一团，没有反抗的余地。他二人吃罢饭，马四又掠了哥哥家的财物，劫着女子逃走了。

次日清晨，邻里见马二家门大开，里面又静悄悄，疑心遭了盗贼，众人一齐进屋察看，只见满屋狼藉，东西被洗劫一空，灶下还躺着一个被杀的和尚。邻里急忙到马二的岳父家中报信，又急急去报官。官府验尸之后，只知道是邻村寺院中的和尚，而马二夫妇均有证明其当时不在现场的证据。可疑之人只有马四，可是他一直下落不明，自从那日与独修讨债后，始终没有回寺院。案子也就悬了起来。

再说，张世昌的岳父魏公，听人说女儿身亡，急忙赶来，到坟地去看，发现棺材已经空了。报官之后，官府即刻派人来查，见棺木只是薄薄的木板，简单盛殓，不像是有人偷盗，而尸体确实不见了，下令查找，仍是没有结果。

不久，张世昌归家，得知妻子亡故且尸体又无故失踪，心情一时难以平静，也就无心再做生意。秋天，李茂元邀他一同外出，他因母亲年高无人照顾，且无心经营，婉言谢绝。一转眼，春风又绿江南岸。李茂元独自在台州宁海城做生意。一天，路经一户人家，见门旁河岸上有一个妇人在淘米，模样极像张世昌的妻子。于是，留心观察了几日，确定此妇人就是张世昌的前妻，又见她每日出入捕役许保贤家中。

李茂元急速回到家乡，把事情详细说给张世昌。张世昌急忙到县里去告状。衙役奉命，突然出现在许保贤家中，带走了妇人和他。妇人到了当地衙门，她如实供说了那年夏天的遭遇，并且又说马四胁迫她一起逃往天台，后又辗转来到宁海，钱财用尽，就投在许保贤家中当下人。谁知许保贤也不是善良之辈，早存下奸淫妇人的歹心。一天，马四跟随许保贤一同外出办事。几天后，许保贤独自回来，竟对妇人说："马四在水里淹死了，我已把他盛殓了。"妇人心里害怕又不敢多问。当夜，许保贤逼迫妇人。妇人生不如死，像在地狱中过活。县官不用动刑，许保贤已然供认，只是提及马四的死因，开始他还想抵赖，动用重刑后，他经不住皮肉之苦如实供出：马四流落在外，人地两生，许保贤为占其妻，引诱他外出，趁其不备用斧子把他砍死，把尸体抛在荒野。根据许保贤口供，县官派人找回马四的尸体，验明后将许保贤处以死刑。因为妇人不知内情，且屡遭胁迫，遭遇值得同情，解回原地以了结绍兴的疑案。张世昌与妻子情深意笃，只因奸人做鬼才落得如今地步。他把实情说给母亲，老太太感念媳妇平日的孝心，也就同意收下了妇人。

倪青天私访生疑窦　万年轻酒后吐真言

倪春岩是进士出身，任安徽潜山县令，他为官清正廉洁，人称"倪青天"。倪公平日喜欢暗访民情。

冬季一个暖洋洋的日子，倪公到乡里走走。见山凹处有一座新坟，湿土还没有干，一群野狗在四处徘徊，心中掠过一丝不快。待唤来亭长一问，才知是前村李甲的新坟。李甲二十多岁，家中很富裕，只是父母均已亡故，家中仅有娇妻，没有儿女，这一段因痨病耗尽体能而亡。倪公听罢点头沉思了一会儿，然后乘轿直奔李甲家，召唤李甲妻子出来回话。听说大人传唤，李甲妻子急匆匆换上丧服出来拜见。倪公仔细看这女子，见她虽外着素服，领口袖角却可看到内着艳装，又见她粉面朱唇，只是故作凄楚之状，心中知道她不是个善良之辈，便厉声对妇人说："我到此处，皆因昨夜我梦见你丈夫满身是血地跪在我床前，诉说他横遭惨死的原因，求我替他申冤。"妇人闻听不甘示弱，与倪公急急争辩，一副凶暴泼悍的样子。倪公执意要开棺验尸，妇人再三以强词相压。倪公笑道："我本一介寒儒，侥幸得一科第，为一方父母官，如遇冤案而不为民除奸，怎配做一方父母官呢？我意已决，如果验尸没有问题，我甘愿伏法。"然后打道回府。

次日，开墓启棺。尸体因天寒未有丝毫腐败，从头到脚、从前到后没有一丝伤痕，只是骨瘦如柴，确是因病而亡。倪公无奈只得又把棺材重新掩埋。不料，那妇人得理不饶人，大发淫威。倪公仍不甘心，他拟文上报，请求宽限三月，如再无确切的结果，甘愿服罪。太守答应了他的恳求。倪公回府时路经城隍庙，求神示梦，以解疑云。当夜，果然倪公梦见城隍派人赠给他一盆万年青，惊醒后不知是什么意思。一连几天倪公都在乡里暗查，却没有结果。这一天黄昏时分，扮作占卜人的倪公见一个渔夫在河边垂钓，便凑上去问路。渔夫打趣道："先生占卜可有灵性，怎不知此地并无客店。如不嫌弃，可到我家中暂时歇息一夜。"倪公应允，随渔夫到了几间茅屋门前。一个老妇人迎在门口。渔夫把钓来的鱼交与老妇人，然后对倪公说："这是老母亲，今年八十二岁，幸喜还强健。"于是请倪公稍坐，亲自与老妇人一同烧菜。不多时，鱼已烧好，三人坐下吃饭。倪公问渔夫为何壮年不娶，渔夫笑道："小人今年已经六十四岁了，只因长得年轻，人称'万年轻'。我自知薄命，不喜欢家室。只因有老母在，不然早已入山修行去了。"倪公听得"万年轻"这三个字，顿时心情豁朗，便故意引导他。当时渔夫喝得已有些醉了，更加得意忘形，他听倪公问他为何不娶妻子，便连连摆手说："天下最毒莫过女子！娶妻这事，不提也罢。只因那日眼见女子谋害亲夫更无婚娶之心。"说罢自知失言，急忙以请酒遮掩。倪公听得清楚便不肯放过，紧紧追问。渔夫这才酒后吐真言。

原来，万年轻好赌博。一天，输了个不名一文，便想到去偷，乡里都知道李甲家境殷实，他也不例外。时值三更时分，李甲住宅内万籁俱寂，冬夜的寒月冷冷地照在天地之间。万年轻伏在窗下偷看，见屋里烛光摇曳，李甲在病床上呻吟，他妻子坐在床前。忽然，从床后轻步走进一个男子，与李甲的妻子耳语了一会儿。两个人一齐下手，用白绢塞在李甲口中，然后把他绑起来，又扒下裤子露出屁股，开启罐子取出一条小蛇，把蛇头放入一个竹管内，对准李甲肛门，又取香火烧蛇尾，蛇不能忍受，由肛门钻入李甲腹中，只听李甲大叫一声便断了气。万年轻讲罢，怒发冲冠，由此他更憎恨世间女子，所以才不娶妻子。

倪公得知真相，不禁惊叹好恶毒的妇人，难怪李甲身上没有一丝伤痕。倪公又问："你既亲眼所见为何不去报官？"万年轻惭愧地说："倪青天最恨盗贼，我若报官岂不自投罗网，还是闭口不谈为妙。"次日清晨，倪公辞别渔夫母子回到府衙，出签拘来万年轻和李甲之妻。万年轻见公堂之上的倪大人正是占卜之人，无奈只得把昨夜的供词再叙一次，画押。李甲之妻仍争辩不止，但是在铁证面前只好供出她与李甲表哥的奸情。他二人趁李甲病重私通，为谋李甲家财又将李甲暗害。

案情大白，奸妇被凌迟处死，奸夫被当场斩首。又因此案得到万年轻的供词作证据，且因为他十分孝顺老母，倪公便召他母子到署，为万年轻娶妻，又资助他做生意的本钱，使他一家安度余生。

奸相当权忠良蒙难　主事位卑侠肝义胆

明朝嘉靖年间，严嵩父子当权，残害忠良，罪恶不可尽数。沈小霞因为受父亲株连，也遭老贼陷害，其经历悲切感人。

沈襄是沈炼长子，号小霞，是绍兴府闻名的才子。他在家中听说父亲得罪严嵩父子被发配到关外为民，甚是挂念，本来想去探望，可是家中无人主管，两头为难。忽然一天，知府差人来到沈府，不由分说，把沈襄解到府堂。知府把文书给他看过后，就将回文和犯人交给原差，沈小霞一时不知道其中缘故。

原来，沈炼被贬为民后，老奸相严嵩仍不放心，听说他在保安一带很受百姓敬重，就一心要把他除掉。同时，对他的两个儿子沈衮、沈褒也下了毒手，只留下褓褓之中的幼子沈袠随着母亲徐氏迁往别处居住。严嵩父子心狠手黑，又暗中派人来抓沈襄。沈襄得知父亲和两个兄弟的不幸遭遇，放声大哭，哭出府门，只见一家老小都在那里。他心中明白，定是文书上有奉旨抄家的话，知府已经差县尉封锁了家私，将人都赶了出来。沈襄真是苦上加苦，他与夫人抱头痛哭，一家人悲悲恸恸，明知这一去凶多吉少。小霞的丈人孟春元取出一包银子和一些首饰送给公差，求他们路上看顾女婿。谁料想这两个解差早已收了奸人的贿银，要在途中陷害小霞。

再说，小霞把家人散去后，只带了小妾闻淑女一同上路。闻氏已有两个月的身孕，她平日里深得小霞宠爱，且有才有智。此次她一定要跟在小霞身边，孟氏也再三劝夫要带她前去，路上有个照应。一路行来，闻氏与小霞寸步不离，亲自置办茶汤饭食。解差张千、李万渐渐露出凶样。小霞夫妇暗中商量，小霞道："明日是济宁府界上，过了府去，便是太行山梁山泊，一路荒野，常有贼人出没。到那时，他们要行凶，如何是好？"闻氏道："既然如此，官人若有脱身妙计，请自方便，留奴家在此，自有办法。"沈小霞道："济宁府东门内有个冯主事，他是我父亲相好的同年。我明日去投奔他，他必然相助，只是你妇人家……"闻氏打断小霞的话，说："官人有路尽管走，奴家自会摆布，不劳挂念。"这里二人暗自商量。张千、李万酒足饭饱，全然不觉。次日早起上路，沈小霞依计骗说冯主事曾欠下他家纹银二百两，想去讨回来作路上的盘缠，张、李二人贪财心切也就应允。李万随了小霞出门去讨债，闻氏再三叮咛早去早归。

却说小霞和李万一起出门。不多时，李万想上厕所，他觉得济宁此地他熟悉，东门冯主事家他也认识，况且小霞的东西和闻氏留在店中，还怕他跑不成。于是，自去方便了。小霞见李万不在身旁，一口气跑到冯主事家中。也是他命不该绝，冯主事正守丧在家，见小霞衣履不整，大吃一惊，急忙询问发生了什么事，小霞便把来龙去脉讲述一番。冯主事道："贤侄不妨随我来，自有道理。"然后，拉着小霞走到卧房，藏于密室之中。每日茶饭，都是冯主事亲自送入。

且说李万上了厕所，往东门冯家而来。到门口，问老门公道："你老爷在家吗？""老爷正在家里。"门公回答。又问："有个穿白衣的官人来见你老爷，可曾相会？"老门公说："正在书房里留饭哩。"李万听说也就放心了。看看到了未牌时分，果然有个穿白衣的官人出来，却不是沈小霞。李万等得发急，不免又问老门公："你说的白衣人是哪一个？"老门公道："就是方才那个，他是老爷的小舅，老爷正守丧，不见外人。此时正在睡午觉，哪里还有另一个白衣人！"说罢，就要走开。李万听得话音不对，心下已急了二分，便道："不瞒大伯说，在下是宣大总督老爷差来的，今有绍兴沈公子是小人提的人犯，小人提他到贵府……"李万细细把今天一早的事情说了一遍。老门公当面一啐，骂道："见鬼！何尝有什么公子？这门是我看守，你莫非是白日撞，想来摸点东西？快快请退，休缠你爷的账！"李万听说，更加着急，又没法发作。正在这时，张千急急赶到，见李万正与老门公纠缠，便怒道："好鬼头，你只贪酒食，不干正事，如今已是申牌将尽还在此游荡。"老门公见他二人互相埋怨，转身进去关上了府门。张、李二人无奈，只得在门外候着，看看已日没黄昏，仍没有动静。两个人只得吃些烧饼暂度饥饿。二人还在絮絮叨叨："这沈公子也是好笑，拿了银钱还要在此留宿，丢下老婆、行李在下处倒也放心，害我们还得在外边守一夜。"

一夜无话，天明仍不见沈小霞出来，张、李二人就要闯进冯宅。被迎面走来的冯主事臭骂了一顿赶出门来。张千、李万面面相觑，一时间丢了魂，急匆匆赶回客店。闻氏在客房中听得差人回来，慌忙移步出来询问。张、李二人答不上来。闻氏含着泪，一双手扯住张、李二人叫道："好，好！你们还我丈夫！"李万只得把昨天之事讲出来，闻氏听罢更不让步，吵闹声惊动了店主和其他客人，就见闻氏跪在店主面前说："公公替我做主，我丈夫三十无子娶了妾身，幸喜奴家有了三个月的身孕，我丈夫割舍不下，因此奴家千里相从。昨日为讨些盘缠去见年伯，李公差同去。昨夜一直未归，奴家心中疑惑。今早他两个回来，一定是将我丈夫谋害，求你们替奴家做主。"闻氏口齿伶俐，把李万、张千堵得哑口无言，众人见闻氏可怜就拥着张千、李万到了兵备道前。

闻氏猛力击鼓，口喊冤枉。王兵备升堂，问击鼓者何人，中军官把妇人带进去。闻氏且哭且诉，将家门不幸的遭遇，一家父子三口死于非命，只剩得丈夫沈襄，昨日又被公差中途谋害，有枝有叶地细说了一遍。王兵备传张千、李万上堂，问其缘故。张千、李万说一句，妇人就驳一句，句句有理。王兵备觉得其中定有缘故，便发去本州勘审。贺知州不敢松懈，即刻审问，仍是没太多进展。得知此事与冯主事有关，便想先去试探一番，于是打轿去拜冯主事。冯主事见知州来拜，急忙迎出厅堂，落座看茶。贺知州提起沈襄之事，冯主事听到"沈襄"二字就掩着耳朵，说："此乃严相国仇家，学生虽有年谊，平素实无交情。老公祖休得下问，恐严府知道，有累学生。"说罢，起身送客。贺知州讨了个没趣。又觉得冯主事如此惧怕严府，定没有胆量收留沈襄。回府后，一连几日都在审理此案，听妇人言辞有理，可张千、李万在重刑下又不肯供认。张、李二人受苦不过，再三哀求，贺知州只得锁押张千、李万二人，追寻沈襄，五日为期。茫茫人海，来千去万，哪里寻得着沈公子？闻氏先被安排在尼姑庵住下，刚到五日，便又到州里啼哭，寻死觅活。知州无奈，又将张千、李万结结实实打了一顿。如此十多次，不知打了张、李多少竹鞭，打得二人行走不动。张千得病身死，只剩李万一人。他只得到尼姑庵来拜求闻氏，把严嵩党羽收买他们，要他们暗害小霞，可未及得手他已逃脱，实在与他们没关系等等，说了一遍，求闻氏不要到州府啼啼哭哭，张千已死，留他一条狗命。闻氏听罢，叹了口气说："据你说没害我丈夫也难全信。既然如此，奴家且不去禀官，容你从容查访。"李万诺诺连声退了出来。

也是李万命不该绝。此时，朝中严嵩失去信任，大厦将倾，党羽四散了去。加上闻氏已经不再去州府啼哭，贺知州也就打开李万的铁链，给了他一个广捕文书，叫他用心缉访，其实是放了李万一条生路。再说沈小霞在冯主事密室中住了数月，外边的消息没有不知道的。张千、李万相继死的死、逃的逃，这项公事渐渐地松懈了。冯主事特地收拾了内房给小霞居住，只是不得外出。光阴似箭，一晃就是八年。朝中严嵩老贼父子大势已去，嘉靖皇帝下令抄没其家财产，严世蕃处斩，严嵩发在养济院终老。被害诸臣，尽行昭雪。

冯主事得知此事，急忙报给沈小霞，让他出门去找闻淑女。尼姑庵夫妻相见，离家时三个月的身孕，现在已是个十岁大孩子了。一家三口涕泪交流，欢喜万分。冯主事守孝期三年，如今才上京补官。于是带了沈襄同去讼理父冤。闻氏暂时回原处居住。到了京城，冯主事先去拜访了通政司邹应龙参议，将沈家父子冤情细说了一遍，然后呈上讼状。邹应龙全权受理。第二天，沈襄将奏本往通政司挂号投处。圣旨下，沈炼因忠而获无罪，准复原官，乃晋一级，沈襄上疏谢了恩，并奏请惩罚杀人凶手，圣旨准奏。

　　京城中一节都已办理好，沈小霞辞别冯主事到云州寻访母亲和幼弟，几经辗转，在保安得以团圆。多亏当日父亲的义弟相助，多年来徐氏带着幼子才苦熬到云开雾散这一天。母子兄弟见面少不了抱头痛哭。在此休息了几天之后，沈小霞便和幼弟陪着母亲，扶着父亲的棺木回乡里去了。快到绍兴府时，孟春元早已带了女儿孟氏、闻氏、孙子迎候在那里，一家骨肉团圆，悲喜交集。当初只道灭门绝户，如今依然有子有孙，昔日冤家皆恶死见报，天理昭然。沈家儿孙守孝三年，无人不称大孝。服满之日，沈襄到京城受职。闻氏所生之子，少年登科，与叔父沈袠同年进士。子孙也世代书香不绝。

旧势力难阻好姻缘　　笨阿笨终难逃法网

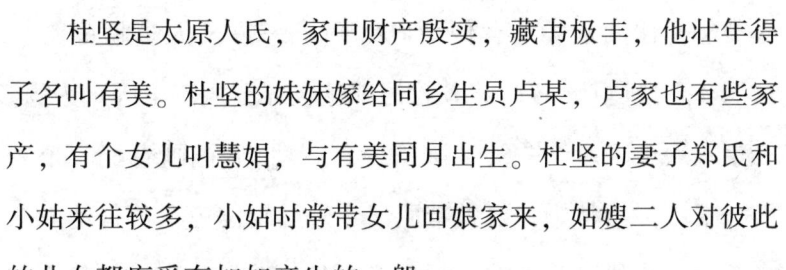

杜坚是太原人氏，家中财产殷实，藏书极丰，他壮年得子名叫有美。杜坚的妹妹嫁给同乡生员卢某，卢家也有些家产，有个女儿叫慧娟，与有美同月出生。杜坚的妻子郑氏和小姑来往较多，小姑时常带女儿回娘家来，姑嫂二人对彼此的儿女都疼爱有加如亲生的一般。

一晃已是十多年的时光。有美和慧娟两个人如金童玉女，感情也日渐亲密。此间，凡是有给有美说媒的人，郑氏因属意慧娟，所以都回绝了。一天，闲话间试着与小姑商量孩子的婚事，正与小姑一拍即合。小姑回家与卢生商量，卢生素来保守迂腐，对内亲联姻一口回绝。杜坚的妹妹气呼呼地责备丈夫说："只许你卢家人娶我杜家女，就不让杜家人娶你卢家女，况且侄儿哪一点配不上慧娟？我已经答应嫂嫂了。生下女儿当由我做主，你休想阻拦。"卢生大怒，一时间搬出三纲五常来压制妻子，说："你应该知道，女子三从不可忘记,在家从父,出嫁从夫,夫死从子。我还没死,不仅慧娟应当从父命,你也得从夫命。我不同意这门婚事,看谁敢自作主张。"说罢转身离去,丢下卢氏独自生气。以前卢氏回娘家,每次都带着女儿一起去,自从这件事之后,卢生禁止慧娟再去杜家。有时有美来看望姑姑,也不许他们二人相见。

卢生的专横把有美和慧娟隔离起来,可是他们两个人的爱慕之情却日渐加深。光阴似箭,两年过去了。情窦初开的有美经不住两地相思,便请画师画了一幅《太真献镜图》,自己在上边题诗一首:"狡狯温郎绝世才,风流不厌自为媒。三生幸遇金闺彦,一笑亲陈玉镜台。"然后把画卷托一个老婆子暗中传给慧娟,要她带回回音。慧娟也正在苦苦地思念有美,不知他是否也在饱尝相思之苦。看到诗画后,又欢喜又激动,心照不宣地拿起笔在画轴底下清清秀秀地回敬一首绝句,来回答有美的询问之意。诗写道:"两地相思两不知,玉台一献当红丝。老奴伎俩何难料,请待良宵却扇时。"题诗写好以后,仍托老婆子带去交给有美。有美见诗,如获至宝,早晚烧香念诵。从此两地相思互有回应,各自都用嫁娶立誓,只是苦不能如愿,日子久了不觉都昏昏病卧床榻,求医治病仍不见有起色。

杜坚夫妻和卢氏,一天天守着孩子们,心里着急,也知道病的根源。卢氏回娘家探看有美的病情,便和哥嫂商量如何说服卢生。卢氏说："书呆子要逞一时之强，非得用计套他屈服。哥嫂不必忧愁，我自有办法对付他。"杜坚夫妻双双拜谢，等着妹子的好消息。卢氏回到家中不理会卢生的询问，只从袖中拿出一把匕首，光亮如雪，夺人眼目，然后指着卢生说："好生生一对儿女，都让你害得大病不起，他们要有个三长两短，我也不想活了。你我夫妻二十多年，今天就做个了结。"卢生顿时急了，忙上前抢过匕首，好言安慰："你暂且安静安静，等我们商量商量再做决定。"卢氏说："我已决定，还有什么可商量的？"卢生说："既然这样，我答应就是。"接着又说："你娘家侄儿既有才华，我本是一俗人，不愿再招白衣女婿，必须等你侄儿成就功名后，才可迎亲。"卢氏笑道："这有何难，我侄儿得遂心愿心中喜欢，必定刻苦立志，功名唾手可得。""若是这样，明天你去告诉哥嫂，急速派媒人来提亲就是。"次日，卢氏把喜讯传与哥嫂，杜家马上上门求亲。有美、慧娟二人听说此事，病都好了。

从此杜有美刻苦读书，寒来暑往，乡试得中举人，就选吉日良辰上门迎亲。同乡有周生、韦生，都是生员，平素常来杜家看书，和有美都是同窗，意气相投。周生乡试中了副榜，与有美感情融洽。有美的佳期定在九月下旬，晚秋天气，清爽洁净。到了吉期，周生对韦生悄声说："此天生一对好配偶，几费周折，当此良宵之际，不知该如何欢乐，我俩当设法偷听，寻个快乐。"韦生连声"好"。正在小声商量，恰巧有美在屏风后面听得真切。

先前有美的奶妈朱姬，有个儿子叫阿笨，整日里不学好，游手好闲，手脚有些不干不净。今天恰逢有美成亲，卢慧娟的妆奁很壮观，他便生出歹心，混在杜家藏书楼上，想夜深人静时借机行窃。二更过后，亲朋陆续散去，有美脱去外衣，准备就寝。突然记起白天周生和韦生要在藏书楼上偷听的话，便想取个乐子，于是轻手轻脚地上了藏书楼。当时残月初升，有美见一个人正倚着栏杆凝神静听，以为是周生，就悄悄从背后伸手遮住他的眼睛。他哪里料到这人是阿笨。阿笨被吓了一跳，以为谁在侦探监视他，又慌又恨急忙回身抱住有美的脖子，掐住喉咙，不一会儿有美气绝，倒在楼板上。当时慧娟正在帐中闲坐，刚让伴娘去准备洗澡水，听见有美轻脚走上楼去，不知什么意思。不久，听见一阵细碎的响声，心里十分奇怪。

再说，阿笨见有美已昏倒，顿时生了歹意，想借机侵犯慧娟，就脱掉外衣，塞在书箱下面，大步走下楼来，推门进屋，见新娘子坐在帐中，一口气吹灭蜡烛，进帐抱住慧娟。慧娟心中疑惑，想有美平日里温文尔雅，为何突然急不可耐？阿笨近身，她就用力抗拒。阿笨怕响动太大事情败露，急忙伸手褪下慧娟两个腕上的饰物，并摸索头上的首饰。慧娟更加害怕。恰巧伴娘端着洗澡水进来，阿笨急忙用衣服遮住脸，逃出门外跳墙而走。伴娘大惊，急忙点上双烛，见新娘喘息不定，神魂惊慌。两人正在惊奇，忽听楼上有响动。慧娟随伴娘拿蜡烛去看，看见有美躺在那里，喘息不止。两人扶他回房躺下，慧娟心中怜爱郎君，急问他哪儿难受。有美指指喉咙，摇手不让她再问。直到五更天，有美才坐起来，把晚上的事说与慧娟，慧娟也说了自己的遭遇。有美认为平日里待周生亲如兄弟，没想到他竟下如此黑手。幸亏虽劫去首饰，但慧娟不曾被他欺负，不过这玩笑也开得太大了，竟使自己良宵空过还险些丢了性命。

其实这天夜里宾客散去后，周生已大醉不醒，躺在书房中。韦生见他这个样子，白天商量的事也只好作罢。等到周生醒来，天已蒙蒙亮。周生跟跟跄跄走出大门，看门人见他衣冠不整且此时才去，觉得不对劲，只是周生是主人家常客不便细问。到了早晨，全家哄传昨夜的事情，有美虽没看清周生面目，看门人倒是个好见证。杜坚本是个忠厚之人，家中虽遭不幸，但没有人员伤亡，只失去些财物，就想隐忍了事。想不到卢生听说此事后，大发雷霆，特地寻上门来指责杜坚隐瞒盗贼的罪过。说周生是个衣冠禽兽，定要到县里去告状。周生也是一方名士，年纪虽轻和县官倒有些交情。县官私召周生到府，把状子给他看了。周生看后吓得直喊冤枉，说："那夜我酒醉未曾去得藏书楼，实在没有做出这等事情。小生纵千般不好，也不会害人性命，奸友妻子。希望

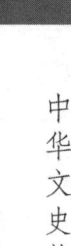

明公体察下情。"县官素知周生为人,让他暂且回家,就派人去说和卢生。卢生固执难缠不肯私下了结,县官无奈只得一拖再拖,辗转迁延,没能定案。

不久,县官任满迁往他乡任职。新来的县令倒很精干,看到这个糊涂账,反复推敲。过了一天,传召双方会审,说:"不论此事是何人所为,杜家的首饰确实丢失,况且那人是穿了内衣企图强占人妻,说明其间必定有外衣脱在别处,而有美在楼上发现被伤害。如果找出那人的衣物便可明白真相。"于是亲自带人到杜家楼上搜寻,果然在书箱下找到了几件破衣裤,还有腰袋里的一封信,此信正是阿笨债主索钱的条子。县令果然清明。周生的冤枉因而得到昭雪,县令出签捉回阿笨按律处置。由此远近都知道新任县令断案神明。

借首饰招来杀夫祸　　隐奸情自食苦命果

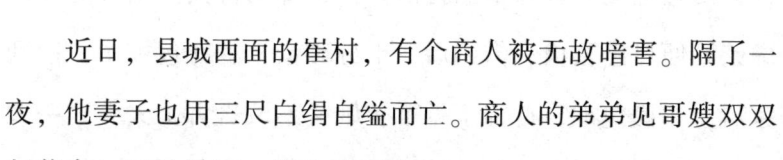

近日，县城西面的崔村，有个商人被无故暗害。隔了一夜，他妻子也用三尺白绢自缢而亡。商人的弟弟见哥嫂双双归黄泉，又是暴死，就告到官府。

县令费祎祉接到报案后亲自到现场察看，见一个包袱里有五两银子围在商人腰间，知道并非贪财杀人。提来两个里长细问一遍，也没有任何线索。费县令也不惊动别人，只是放回里长让他们细细访查，隔一段日子来报告一回。过了半年，人们都已把这件事忘记了。只有商人的弟弟不肯死心，他怨恨官府不把杀人当作一回事，几次来大堂追问。费公只是劝一番就将其打发走了，商人的弟弟无奈，含恨埋葬了哥嫂。

费公依然每日里照常办案。一天，费县令因收税外出，捉了几个抗赋的人来到堂上。其中一个叫周成的人贼眉鼠眼，见风使舵，害怕老爷动刑，就对费县令说："我的钱粮

已经准备足了。"说罢急忙从腰中取出钱包袱,请县令收讫。费县令看罢,便问:"你姓甚名谁,家住何处?""小人周成,住在七里村。"又问:"离崔村有几里路?"回答说:"五六里。"费公道:"去年崔村的人命案与你有什么关系?"周成脸色大变,急急辩解说:"小人与此案没有任何关系。"费公怒斥周成无耻,下令严刑拷问,周成只得供认了实情。

原来,商人的妻子王氏,要去媒人家谢媒,因为没有首饰,便怂恿丈夫去邻里家暂借。丈夫哪里肯去。王氏为满足虚荣心便自己去借,借到后,十分珍惜,裹在包袱中。回到家后,一摸包袱,首饰不见了,她又不敢告诉丈夫,这一大笔债哪里还得起。她急得要死。这天,恰好周成拾到了首饰,却没有立刻还与王氏。他探知商人外出,便在半夜时越墙而入,来到王氏家中。当时,天气很热,王氏正在庭院中歇息,周成便悄悄爬上王氏的床强奸王氏。王氏正欲呼喊,周成制止住她,拿出首饰引诱王氏就范。二人完事,王氏嘱咐周成说:"以后不要再来了,被我丈夫知道就麻烦了。"周成哪里肯依,他怒斥道:"我嫖妓女一夜可不付这么多钱,我自会再来。"王氏只得好言安慰说:"我不是不愿与你好,只因丈夫患病,等他死后,我们再从容往来。"谁知,周成离去后便借机把商人杀死在路上。然后,晚间他又来找王氏,对王氏道:"现在你丈夫已经提前归西,我们可以安心快乐一番。"王氏听罢,放声大哭,周成惊惧而逃。次日,邻里发现王氏上吊死了。

费县令审问清楚后,命周成画押,打入死囚牢,等候处斩。人们叹服县令神断,而不知妙在何处。费公说:"只要留心,没有办不成的事。当初我验尸时见包袱上刺着万字文,而周成的包袱上也有此文,且出自一人之手。及至询问他,奸人又说无旧,言辞诡辩,因而可断定其中必有缘故,细追下去就可探得真相。"

机关算尽太聪明　无辜受累凶化吉

张家兄弟二人，住在直隶清苑县，虽是已经分家各过各的，但都靠祖上的一些积蓄。可是老二不事产业，整天游手好闲，把家财折腾光了，几年来就靠老大帮助。老大为人忠厚，年过五十，膝下只有一子一媳，小夫妻甚是恩爱。

一天，老二的妻子到老大这边借些米面，正赶上侄儿从集市中归家，饥肠辘辘，他见妻子刚刚做好饭菜，急忙大嚼大咽，顿时七窍流血不止，不一会儿就断了气。妻子惊慌失措，跑去告诉老大夫妇，全家乱作一团。只有老二的妻子一边假意落泪，一边说："定是他媳妇谋害亲夫，一定要去官府讨个公道。"于是，来到公堂之上，官吏命令验尸，确是服毒身亡，就用大刑拷问老大的儿媳妇，儿媳妇终是女流之辈，被屈打招认：因奸情起意毒死丈夫，奸夫是娘表亲。只可惜娘表亲独坐家中，祸从天降，女子一句话累及他陪她一起被打入死囚牢。

这时正赶上讷近堂总督到直隶上任，查案时发现此案存有疑窦，就令当时断案如神的李县令重新复查。李县令仔细复核历年的案卷，堆积在书桌上如一座小山，看见里面的记载似乎合情合理，再细推敲，发觉屡次供词不尽符合，就传令把在案的人犯一齐带到堂下，隔离开来分别审问。先审老大的儿媳妇，见她温柔娇弱是个贤淑女子，便安慰她把实话说出来。儿媳妇见大人态度谦和就述出心中的委屈，说："那日夫君回家，吃过饭就七窍出血而亡，小女子实在不知其中缘故，只是被屈打才承认谋害亲夫，还连累了表亲，求大人明察。"李县令又问："那日有谁曾去过你家？""婶子在奴家做饭时曾去借米，再无外人去过。"儿媳妇回答。县令又审老大夫妇，都说儿媳妇过门之后，侍奉公婆尽心尽力，小夫妻感情也很好。至于表亲，很少与儿媳妇有来往，他们之间有无奸情、儿子被谁毒死，不敢妄自下结论。李县令琢磨以上供词心中有所悟，便传审老二妻子，只见她上堂就大声哭骂不止，说贱女子因奸情毒害丈夫，断了大伯的子嗣，不处死刑不足让侄儿瞑目。言辞恶毒，满脸泼相。县令细看这妇人很久，忽然拍案大喝："下毒之人休得无理。是你毒死你家侄儿，还要诬陷他人。"老二的妻子被吓得目瞪口呆，一时转不回神儿来，嘴巴却极力支撑着不服。县令大怒，命令严刑拷打她，一时老二的妻子还能撑着，时间长了忍耐不过只得招认。原来老二的妻子长期以来就想着吞占老

大的财产,每次到老大家,都怀揣着一些砒霜,找机会下手。那天正赶上老大的儿媳妇做晚饭,就趁她去取米的时候偷着下了药在饭中。本想毒死老大全家,不料侄儿回家来就先自吃了饭而死,她就趁机嫁祸于老大的儿媳妇。真是机关算尽太聪明,反算了自家的性命。

案情大明,老二的妻子被判处死刑。儿媳妇表亲无辜受到株连,就把老大的儿媳妇判给表亲做妻子,表亲过继给老大,接续老大的后嗣。

是鸳鸯棒打不开　有情人终成眷属

　　自古姻缘天定，不系人力谋求。有缘千里也相投，对面无缘不偶。

　　仙境桃花出水，官中红叶传沟。三生簿上枉风流，何用冰人开口。

这首《西江月》词，说出人生姻缘天定，不是人力可以勉强的。以下的故事正合此词之意。

宋景祐年间，杭州府有个医生姓刘名秉，妻子谈氏，生有一子一女。儿子叫刘璞，年方弱冠，一表人才，已聘下孙寡妇的女儿珠姨为妻。女儿小名慧娘，年十五，生得姿容艳丽、体态娇娆，收了开生药铺的裴九老家的聘礼。

这年，刘璞一十六岁，刘公见儿子已长大成人，就同妻子商量要给他完婚。正要托媒人去孙家说亲，恰好裴九老也叫媒人来说，要娶慧娘。刘公对媒人说："小女年纪尚幼，

嫁衣还没有备齐,再过一段时间,待小儿完婚后,方谈及小女的婚事。目前恐怕不能从命。"媒人回话裴家。那裴九老因是老年得子,爱如珍宝,恨不得早一天给儿子把婚事办了,也好早生孙子。所以,再三托媒人来说。可是刘秉执意先要儿子完婚,然后再商量女儿的事。裴九老只得忍气把事情搁置一边。

却说刘公回脱了裴家后,就央媒人张六嫂到孙家去说儿子的婚事。原来,孙寡妇自嫁给丈夫孙恒,生下一双儿女,女儿珠姨,长儿子孙润一岁。孙润小字玉郎。两个儿女尚在襁褓中,孙恒就亡故了。孙寡妇带着孩子不肯改嫁,只同养娘一起苦度光阴。时光如流水,一晃两个儿女都渐渐长大。珠姨许了刘家,玉郎聘定徐雅的女儿文哥为妻。那珠姨、玉郎生得一样漂亮,如同胞所生。二人天资聪颖,且非常孝顺母亲。

这天,张六嫂到孙家传达刘公的意思,要择吉日娶珠姨过门。孙寡妇虽然不忍女儿早嫁,无奈男婚女嫁,此乃女儿终身大事,也就忍痛应允。媒人回了孙家的意思。刘公准备下八盒羹果礼物和吉期一起送到孙家。此后,两家都忙着置办儿女结婚的所需物品。眼看日子快到了,谁曾想刘家公子因冒风寒,出汗虚了,转为寒症,不省人事。刘公开方取药,求神问卜,都没有效果。刘公夫妻无计可施,守在床边,各自落泪。刘公对妻子说:"儿子病势沉重,恐怕不能成亲，不如先回了孙家，等些时候再说。"可谈氏倒是个有心计的人，她说："老头子，你这多大年纪了，不知道病人势凶，可以用喜事一冲就好了。这现成的喜事你却要回了。再说，看孩子这病势，凶多吉少。若娶来冲得好时，自然好；若不好，也不会人财两空。你我费了许多精力才讨得这一房媳妇。现在回了孙家，儿子有个三长两短，那原聘还了一半，也算是孙家老实了。"刘公被说得没了主意，便问："依你怎么办？"谈氏说："依着我，吩咐张六嫂不要说孩子生病之事，竟自娶来珠姨，就如养媳妇一样。别的事以后再计较。"刘公也就依了老婆，吩咐张六嫂不要告诉孙家。

没有不透风的墙，刘家的事，隔壁李荣了如指掌。只因为李荣想贪刘家房屋，刘家不肯卖，两家结下仇隙。李荣时时想害刘家，于是，四处传扬刘璞病危。孙寡妇听说女婿病势沉重，恐怕误了女儿终身，就去问张六嫂。张六嫂左右为难，只得托词说："刘公子只是偶然伤风不是大病，休息几天就好了。"孙寡妇还是放心不下，就吩咐养娘随媒人一起到刘家看看女婿病情。那张六嫂心中叫苦，可是没办法，只得同到刘家。她借口养娘不认识刘家人，便说："小娘子少待，等我去问句话。"急匆匆走进去告诉刘公夫妻。那谈氏比孙寡妇技高一筹，吩咐女儿把新房收拾好，就出来见养娘，两个人互道万福。谈氏说："小娘子下顾，快请屋里坐，我房中乱糟糟的，先到新房里坐吧。"说着同养娘来到新房。

养娘说:"珠姨母亲放心不下刘公子病体,让我来问候一声,不知公子睡在何处?"那谈氏见风使舵说:"刚刚吃了发汗药,正在里间熟睡。我与小娘子代言一声,只是偶染风寒不妨事。你瞧我家中都已置办齐全,只待小姐来了。"养娘见新房整备停当,也就信以为实。当下与谈氏告辞,回到孙家,把在刘家的事讲述给孙寡妇。孙寡妇仍然不放心,刘家不让养娘见刘公子,就说明其中定有原因。养娘去后,她叫来玉郎商量。母子两人苦思冥想,突然,孙寡妇心中一亮说:"有了。明早教张六去说,日子不变,只是不带嫁妆。见喜过了,到三朝就要接回来,等女婿病好,连人带东西一起送去。为了防止他家不放人,到那天,由你假扮新娘送去。皮箱内装有一副道袍鞋袜,到时,他们不放你回来,你就穿了道袍径自走回,哪个扯得住!"玉郎一听,直叫"使不得,使不得"。孙寡妇说:"就是别人知道,不过是要笑之事,有什么不可以。"玉郎见母亲生气,只好同意。次日,派媒人去通知刘家。

时光流转,一晃到了吉期。孙寡妇把玉郎打扮起来,竟和女儿一模一样。可是,玉郎是个男儿,有两件事总不及女儿。一是他的脚和女子的不同。女子的脚尖翘翘,走起来莲步轻移;玉郎一双脚比女子的有三四双大,虽是用长裙遮了,教他缓缓地走,终是有些蹊跷。二是耳朵上没有环眼。这耳环是女子常戴的东西,今天玉郎扮作新人,满头珠翠,要是耳朵上没个装饰，可成什么样子。好在他左耳幼时为好养活穿过，那右耳却没耳朵眼儿。孙寡妇思前想后，想出个主意。她教养娘用一块小小膏药贴在玉郎右耳上，有人问及就说："眼儿里生着疳疮，不能戴耳环了。"露出左耳掩盖。打扮停当后，只等刘家花轿进门。

不多时，迎亲轿子已到门前，少不得一些母子辞别的眼泪。然后，新人上轿，迎亲队伍一路上笙箫聒耳，浩浩荡荡到了刘家门口。傧相进来说道："新人将要出轿，没有新郎迎接，难道叫她独自拜堂不成？"还是谈氏反应快，急急让女儿慧娘代哥哥迎接新人，也代哥哥拜了天地。宾客见一双夫妻竟是女儿身，没有不掩口而笑的。一切事宜结束之后，谈氏带新娘子到儿子房中去冲喜。进门后连叫三声不见回音，揭开帐子一看，儿子头歪在枕边，昏迷了过去。原来，刘璞身子虚弱，被鼓乐一震，故此昏迷。谈氏顿时手忙脚乱，马上叫人取来热汤，灌了几口，刘璞出了一身冷汗，才慢慢苏醒过来。刘公在房中看护儿子，谈氏领了新人去见宾客。打开头上方巾，见儿媳美丽如画，心中又喜又悲，不知儿子有没有这份艳福。众亲戚见过无不喝彩。玉郎被蒙了半天，好容易揭去盖头，举目四看，许多亲戚中只有慧娘生得风流标致，心想："多好的女子，要是我没定亲该有多好，一定来求她为妇。"其实，此时的慧娘也在看"嫂子"的美貌。热闹了一天后，筵席散了，众人各自去歇息。玉郎回到

房中,养娘给他卸了首饰,正在烛光中思索。刘公夫妻不愿新人在此良宵独自休息,儿子有病不能相伴,就又遣慧娘到洞房中与嫂嫂同床共眠,惹下一场啼笑姻缘。

慧娘爱恋"嫂嫂"可人,到了洞房中二人少不得说些闲话。夜深了,玉郎仍不敢睡觉。只是慧娘在一边催促:"嫂嫂,夜深了,不如我们躺下边聊天边就困了。"玉郎有心不与她同床,可房中只有一张床,且没有理由拒绝,更何况,他见慧娘姣美迷人,怎舍得放弃这种千载难逢的好机会,就说:"姑娘先请。"慧娘推让了一回,也就先自睡在床里。玉郎随后解衣入帐,与慧娘一头睡下,问道:"姑娘,今年青春多少?"慧娘道:"一十五岁。"又问:"姑娘,许的是哪家?"慧娘怕羞,不肯回答。玉郎把头挨到她枕上,附耳道:"我与你一样都是女儿家,何必害羞。"这个玉郎真是鬼大,他见慧娘年纪已在情窦初开之时,且又对自己殷勤爱恋,早已拿定主意,用功缓缓撩拨热了,不怕她不遂自己的心。再说,慧娘听他一说,也便不再羞涩,说:"是开生药的裴家。"玉郎又问:"佳期定在何时?"慧娘低声道:"近日曾教媒人再三来说。爹说奴家年纪尚小,回他们再缓些时。"玉郎心中暗自高兴,便故意挑逗说:"回了他家,你可心下烦恼吗?"慧娘伸出玉臂把玉郎的头推下枕来,说:"嫂嫂可恼,骗去话又来耍我。你自己还不知多气恼呢?洞房花烛也没个对儿。"玉郎见慧娘芳心已动,就搂住慧娘说:

"你在此，便是个对了。"慧娘娇嗔道："不管怎样你也是个娘子。"玉郎道："我比你大，我还是丈夫。"慧娘说："我替哥哥拜堂，就似哥哥一般，我才是丈夫。"两个人开着玩笑，也就更加亲热。

玉郎少年风流，慧娘闺中怀春，移干柴近烈火岂有不着之理？云雨过后，两个紧紧偎抱而眠。再说养娘怕玉郎弄出事来，在外边听着房里的动静，先时还听说话，后来听见两个人已经做下那事，心中着急。次日，给玉郎梳妆时低声劝他小心事情败露。玉郎倒很从容，他把一家上下哄得团团转，就是那耳环的事也不曾被看出来。转眼三朝已过，养娘劝他早日回去，可是他与慧娘两个正是热火朝天之时，不舍得独自离去。养娘只好先回孙家把一切讲给孙寡妇。这寡妇一听急得差点去跳楼。几次催媒人去接玉郎都被刘家回绝了。且说，刘璞自结亲那天出了冷汗，渐渐好起来，便去房中看新娘子。可巧玉郎正与慧娘在房中说话，见刘璞进来，玉郎背转身子道了个万福。他见妻子美貌非常，心中快乐，病势也就又去了一大半。谈氏跟随在身后，说："儿你已见过娘子，先回去休息吧，不要难为身子。"叫丫鬟扶着去了，慧娘也同哥哥一起走了。玉郎见刘璞虽然还是一脸病容，却也一表人才，心中替姐姐高兴。可转念又想："刘璞身体已好，少不得要来和我同住，这事定会惹下麻烦。"到了晚上对慧娘把自己的心病说出，决定还是早日回去把姐姐换来，免得事情败露。慧娘只是不忍让玉郎回去。两个人恩爱一番，情浓芳淳。夜里相守，白天又在一处说话，谈到伤心时相拥而泣。

这天，正巧谈氏路过新房，听见里面有哭泣声，从壁缝中看去，见媳妇和女儿互相搂抱低声哭泣。其实自从媳妇到家后，女儿整天与之行坐不离，天刚黑就关门去睡，直至日上三竿方才起身，谈氏就不大高兴。可是碍于媳妇刚进门还是个娇客，也就没有追问，今天见此情景，更觉得事有蹊跷。于是掀门帘进来，门却闭着，就叫道："快开门来！"二人听是母亲的声音，吓得满面通红，无言以对。谈氏更加怀疑，气得手脚发木，一把拉过慧娘扯进了后屋。丫鬟看见不知为何，闪在一边。就听门闩"哗啦"一响，谈氏寻了一根木棒大骂："你做的好事！快快实说！"慧娘初时还想抵赖，后来被母亲连哄带诈，只得实说，又求母亲索性辞了裴家，将自己配与玉郎。谈氏听罢，怒气填胸，把木棒扔在一边，大骂不止："原来这老乞婆好黑心，以男作女哄我，怪不得要三朝便接回去，如今害了我女儿，看我拼了性命治治这杀才！"开了门，直奔新房，进门看时，玉郎早已换了道袍出门回家去了。慧娘见母亲丢下自己直奔新房，害怕玉郎吃亏，紧随在后边，拉拉扯扯。谈氏怒女儿不争气，说："如今你做下这种丑事，倘若被裴家晓得，怎么做人？"慧娘哭道："是孩儿一时不是，做错了事。求母亲可怜女儿，劝爹爹回了裴家，嫁与玉郎；倘若不允，只有死而已。"说罢，泪涕交流。谈氏抓玉郎不着，怨气难平，说："你说得自在！裴家下聘定你为妻，你今天要休这亲事，怎么会同意？假如问原因，你爹娘如何回答！难道说我女儿自己寻了一个汉子不成。"慧娘被说得无地自容，只管掩面啼哭。谈氏心中又不忍女儿哭伤了身子，便说："这也不全怪你，只是那孙寡妇心黑将那杀才乔装嫁来，我一时不知，让你去陪他，才中了圈套。现在只得把这事搁起来，保全你体面。若休了裴家是万万不能。"慧娘见母亲不同意，愈加啼哭，谈氏也没了主意。正这关口，刘公从外边回来，听到房中啼哭，就朝房中走去，刘璞也被丫鬟唤来，从病房赶来这边儿。父子俩进屋一瞧，女儿在一边啼哭，母亲余怒未消。刘公问及发生了什么事，谈氏正有气没处发，见是老头子，边骂边把女儿和玉郎的事说与父子二人，刘公父子气得面如土色。停了半晌，刘璞才说："家丑不可外扬，倘若传出去，被人耻笑。事已至此，慢慢商量。"刘公又羞又恼，一句话没说径自离开。

不怕没好事，就怕没好人。刘家上下正在商量怎么处理这事，隔壁的李荣听见刘家喧嚷，虽然知道些风声，却不知内情。第二天，他用一些铜钱收买了刘家丫鬟，得知刘家出了这等丑事，心中暗自高兴。李荣盘算着刘家无颜在此居住，另迁他处，这房子就可归自己所有。于是匆忙地来到裴

家,添油加醋地把刘家的事一五一十讲个清楚,激恼了裴九老。那裴九老正在为前一段娶亲不允心中恼着刘家,听说儿媳妇做下这种丑事,怎么能不生气!他径自赶到刘家,叫出刘公就大骂:"我当初娶亲你不允,如今做出丑事来。我清白人不能叫你女儿坏了门风,快还我聘礼,不要误了我儿子的大事。"刘公被说得脸一会儿白,一会儿红。待辩白几句,理屈词穷,被裴九老数落得无地自容。那裴九老也渐鲁莽,见刘公无以应答,愈说愈激动,上前给了刘公一个耳光。刘公被他羞辱不过,一头朝裴九老撞去,二人扭打在一起。谈氏和刘璞听得外边吵闹,也来看时,见刘公和裴九老扭在一处,连忙分开。裴九老吵闹了一番,骂着出门去了。刘公越想越觉得羞愧,这口恶气一定要出,孙寡妇害我坏了门风,若不告她,怎么出得了这口气。于是不顾儿子阻拦,写了状纸奔府堂而来。今天正是乔太守早堂放告。乔太守怜才爱民,断案如神,有"乔青天"之称。

  刘公来到府前,正遇着裴九老正准备告他。两个人各走一端,共赴公堂。乔太守见堂下走上两个人,喝叫跪在一边。问道:"你二人叫什么名字?为何事而来?"裴九老跪着说:"小人裴九老,有个儿子叫裴政,聘定刘秉义女儿慧娘为妻。二人均已成人。小人年迈想要早日给他们完婚,几次托人去说,刘家推三推四不允。谁想他女儿与孙润在家中勾结,要赖掉我家亲事。求老爷为小人做主!"乔太守听罢,叫他退在一边。又唤刘秉上前问话。刘公说："小人刘秉，有一子一女，儿子聘了孙寡妇女儿珠姨，女儿许给裴九老儿子裴政。前些时裴家要娶，一来女儿还小，二来正在给儿子完婚，所以不允。不想儿子临近婚期时卧病不起床，只得让女儿和媳妇同床。哪知孙寡妇欺心，以男作女，将儿子粉妆后送了过来，强奸了小人女儿。正要告官，裴九老登门打骂。小人气愤不过，求老爷公断。"乔太守听得有趣，便问："男扮女装自然有不同，难道你们看不出？"刘公道："婚嫁乃是大事，岂可儿戏，况且孙家男儿美如女子，没什么疑窦。"乔太守听他一说，便要看看如何有美若女子的男儿。就吩咐将孙家母子二人带来，又差人去唤刘璞、慧娘，不多时，都已拿到。

乔太守举目看时，玉郎姐弟果然一样美貌，刘璞兄妹也是一对尤物，暗暗欣羡。心中便有成全之意，只是有心要戏耍他们一番，道："孙润你以男作女，已是不该，却又奸骗处女，该当何罪？"玉郎叩头道："小人虽有罪，但不是有意谋求，是刘亲母自己送女儿与我做伴。"乔太守又说："她因为不知你是男子，才让女儿陪你，也是美意，你为何不推却？"玉郎说："小人也曾推却，怎奈坚执不从。"乔太守道："论起法来，本该责打一顿，念你年幼，又因此事是两家父母造成的，权且饶恕。"玉郎叩头谢恩。乔太守又问慧娘："你事已做错，如今你愿做哪家媳妇？"慧娘满面羞容,说:"小女无媒苟合,节行已污,岂可更事他人;况且与玉郎恩爱已深,誓不再嫁。不然只有一死。"说罢,放声大哭。乔太守见她情真词切,更觉怜惜,让她一边听候。唤裴九老吩咐道:"慧娘已失身孙润,节行已污。你儿子若娶回去,反伤门风,她也不能再活,各不相安。今判与孙润,成其体面。孙润还你送来的聘礼。你儿子另娶别家女子吧。"裴九老不愿就此了事,说:"慧娘已是不能进我家门,但小人不甘心将慧娘配与孙润,这岂不周全了奸夫淫妇?小人情愿不要原聘,只求把慧娘另嫁别人,才可消我怒气。"乔太守不忍那裴九老拆散这一对璧人。刘公也说:"孙润已聘了徐雅的女儿,只是还没有过门。小人女儿不能嫁与他为妾。"乔太守一听倒心花怒放,他说:"这下就好办了,裴九老,孙润有妻子还没过门,现在他得了你的儿媳,我把他的妻子断给你的儿子,消你的仇怨。"裴九老不敢独自决定。乔太守说:"我做主,谁敢不依!你回家把儿子带来,我差人去唤徐雅带女儿来当堂成亲。"两头分别去做。不多时两家男女都已到齐。乔太守见少男少女相貌端正是个对儿,就对徐雅说:"孙润引诱刘家女儿,今已判为夫妇。我做主,把你女儿配与裴九老之子,今日三家一同婚配回报。如有不服者,定行重治。"徐雅见太守做主,只得同意。

乔太守判道:

弟代姊嫁，姑伴嫂眠。爱女爱子，情在理中；一雌一雄，变出意外。移干柴近烈火，无怪其然；以美玉配明珠，适获其偶。孙氏子因姊而得妇，搂处子不用逾墙；刘氏女因嫂而得夫，怀吉士初非衔玉。相悦为婚，礼以义起；所厚者薄，事可权宜。使徐雅别裴九之儿，许裴政改娶孙郎之配。夺人妇人亦夺其妇，两家恩怨，总息风波。独乐不若与人乐，三对夫妻，各谐鱼水。人虽兑换，十六两原只一斤；新是交门，五百年决非错配。以爱及爱，伊父母自作冰人；非亲是亲，我官府仅为月老。已经明断，各赴良期。

乔太守写完后，叫人当堂读给众人听了，众人无不心服。然后，乔太守派人从库上支取花红六段，叫三对夫妻当堂成亲。

猪首引出无头尸　贼人错偷无尸头

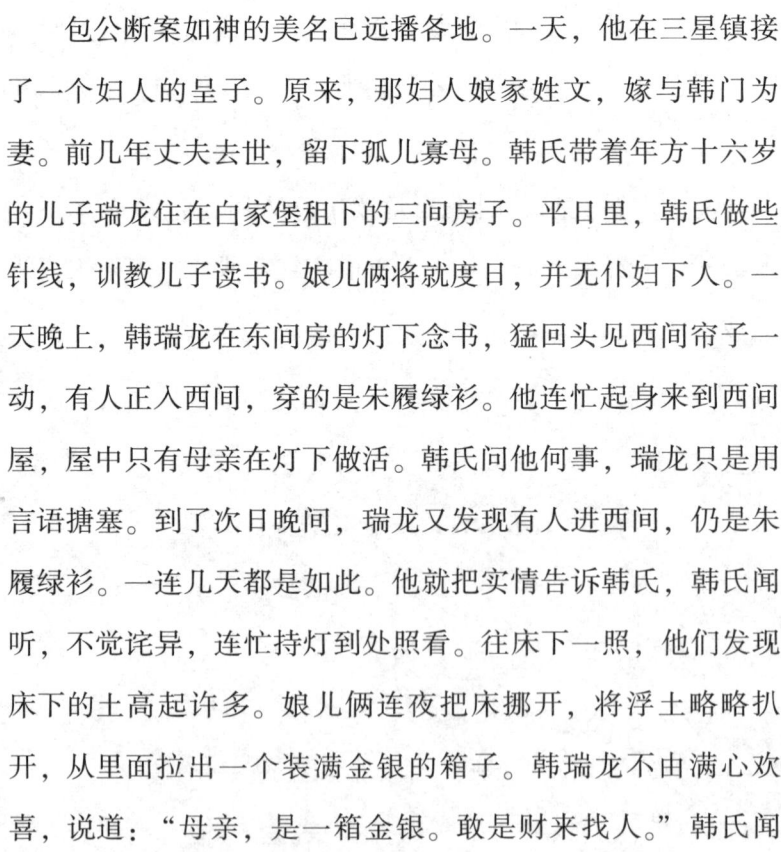

包公断案如神的美名已远播各地。一天，他在三星镇接了一个妇人的呈子。原来，那妇人娘家姓文，嫁与韩门为妻。前几年丈夫去世，留下孤儿寡母。韩氏带着年方十六岁的儿子瑞龙住在白家堡租下的三间房子。平日里，韩氏做些针线，训教儿子读书。娘儿俩将就度日，并无仆妇下人。一天晚上，韩瑞龙在东间房的灯下念书，猛回头见西间帘子一动，有人正入西间，穿的是朱履绿衫。他连忙起身来到西间屋，屋中只有母亲在灯下做活。韩氏问他何事，瑞龙只是用言语搪塞。到了次日晚间，瑞龙又发现有人进西间，仍是朱履绿衫。一连几天都是如此。他就把实情告诉韩氏，韩氏闻听，不觉诧异，连忙持灯到处照看。往床下一照，他们发现床下的土高起许多。娘儿俩连夜把床挪开，将浮土略略扒开，从里面拉出一个装满金银的箱子。韩瑞龙不由满心欢喜，说道："母亲，是一箱金银。敢是财来找人。"韩氏闻听，喝道："胡说，纵是外财，也是不义之财，不可乱动。"无奈瑞龙年幼贪财，韩氏经不住他纠缠说："既如此，明早买些三牲祭礼，谢过神后，再做考虑。"瑞龙听母亲松口，不胜欢喜，便将浮土掩好，回房休息。

回到自己房里，韩瑞龙翻来覆去睡不着。不觉天已发亮，急忙起来禀明母亲，就去买三牲祭礼。出门来，才知天色尚早，只得慢慢行走。来到郑屠铺前，见里面有灯光，连忙敲门，忽然灯光不见了，半晌无人应，只得转身回来。刚走几步，听后边郑屠叫他。郑屠道："谁买猪头？"韩瑞龙答道："是我。赊个猪头。可我忘带家伙来。"郑屠又道："没关系，拿一块垫布包了，明日再送来就是了。"于是，用垫布包好，交给韩瑞龙。韩瑞龙捧着垫布包的猪头走不多时，便坐下歇息。恰巧迎面遇到更夫，更夫见韩瑞龙两手捧着血布包，便问："是何物件？"韩瑞龙答道："是猪头。"那人一边问，一边弯腰打开布包来看。在朦胧的晨曦中，有一颗血淋淋、发髻蓬松的女子头。瑞龙一见，早吓得魂飞魄散。巡更人不容分说，把瑞龙带到官府。

韩氏无奈呈词包公，包公准状，升堂问案。先带韩瑞龙上堂。见他满面泪痕，战战兢兢，包公问："韩瑞龙，因何杀人，诉上来。"韩瑞龙一五一十地把发生的事讲述一遍，包公见他家贫贪财，没有杀人的迹象，便带在一边，又传郑屠上堂。郑屠只说没有那么早卖过猪头，概不承认曾见过韩瑞龙。

　　包公这边审案，同时派差人到韩家察看。不久，差人回来禀报："韩瑞龙家中的金银，却是冥资纸锭。只是在床下又发现一具无头男尸。"案情越来越复杂，须得细细查访，包公只得先行退堂。回到书房，包公召来王朝、马汉、张龙、赵虎四人，分配他们各自去访查。平日里四爷赵虎马马虎虎，这种细活不是他的主角。可是，这次四爷要争一口气。他扮作一个讨饭的穷鬼，四处游荡，一连几天没有结果。这天，日已西斜，四爷发现一家后墙有个人影往里一跳。他心中一动，暗想：天才黑如何便有贼人活动？我先跟去瞧瞧。想罢，丢下瓦罐、木棒，一伏身纵上墙头。留神细看，见有一个人趴伏在那里。四爷便上前伸手按住。贼人连连讨饶。四爷一面抓着贼人，一面检查细看，见地下露着白绢条儿。四爷一拉，土却是松的，越拉越长，猛力一抖，是一双小小金莲，尽力一掀，原来是一具无头的女尸。四爷如获至宝，押着贼人直奔包公处。包公听四爷一说，立刻派差头四名，把尸体抬来。

　　不多时，包公升堂，带上贼人。包公问道："你叫何名？何故杀人？从实招来。"贼人答："小人名叫叶阡儿，只因穷苦难当，方才做贼，可时运不好，上次是那样，这次又这样，真是冤枉！"包公听他话里有话，便问道："上次怎么着？快讲！"叶阡儿自知失言，又无法抵赖，只好招供：

"只因白家堡有个白员外，名叫白熊。一次，白熊做寿，小人去帮忙。事完之后，小人的赏钱被他家总管白安私吞。小人不服，就想晚上偷些东西。他家道路小人认得，溜进院子，直奔东屋内隐藏。这屋是员外的妾玉蕊住的地方，财物不少。小人隐在暗处，见玉蕊开门进来，身后跟随着白安。不多时，他二人进帐入睡。小人便悄悄打开柜子，摸出一个木匣子，越墙回家。及至打开一看，谁知里面竟是个男头。这次又遇着个女尸，所以小人才这么说。"包公问："人头现在何处？"叶阡儿道："人头丢在村内邱凤邱老头儿家中。"包公立刻出签两支，差役四名，二人拿白安，二人拿邱凤，俱于明日听审。将叶阡儿押下去寄监。

到次日，包公尚未升堂，差人来报："昨天发现女尸的地方正是郑屠的后院。"包公听罢，心中明白。然后，吩咐点鼓升堂。

先带郑屠。包公发问："大胆奴才，杀人嫁祸！你既不知女子之头，因何你家后院有女子之尸？从实供来！"郑屠以为女子的尸体，必定是老爷派人到他铺中搜出来的，一时被惊得木塑一般，半晌说道："小人愿招。"于是他把杀人一事讲述了一遍。原来，韩瑞龙买猪头那天五鼓时分，他刚要宰猪，听见有人叩门求救。郑屠连忙开门放入。只听外面有追赶之声，口中说道："既然没有，明早细细搜查。"说完一帮人走远了。郑屠等人走后，方才点灯一看，竟是个年

幼女子。经仔细询问，郑屠得知，她是一个被卖入烟花的良家女子，叫锦娘。只因不肯依从，又被蒋太守之子买来为妾。她假意殷勤，递酒献媚，将太守之子灌醉，便逃出。谁知，锦娘逃出虎口又入狼窝。郑屠见女子貌美，又是满头珠翠，不觉心生邪念。可是锦娘叫嚷不从。郑屠随手提刀，本想威吓她，不想失手砍掉女子的头。一时，郑屠不知如何办理。正在此时，听见有人敲门买猪头，郑屠急忙将灯吹灭。后来一想何不将人头包了，叫买猪头的人替他抛了呢？所以就将布包的人头当猪头赊给韩瑞龙。

包公听罢，便叫他画押，带下去听候处决。然后，又传带上邱凤。问他因何私埋人头，邱老儿不敢隐瞒，只得说："那夜听见外面咕咚一响，怕有贼人偷盗，连忙出屋察看，见是颗男子的头，小人害怕，因此叫长工刘三拿去埋掉。刘三为此敲诈小人五十两银子。"包公立刻命人带刘三到案。差人去后不久，又有人报："白安拿到。"立刻带上堂来。见他身穿华服，是个美貌少年，包公问道："下跪是白熊的管家白安吗？"应道："正是小人。""我且问你，你主人待你如何？"白安道："主人待我如同骨肉，实在是恩同再生父母。"包公将惊堂木一拍："好一个狗奴才！既如此说，你为何与主人侍妾私通？讲！"白安闻听，吓得面如土色，惊道："小人素日奉公守法，没有此事。"包公吩咐带叶阡儿与白安对证。叶阡儿的一席话，说得白安张口结舌，无奈只得从实招供："那人头乃是小人主家的表弟，名叫李克明。那天，李克明到员外家来看望，我家主人酒饭相待。谁知李克明酒后失言，说他在路上遇见一个疯和尚，和尚说他印堂发暗、满脸晦气，给他一个游仙枕，叫他给星主。他不知谁是星主，问我主人。我主人也不知道，因此要借游仙枕观看。听说，里面阆苑琼楼、奇花异草，奥妙非常。我主人贪此宝物，趁李克明酒醉杀死他，叫我把尸体埋在堆货屋子里。我与玉蕊相好，倘被主人识破定没好结果，但若将人头割下，灌下水银，收在玉蕊柜内，将来是主人的把柄。谁知被叶阡儿偷去此头，事情败露。"说罢，叩头如鸡吃米。包公又问："埋尸的屋子在何处？"白安说："自此之后，闹起鬼来，因此将这三间屋子另开了门，租给韩氏母子居住。"

包公听罢，心中已明白，叫白安画了押，立刻出签拿白熊到案。他所供之词与白安相符，并将游仙枕呈上。包公看罢，交差人收好。即行断案：郑屠、白熊判处斩，给两个死者抵命；白安犯上乱伦定了绞监候；叶阡儿充军；邱老儿私埋人头，畏罪行贿，定了徙罪；玉蕊官卖；韩瑞龙不听母训，贪财生事，理应责处，姑念年幼无知，释放回家，孝养孀母，上进攻书。两具尸首分离案最终断明，包公声名远扬。

风流情场无常　真情赤诚永存

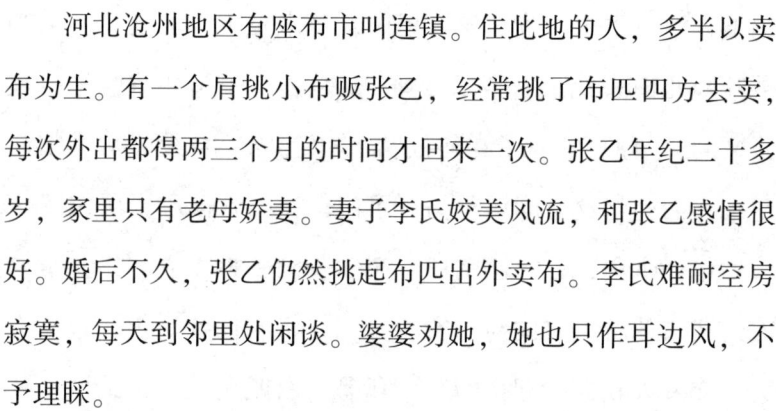

　　河北沧州地区有座布市叫连镇。住此地的人,多半以卖布为生。有一个肩挑小布贩张乙,经常挑了布匹四方去卖,每次外出都得两三个月的时间才回来一次。张乙年纪二十多岁,家里只有老母娇妻。妻子李氏姣美风流,和张乙感情很好。婚后不久,张乙仍然挑起布匹出外卖布。李氏难耐空房寂寞,每天到邻里处闲谈。婆婆劝她,她也只作耳边风,不予理睬。

　　连镇有个武生叫许三,跟父亲在镇子里开了个布店。老父年迈,把买卖转给许三经营,自己在家中安度余生。许三仗着是个武生开着布店,不事产业,平日经常和市井无赖们四处游玩。一天,他在路上遇见李氏,见李氏眉如远黛、美目传情,向恶少们打听李氏的情况。一个恶棍告诉他:"这个美妇人是我邻居张乙的娇妻,新婚不久,煞是可人,她丈夫经常外出做买卖,留她一人在家,只是她婆婆看管太严。

不过,等她到我家中串门时,可以以利引诱她,促成美事。"许三欣然应允。那个恶棍回到家里把他与许三的打算告诉老婆。其实,他老婆更阴毒,便说:"这不成问题,让许三装作我弟弟,等李氏来时,我在她面前多说些好话,凭许三的人才和钱财足可以让李氏动心。"

他们在暗中算计李氏,李氏并不知晓,每天仍然在邻里间走动。这天,李氏正与那个恶棍的老婆闲聊,见一个衣着华丽的美少年走进屋来。李氏想要回避,那个诡诈的妇人拉住李氏坐下,说:"我弟弟不是外人,烦请嫂嫂相陪,我去做饭。"李氏嘴里说要告辞回家,眼睛却斜看进来的少年。这少年正是许三,他见李氏看他,就故意搔首弄姿,与李氏攀谈。李氏近日因丈夫久不回来心中很是烦闷,今日见这位少年风流倜傥,虽欲离去,身子却迟迟不动。待邻居的老婆出去把房门反锁上,许三就用言语调戏李氏,李氏也不反抗,许三更加胆大起来,搂抱李氏就要求欢。那李氏先还推却,可她本性放荡,经不住许三的淫言荡语,二人一同进入里屋。云雨过后,许三答应送李氏锦衣首饰,李氏心中欢喜。此时,邻居的老婆推门进来,李氏面有愧色,那女人说:"若想此事不被人知道,你必须和我弟弟长期相好,就像我兄弟媳妇一样。不然,我就到处宣扬你的丑事。"李氏自然愿意与许三长久往来,所以一口答应。从此,许三经常带绸缎、首饰给李氏。婆婆见李氏越来越不安分,且衣物首饰也来路不正，问李氏，她只说娘家给的。婆婆知道李氏孤苦一人，哪里来的娘家，心里十分不安。访查得知，李氏经常到邻居一个恶棍家中闲聊，且与一个少年来往密切。于是，婆婆禁止李氏出门，等张乙归家时，把李氏的不轨之事告诉儿子。张乙不得已秉承母命写了休书交给李氏，把李氏逐出家门。

李氏虽生性放荡，却很软弱。她离开张家无处安身，只得求助于许三。这正合许三的心意，他买了房子安置李氏，两人尽情寻欢。可是，没过多久，许三的产业被他玩到破产的地步。为了继续花天酒地，他逼迫李氏为娼。李氏在许三的逼迫下沦为妓女。

再说，张乙自从休了李氏，赌气半年多没有回家，却仍然忘不掉李氏。他回家探母，得知李氏为娼，暗中又去看她。李氏见到张乙后痛哭流涕，诉说被休后的凄凉生活，求张乙宽恕她的骄蛮，并且留张乙重温蜜月柔情，把休书还给张乙。张乙回家后，不敢告诉母亲自己已经拿回了休书，整日闷闷不乐。世上没有不透风的墙。李氏和前夫重新往来的事被许三发现，他鞭打李氏，李氏只得把实情说出。许三害怕张乙到官府告他强占人妻，于是和几个恶棍商量要警告张乙不能有不利于他的行为。这天，张乙又来到李氏门口，许三带着几个恶棍一拥而上，七手八脚朝张乙身上乱砸。张乙倒地昏迷不醒，一帮人以为出了人命，一哄而散。

张乙在冷风中清醒过来，见自己狼狈不堪，不敢回家见母亲，决意远走他乡再寻生路。正当这时，连镇河岸芦苇里漂着一具男尸，尸体面目已经无法辨认，县官只能先把尸体用棺木盛殓起来，贴出榜文招认尸体，缉拿凶手。张乙的母亲一连几天不见儿子回家，也没有任何口信捎来，四处寻找不见踪迹。听人说官府贴出榜文，芦苇丛中发现一具男尸，张老太太急火火前去辨认，断定必是许三谋夺李氏杀了自己的儿子。于是，就到衙门控告许三和李氏。县官开棺让她辨认，可惜尸体面目已毁，只是衣服还可辨认，尤其是右肩头的那块补丁。据此，县官立即审许三和李氏，未及动刑，许三全部招认。李氏虽不清楚，也是心中有愧。许三因杀人夺妻、逼良为娼诸罪名判为斩首，累及其他恶少都按律处罚。秋后问斩。

张乙自从死里逃生，在口外卖布获利，回乡看望母亲。母亲看到他，又惊又喜，张乙问起近来乡里的变故，母亲把他失踪后的情况叙说了一遍，让他暂且躲避起来，或母子迁居他乡。张乙说："不行，许三虽与我有夺妻谋命之仇，可终未造成人命，如今若是让许三为我而死，且将来我也不能在故乡居住，不如去把事情说清楚。"于是携老母到县衙替许三澄清冤情。好在许三还未问斩，就把许三开脱死罪，判了通奸罪，革除武生员的功名，处以刑罚。张乙和母亲安居乐业，李氏苦苦地哀求婆婆让她回来。李氏割断一节手指来表示她悔过的心迹，保证从此改掉放荡的品行，孝敬婆婆，侍奉丈夫。

展南侠夜探通真观　假新娘落发出红尘

包公自从升迁，每日勤于政事，废寝忘食。一日，他早朝回来，外头值班头目前来禀报："启禀相爷，外面有男女二人，前来申诉冤情。"包公即刻吩咐点鼓升堂。

不多时，堂口带进两个人，年纪大约都在五十岁。婆子低头下跪，诉说道："民妇杨氏，寡居多年，身边只有金香、玉香两个女儿。小女儿玉香许给赵国盛之子为妻，昨日新婚，谁知花轿去后，我的大女儿金香却不见了。寡妇后半生就仗着女儿们，可如今她们姐妹俩都离开我身边，我四处寻找大女儿，没有消息，不想赵国盛找上门来，说我把女儿抵换了，给他家送去的是大女儿金香。彼此纷争不清，故此前来，求老爷做个判断，找回我的女儿。"包公听婆子絮叨后，转脸问赵国盛："你家公子与杨氏女儿玉香可有婚约？"赵老儿回答："确有婚约，可是杨氏长女丑陋，小女俊俏。我家所聘是她的小女儿。娶来一看，却是她家丑女。求老爷为

小人做主。杨氏刁钻，不但不说出其中缘故，反说我把她两个女儿都娶去了，欺负她孀居寡妇。"包公又问："你可以认定是她大女儿吗？"赵国盛道："当初杨老公在世，与小人有些往来，小人见过他家两位千金。大的极丑，小的甚俊。因为小人爱他小女貌美，才与小儿子定下这门亲事。至于那个丑的，小人是不要的。"包公听罢，点了点头，吩咐将两个人带下去，听候传讯。

老爷退堂，回到书房，细细揣度这件事。忽然，包兴兴冲冲来报："相爷，门外有人求见。"包公问："是什么人让你这么疯疯癫癫？""报告相爷，他来了。"包公顺着包兴手指方向看去，只见门外站着一位青年壮士。包公急忙起身迎了出来。来人正是南侠展昭。二人寒暄了一番，包公即刻问南侠从何而来。南侠慨然一笑，说："行侠之人，浪迹萍踪，原无定向。听说老爷入阁，拜了首相，特地前来祝贺。再者，前些天我在通真观听得一件趣事，想来探个究竟。"

原来，南侠路经榆林镇，只贪图赶路，误了打尖的店铺。旷野风寒不能继续赶路，他远远看见有一座屋宇似有灯火闪耀。待走近细看是一座道观，观门匾额上书"通真观"三个大字。南侠不便深夜打扰观主，施展轻功，飞身落在观内的墙边，悄步蹑足行来。偶见院所内灯光闪闪，心中想道："此时已交三鼓之半，为何还有灯光？"边想边轻轻走到窗下。窗棂之上照着两个人影，看似一个道士一个妇人。

南侠更觉奇怪。这时，忽听妇人说道："你我虽订下此计，但不知我姐姐顶替去了，人家依与不依？"又听得小道士说："他纵然不依，自有我那岳母答复他，怕他何来！你休要多虑，趁此良辰美景，且自同赴阳台要紧。"展爷听到此处，心中暗骂："原来小道士做此暧昧之事，玷污这块清静所在。且待明日，再作道理。"于是，南侠找了一处地方休息，天未亮又登程赶路。

包公听罢南侠讲的见闻，心中豁然开朗。立刻吩咐酒席摆下，召来众人陪南侠共饮，为其洗尘。老友相见自不用说，闻名已久，相见恨晚，大家换盏传杯，高谈阔论。酒足饭饱后，各自休息片刻。包公出签叫往通真观捉拿小道士，并传杨寡妇、赵国盛及金香、玉香。

包公升堂，喊了堂威，入座。吩咐带小道士。小道士双膝跪倒，向上叩头。包公问："下跪何人？"小道士道："小道谈明，师父邢吉，在通真观出家。""观内师徒几人？""当初只我师徒二人，我师父邢吉每每做些暧昧之事，小道时常劝谏。他不但不听劝，反加责罚，因此小道忧思成病。不料后来小道族弟前来看视。因他赌博宿娼，无所不为，闹得甚是狼狈。原是探病为由，前来借贷。他哀求啼哭不止，被师父听见，将他唤去，不知怎么三言两语，也出家了。登时换了衣履，起名谈月。"说着叹了一口气，继续道："自谈月到了观中，我师父更是如虎添翼。他二人做的尴尬之

事，难以启齿。一日夜间，有人敲门。小道连忙开了山门，见谈月带了一个少年小道士一同进来。小道以为是同道，关了门，自去休息。第二天，小道因谈月带了同道之人，理当见礼。谁知到谈月处一看，那少年道士是一个美女子。小道大惊，刚要离去，谈月小解回来，道：'师兄既已看见，我也不必隐瞒，此女乃我暗中带来的，师父不在观中，你不可声张。'老爷想，小道体弱又受他们挟制，不被加害，已是万幸了。今日被老爷拿来，请老爷明察，小道敢作证见。"老爷听罢点头，心中已有盘算。便吩咐带在一旁。命带谈月上堂。

只见他年约二十岁，长得倒也俊俏，只是两只眼睛满脸乱跑，一看便知不是善良之辈。包公把惊堂木一拍，道："出家人不守清规，奸人妇女，私自拐带。你可知罪？"一旁谈明厉声道："谈月，我方才已全禀告老爷，你要从实招供啊。"一席话，吓得谈月面如死灰，只好据实招供。原来，谈月不安本分，常在乡里闲逛。一日经过杨寡妇门口，见有两个女子：一丑，一俊。心中不怀好意，后来一来二去，与她们搭上话，又见俊女子玉香风流外露，便暗定私约，悄悄从后门出入。不料被杨寡妇撞见，他俩用金帛买通其母，奸情如鱼得水。眼看赵家要迎娶玉香，一家人如热锅上的蚂蚁。后来，谈月想出一法。就在迎娶那天夜里，谈月趁乱把玉香改装私自带走。杨寡妇假意求大女儿金香替玉香出阁，金香原是长得丑陋，无人聘娶，也就愿意顶替。

如今，事情全部泄露，谈月只好全盘托出。包公审明谈月，吩咐将杨寡妇母女三人带上来。三人见谈月已然招供，只得吐实。包公立刻派人将她母女发在教坊司：母为虔婆，暗合了贪财卖奸之意；女为娼妓，又遂了倚门卖俏之心。金香情愿削发为尼。谈明心境清静，令其为通真观观主。谈月充军边远地区，只等参奏下来，再行起解。

科举场北方人落第　清廉官受牵连入狱

　　明朝洪武三十年暮春时节，正值南京城花红柳绿、春意盎然之际。秦淮河上游人如织，丝竹悦耳，站在北岸的酒楼上，凭栏远眺，一曲清流款款东去，两岸春光尽收眼底，真可谓一派太平盛世景况。江南山清水秀，人杰地灵，才子墨客风流飘逸，秦淮河独特的魅力曾使远近文人流连忘返。而今天的南京城有些不同于往日，人们都急匆匆向河北岸的贡院街拥去。原来，三月初五这天是明朝建立以来历年必经的会试放榜之日，也是十年寒窗通向金榜题名的关键时刻，怎不令人心情激动呢？只见各路举子都好似有一双无形的手推着拥向贡院。

　　辰时，贡院辕门大开。一时鞭炮齐鸣，写着中选人名单的大黄榜被悬挂在威武的辕门之上。瞬间，辕门前的榜文被围得水泄不通，千万双渴求的眼睛在黄榜上急急搜寻。这次会试，共选取五十二名贡生，榜文字迹精美、工整，名字一目了然。就见中试者欣喜若狂，落第者垂头丧气。将近中午时分，各路举子几乎散尽。忽然，有一位落选书生似有所发现，自语道："竟有如此巧事，五十二名贡生都是南方人，莫非北方举子中没有一个合格的人选？"这一声轻语，引起了周围人的注意，仔细看去，"宋琼、陈安……"直到"刘子信"，五十二人都是南方人。这时，又听有人说："今年主考官无论正副都是南方人，他们不重才学，只拉帮派打击北方才子，国法不容。"这一鼓动使一些失望的人重新看到一线光明。人群大哗，许多人又聚来一齐呐喊，纷纷用石头泥团掷向黄榜，直把个榜文涂得不成样子。考生们越闹越欢，奔向礼部衙门，声言要把这事查个清楚。礼部官员急忙调请锦衣卫来镇压，闹得人言沸腾，不到一个时辰，南京城内大街小巷贴满了指责考官的揭帖。礼部官员不敢隐瞒，急忙写成奏本呈到太祖朱元璋面前。

朱元璋不分寒暑，每日要批阅大量公文。这天午后，太阳毒辣辣地直射地面，可是宫殿内没有一丝暑气。太祖照例朱批奏章，他随手取过一道奏折仔细阅读着，渐渐地，眉头紧锁，一股怒容掠过面庞，他狠狠地将奏折掷在龙案之上。皇帝动怒吓坏了太监、宫女，一齐叩头请皇帝息怒。

朱元璋喝退众人，心境总不得平静。他自淮西起兵至今一直很重视网罗人才，如今堂堂朝廷会试竟会出了纰漏。一榜会试贡生，都由南方人独占，此中必有弊端，而科场的弊

端将会严重影响大明江山的稳固，朱元璋能不动怒吗？但他毕竟已在位多年，仔细思考后，在奏折上批道："南人尽占黄榜，举子群情激动，着礼部官员将试卷再阅来报。"批示自有道理，暗示不可把全部北方考生都摈弃在外。

可是，主考官刘三吾，为人清廉，办事干练，他在举子闹事当天就已知道此事必有一番周折。外边谣传他排斥北方人、徇私舞弊，他都不予理会，所到之处，谈笑风生，一身正气。这天，他刚处理完公事，在书房休息，就有皇帝诏令到府。刘三吾即刻更换朝服，入朝去见皇帝。这次，皇帝在后宫召见刘三吾。朱元璋只穿着一件宽大的黄缎龙袍，刘三吾参拜完后，不待刘三吾开口，便问："本科会试，尽中南人，朕已朱批着礼部核查，礼部回疏云一应事项均是刘大人料理，所以请先生把具体情况说与朕知道。"刘三吾答道："榜文中全系南人，其实并不奇怪，北方在元虏治下，民不聊生，文人墨客备受摧残，学识远不及南方学子，南北举子同场应试自然南方人要高出一筹。"朱元璋婉言道："虽如此，为什么不拔几名北方士子，以鼓北方人心呢？"刘三吾说："臣为国取才，以才论高下。"君臣二人言语冲撞，朱元璋拍案而起，说："刘三吾，朕从今日停你翰林学士之职，回府听参！"说罢，把刘三吾轰出皇城。

暮春时节，万物复苏又显出懒洋洋的样子。皇帝亲自降旨重新核查会试考卷的消息，在黄昏的南京城中穿街越巷很快传遍酒肆茶楼。翰林院侍讲张信，自从领回皇帝复阅会试考卷的圣旨后，立即召集官员连夜开会，并从即日起，凡是参加阅卷的官员，一律不准回家，不得走漏半点有关试卷的消息。

四月十三日卯时，皇帝亲临奉天殿，听取主审官张信的复卷结果。宫殿内外空气非常紧张，外边飘起牛毛般春雨，这雨似烟似雾。如果不是因为这件轰动一时的科场案，今天定是个借景抒怀的好日子。朱元璋高踞宝座之上，语调沉稳地说："本科会试，出现尽取南人之事，全国举子哗然，朕为平息众怒，特令张信复审试卷。经半月披阅，结果已明，朕欲当众揭示结论，以示公道。"说罢，示意张信汇报复审结果。谁知张信的报告又一次引起了哗然，紧接着大殿上的空气如凝固了一般。原来，张信的复审结果与刘三吾完全相同。说实在的，张信的论奏把朱元璋也给惊呆了，他不但敢替自己罢黜了的大臣说话，更甚者是使自己当众下不来台。足足过了半袋烟的工夫，朱元璋才冷冷地说："张爱卿真会演戏！你以为我不知道，翰林院官官相护，由来已久，复阅试卷不以公正为本，反而互相包庇，实在有负朕意。着刑部将其同刘三吾、白信蹈等人缉拿下狱，严加查问。张信复阅结果与事实有悖，仍然无效，令礼部将全部试卷提交大内，待朕亲自披阅，退朝。"说罢拂袖而去。

刑部为了尽快结案，严刑逼供仍无结果，朱元璋在上边又紧催不放，刑部就设计收买一些人犯，诱导他们供出刘三吾等人的种种"不轨"行为，在不到三天的时间里罗织了大批罪名报给朱元璋。

刘三吾等人下狱后，朱元璋只得重新考虑解决科场案。朱元璋深知，北方已被元朝统治了几十年，对明王朝需要一个了解和适应的过程。同时，北方有许多军事重镇，失去北方人心，尤其是文人的拥护，也就失去了北方的核心。要使明王朝稳定，必须从整体利益出发，多录取北方举子是很有必要的。而刘三吾这些书呆子不能体察圣意，不治一治，恐怕日后在朝廷生出许多事端。当刑部送来关于刘三吾等人定罪的呈报后，他明知荒唐却昧着良心表彰了刑部，然后，朱批了处理意见：张信、白信蹈以及同科试官司宪、王俤等人凌迟处死，刘三吾因任过太子之师，且年事已高，免死，发配边塞充军；由他们选取的贡生全部罢黜，其中列在榜前的陈安有行贿嫌疑也拟斩罪，与同科考官同日执行。圣旨公布后，南京城为之缄默。

四月底，一行人被绑赴法场处死。五月初，朱元璋又重新公布了亲批的六十一名贡生，与前两次相反，这次贡生全是北方人，南方举子无一人入选。榜文公布后，南京城又是一次大哗，南方举子寒窗苦读，只为朱元璋的江山需要全部随秦淮河水东流入海。

这场轰动全国的科场案结束了，朱元璋在第二年死去，但此案在明朝历史上留下了深深的烙印。不能不说这是明朝的开国皇帝开创了科举场上"乱点鸳鸯谱"的先例。

十五贯戏言成巧祸　刘大娘苦心化泡影

南宋年间,都城临安街市繁华,不减当年故国汴京的升平之态。日间车来人往,晚上舞榭歌台声乐悠扬。在城中箭桥左侧,有个官人叫刘贵,祖上原是有些家产的人家。只是到他手中,便时运每况愈下。他读书屡试不第,只得改行做点小生意。因是半路起手,买卖行中更是蹩脚,又把本钱折去了。外边的世界日渐热闹,刘家的宅院却由大变小,赁得两三间房子,与妻子王氏、小妾陈氏一同居住。陈氏是陈卖糕的女儿,家中都叫她二姐。这也是先前不十分穷薄时做下的勾当。一家三口,并无闲杂人。刘贵为人极和善,邻里间相处很好,都称他刘官人。

一天,刘官人闲坐家中。只见丈人家的老王来请官人,说:"家中老员外生日,命老汉接取官人、娘子同去热闹。"刘官人便说:"我只顾家中愁闷,连岳父的寿诞也忘了。"便同王氏收拾随身衣服,打了个包交与老王。吩咐二姐:

"看守家中,今晚不能转回,明晚就会回来。"说了就去。到了岳父家中,拜见岳父岳母大人,寒暄了一番,一夜无话。次日,老岳父拿出十五贯钱来,嘱咐女婿去做些小买卖,不可坐吃山空。留下女儿再住几日,就打发刘贵先自己回去。刘官人谢了又谢,驮了钱出门回家。途中经过友人家中便去探望,因为在友人家多贪了几杯酒,出门时有些醉意,顶着满天星星一步一步挨到家中敲门。二姐独自在家,没得乐子,守到天黑,闭了门,在灯下打瞌睡。刘官人打门,她应了一声,起身开了门。刘官人进去,把钱交给二姐。二姐问:"官人何处弄来这些钱?"那刘官人有几分酒意就想戏言吓她一吓,便说:"说出来,又恐你见怪;不说时又须通知你一声。只因我一时无奈,把你典与一个客人,又舍不得你,只典了十五贯钱。若是我有些好处,加利赎你回来;如若不行,就只好这样了。"二姐听了,不愿相信,可又见十五贯钱堆在面前,心中狐疑,只得又问:"虽然如此,也须通知我爹娘一声!"刘官人道:"要是通知他们,此事就办不成了。你明天先到了人家,我再慢慢央人去和你爹娘说也就可以了。"二姐心中酸苦,忍泪又问:"官人今日在何处吃酒,莫非醉了?"刘官人酒虽吃多,道理却很明白:"我把你典与了一同吃酒的人,写了文书,才回来的。"二姐又问:"大姐姐如何不回来?"刘官人忍着笑说:"她因不愿见你离去,等你明天去了,她就回来,我也是无可奈何啊。"他只管开心，倒在床上便睡去了。谁知这一席戏言惹下杀身之祸。

二姐独自坐在灯下发呆，思索了一会儿，她把十五贯钱堆在刘官人的脚后边，拾掇了一些衣物出门回娘家去了。走出门口又不知进退，转向左边邻里朱三妈那里宿了一夜，把刘官人说的话讲给朱三妈，然后托她告诉刘官人，自己先回爹娘家中去了。朱三妈也觉得有理，嘱咐她放心去。

二姐走了，刘官人一觉睡到三更天才醒，不见二姐在身边，以为在厨下收拾家什，也不去理会，不觉又睡去了。蒙蒙眬眬中觉得有人在他脚边摸索，又听那十五贯钱发出响声，心中顿时清醒，起来就要与那人争执，那人也不答话照面一拳，刘官人倒也灵活，没被打着，这下那人慌了手脚急忙向外逃窜，刘官人紧追不舍。两人脚前脚后来到厨房。谁料那人发了歹心，拿起斧头把刘官人劈倒在地，眼见得刘官人呜呼哀哉。歹人索性回到房中拿了那十五贯钱大摇大摆地出门远去。

次日清晨，邻里朱三妈来刘宅捎二姐的口信，见院门虚掩，喊了刘官人也没人回答。进屋不见主人，便四下寻找，在厨房发现刘官人早已毙命。听得消息，邻里们纷纷来看。有阅历的人便说："快去找回他家两个娘子。"人们急急分两路，一路到老员外家中报信，一路由朱三老亲自去找二姐。老员外与大娘子急急赶入城中不提。

再说，小娘子二姐，清早起身赶路，颇觉凄苦，走了一二里地，就在路边休息。见一位后生，一直走上前来。后生到了小娘子面前，看了看，虽然不是倾国倾城，也是一个动人的女子。后生放下褡裢，深深一揖，道："小娘子独行去往何处？"小娘子还了万福，说："奴家要往爹娘家去，哥哥是何处来？"后生说："小人在城中卖了丝帐，讨得些钱，要往褚家堂那边去。"小娘子求后生带他一程。因是顺路，后生也可免去独行的寂寞，一口应允。两人一路正行，见后面一个人急急赶来，觉得蹊跷便立住了脚。后边一个人赶到跟前，见了小娘子与那后生，不容分说，拉拉扯扯。小娘子吃了一惊，见来人是邻里朱三老，便说："我昨夜告诉公公和妈妈，丈夫无端卖我，我去爹娘处说知，今日赶来，却是为何？"朱三老气喘吁吁地把家中事情说与小娘子。小娘子先是不相信，见朱三老苦苦哀求，知道其中定有麻烦。后生见话头不对，就要自己走。却被朱三老拦住，一定要拉他一同回去，如果他不去，定是心中有鬼。无奈，后生只得同他们一路转回来。

到了刘家门口，院中好不热闹。小娘子进去看罢，立刻呆若木鸡，后生只是后悔不及，便急急申辩："我真晦气！虽只是和那小娘子同走了一程路，却被拉扯进这人命案中。"众人七嘴八舌，嘀嘀咕咕。正在那里纠缠不清之时，王老员外的女儿见小娘子回来，不由分说就要扭打，一双哭红的泪眼中射出两道火焰。老员外连忙上前阻拦，劝说女儿不可这样。于是请众人带了小娘子和那后生一同来到临安府。

临安府尹听报有杀人公事，立刻升堂，叫一干人犯逐一从头说来。先是老员外上去，跪倒在地，说："老爷在上，小人本府村庄人氏，膝下只有一女，嫁与府城中刘贵为妻。后因无子，刘贵又娶了陈氏为妾。三口在家过活，并没有争端。只因为前天是老汉我的生日，接了女儿、女婿到家，住了一夜。第二天，见女婿家中没有生财的活计，就给他十五贯钱作为本钱，开店养家。家中只留陈氏一人。晚上，女婿到家后，不知什么原因，被人劈死。望大人替小婿做主。"府尹听罢，又传陈氏上来："你如何伙同奸夫把亲夫害死，劫走钱财？从实招来！"陈氏有冤说不出，心中委屈，府尹又给她戴上一个通奸的帽子，只有把一线希望寄托在实情上。她说："小女子嫁给刘贵，虽是小妾，却与夫君相敬恩爱，大娘子贤惠，姐妹相处如同出一母，怎生得害死夫君之心？"于是把昨天丈夫酒后归家的事详说了一遍。府尹喝道："胡言乱语！那十五贯钱分明是他丈人所赠，你却说是典你的身价，其中定有原因。"小娘子正待申辩，邻里人一齐跪倒说："老爷明鉴。他家小娘子，昨夜借宿邻居朱三妈家中，今天一早离去。刚才众人在道中追上她时，她正和一个后生同走，是小的们勉强捉她回来。尤其是昨夜老员外的那十五贯钱，二姐说堆在床上，可床上分文没有。倒是在后生身上

搜出十五贯钱，一点不差。人赃俱在，他们是赖不掉的。"府尹觉得有理，就唤后生上来问话："你姓甚名谁？怎敢在帝辇之下胡作非为，劫去民女、银钱，谋杀她亲夫？从实招来！"后生浑身是嘴也难辩，只得一一道来："小人崔宁，乡村人氏，昨日在城中卖丝得这十五贯钱。今早路上偶遇小娘子，见她可怜送她一程，哪里晓得她家的人命官司。"府尹大怒，厉声喝道："世间竟有这种巧事！十五贯钱数字不差分毫，明明是与小娘子有奸情才下此毒手。你这等顽固之人，不打，如何肯招？"当下把小娘子和崔宁打得死去活来。王老员外和大娘子以及众邻里一口咬定他二人。府尹也巴不得早结案完事，连连拷问，可怜崔宁和小娘子只得招认。两人被上了枷打入死囚牢里。十五贯钱归还原主。不久，批文下，崔宁、陈氏双双死于非命。

　　再说刘大娘子了结了公堂上的事，回家设灵位，守孝过日子。王老员外见女儿苦巴巴在家中独自过活，便叫老王去接她回娘家。大娘子没奈何，丈夫死了已经一年有余，这样下去终不是个办法。于是就随了老王一起回娘家再另谋改嫁。二人一路出城，正值晚秋。一阵乌云滚过，急忙进一处林子去躲雨，不想慌中走错了路。走入林子中，就听背后一声大喝："我乃静山大王！行人住脚，须留下买路钱！"大娘子和老王被吓了一跳。回头看见此人手执一把大刀走上来。老王也是该死，不肯舍下钱财，一头朝歹人撞去，被闪空在地上,那歹人连砍两刀,眼见得老王不行了。刘大娘子心生一计,她拍手叫道:"杀得好!"那歹人很惊讶,睁着斗鸡眼说:"这是你什么人?"大娘子说:"奴家不幸丧夫,却被媒人哄骗嫁了这个老儿。今日大王杀了他,也替奴家出口怨气。"那人见大娘子生得有几分姿色,便带她回去做了压寨夫人。大娘子无计可施,只得随他来到一所院落中。到得草堂上,那人吩咐杀羊备酒即刻与大娘子成亲。大娘子只得在此安心过日子。

谁料自从那静山大王得了刘大娘子,不到半年,连起了几庄大财,家境也丰裕了许多。大娘子倒有些手段,她早晚好言劝他要见好收场,积下些银钱就改行做个小生意,也落得安宁。那大王也是被生活所迫,如今讨得娘子贤良,带来好运,也就回心转意。在市里赁下一处房屋,开了杂货店。有空闲也常去寺中,上些香火钱。一天,在家中闲坐,与娘子说:"我虽是个盗贼出身,却也晓得好歹。自得了你以后一向日子顺溜,今已改行从善。闲来追思以往只觉得枉杀了两个人,又冤陷了两个人,心中时常不宁,想做些功德超度他们,这些事以前我都没有告诉你。"大娘子便问:"枉杀了哪两个人?"那大王说:"一是你的丈夫,就是在林子里的时候我杀了他。他与我无冤无仇,如今又谋了他老婆,他死也不会甘心。那另一个说来更是天理不容,况且又连累了两个人冤死。那是一次,我夜间去偷盗,摸进门见一个人醉卧在床上，脚边放着一堆铜钱，便去摸了几贯。正要离开时，被他发现，紧追不舍，我便用斧将他劈倒，拿了房中的十五贯钱。后来听说，连累了他家小妾和一个后生。一案之命都因我而生，我须为他们早晚超度才是。"那大娘子一听暗中叫苦："原来冤家路窄，后夫竟是前夫的仇人，更不该的是我当初冤枉了二姐和崔宁。"大娘子心中虽有难言之隐，当下仍欢天喜地。第二天，她来到临安府前，叫起屈来。当时，府尹才上任半月。听刘大娘子堂外叫屈，命令带进公堂，细细询问。刘大娘子把以前的事一一讲述了一遍。府尹见她情词可悯，且有理有据，即刻命人捉拿静山大王，用刑拷打，与大娘子口词一字不差。即时问罪，奏过宫里。待六十日期满，圣旨下："静山大王，谋财害命，连累无辜，准律：杀一家非死罪三人者，斩加等，决不待时。原问官断案失情，削职为民。陈氏与崔宁枉死可怜，有司访家，谅行优恤。王氏系强徒威逼成亲，又能申雪夫冤，将贼人家产一半没入官，一半给予王氏赡养终老。"

乱投医皇帝驾崩　吃红丸千古疑案

明朝万历四十八年的夏末秋初,是明朝建立以来政治上最凄凉的时候。四十八岁的皇帝朱翊钧刚刚驾崩,新登大宝的皇帝朱常洛又身染重病卧床不起。

这可急坏了内阁的几位大臣,每天的公文积压不能迅速处理,许多急件也被放在龙书案上没有回音。内阁首辅方从哲自皇帝不理朝政半个月来日渐着急,最后实在坐不住了。他是前朝老臣,万历皇帝驾崩后,方从哲扶持朱常洛登基,原以为新君正值壮年,会励精图治,亲批公文,省却自己不少麻烦,没想到现在皇帝连朱批的能力也没有了。圣旨无法下发,国事无人料理,怎不令他心急如焚?

今天,方从哲正在朝房与官员们讨论国事,内廷送来一道紧急公文。原来,皇帝有病乱投医,他赶走太医院医官,私自吃内侍崔文升开的一个方子后,大泻不止,现已昏迷不醒,急请内阁处置。方从哲看罢公函又急又惊,他一面传太医院御医进宫，一面通知内阁大臣到太和门前等候宣召，这当然是以防万一。

天快午时，老御医才从宫中出来，方从哲急忙迎上前去。老御医压低声音说："圣上病情不妙。"方从哲大感不解，问："刚刚四十出头，怎么会病成这个样子？"老太医摇头说："冰冻三尺非一日之寒，圣上精损太重，以前太医们都在使用固精建中的药物，以便恢复其真阴之不足。可这病本是慢性病，药物不能立时见效。皇上心急，却乱吃药大泻不止，我们数月的调治前功尽弃。"方从哲从老御医话中听出事情不好解决，便问："先生还有何高见？"老御医不抱希望地说："如果不再乱用庸医，慢慢按时调养，还是有希望的，只是……"方从哲领悟说："我当苦谏，以保龙体安康。"老御医拱手告辞。

辞别老御医已过了响午时分，方从哲正准备写劝谏皇帝耐心按御医方案调治的折子时，却听到皇帝急召他进宫的传唤。这样看来，皇帝确实是病危无疑。方从哲心中七上八下，随了太监向后宫走去。

过了乾清门，他就感到后宫的气氛很压抑。加上夏季闷热还没有完全退去，更令人窒息。朱常洛的寝宫在乾清宫西南的养心殿，此时殿门关得严严实实，还垂着一个大竹帘子，把阳光一齐挡在殿外。方从哲环视殿内，静寂得没有人声，只看见龙案上燃着几根龙涎香，一缕香气扑鼻而来，因

而屋里的空气倒不显得污浊。引路太监轻轻地走到西暖阁前,撩起了低垂的竹帘,听见皇帝传旨:"请方先生进来。"方从哲连忙整整衣冠,走进暖阁,双膝跪倒,说:"臣方从哲见驾吾皇万岁!""免礼,赐座!"方从哲低头坐在一边,偷眼看病中的朱常洛,已是面色苍白,有气无力。忽听皇帝说:"朝中大事先生多加操劳,太子生性软弱,也望先生极力扶持……"方从哲听出皇帝似在安排后事,急忙说:"皇上不过是体质虚弱而已,没有大恙。"朱常洛厌烦地说:"又是御医那一套,不用讲了。""万岁信不过御医,臣当传檄天下,广召名医。"听了这句话,朱常洛猛然想起一个人,就问:"鸿胪寺有个官员来进药,为何还不送来?"方从哲回禀说:"鸿胪寺丞李可灼曾上本说他有仙方可治万岁病症,只是不可轻信,所以已将他斥退。"朱常洛露出怒色,良久无话,然后突然说:"仙方不信,太医无能,难道朕已无可救药?"方从哲吓得连连叩头请罪,无奈忠言逆耳,方从哲虽欲苦谏终无效果,只得送上一丸李可灼的"仙丹"。此丹如同红玛瑙般,光泽晶莹,灼灼夺目,确实不像凡间所有。据李可灼讲,此乃他年轻时在峨眉山采药时仙人所赠,包治百病。

　　朱常洛吃过一粒仙丹后果见奇效,于是他再三催逼方从哲再次带李可灼来。哪料,第二粒仙丹吃后,皇帝在当天夜里猝然死去。这事件非同小可,方从哲此时最为紧张。他已料定不日必将有弹劾他的奏本出现，并将给他戴上一个"杀君"的帽子。所以表面平静的方从哲，心中已暗暗思索着为自己开脱罪行的对策。想来想去，他觉得只有利用拟遗诏的机会，申明服用红丸是皇帝自己的意见，把责任推到皇帝身上。主意有了，他就着手处理后事，使皇城内外井然有序。

果不出方从哲所料，皇帝的暴死引起朝廷官员的猜疑。他就按自己的盘算，把皇帝遗诏发下去，以为可平息群情。在诏书中以皇帝口吻百般夸奖李可灼，并诏赐银币。方从哲以为这可堵住各言官的嘴。但他绝不会想到自己走了一着错棋。遗诏一下，原来还是隐隐的杀气，顿时直指方从哲，大家都知道遗诏是他起草，莫不是"此地无银三百两"，心虚所为？到此，方从哲有点招架不住。

十月中旬，追查"红丸案"的呼声到了顶峰，礼部尚书孙慎行和左都御史邹元标上了两道奏疏，直指方从哲是虽无杀君之心却有杀君之罪。他们的奏折给追查此案定下了基调。方从哲纵然浑身是嘴也难反驳。秋风初起，吹落满院枯叶，方从哲此刻心境如秋水般冰凉。他一世为官，尽心尽力，苦心钻营，却落了个"杀君"的罪名。事到如今，想来只有一条路可走，那就是上疏请求归隐。他的辞职奏本递上去不到十天，天启皇帝就准他归隐。十一月初，这位辅政八年之久的老臣，凄然离开了京城。但是悲剧并没有随着方从哲的离去而落下大幕。就在他走后不久，又一批严查"红

丸案"内幕的奏折送到天启皇帝手中。小皇帝虽然只有十六岁，却已是个早熟的君主。他批准方从哲归隐，见不能平息群臣的怒气，很有些为难。正在此时，收到方从哲从老家发来的奏疏，疏中说："老臣自离京，无时不关注朝廷，知道群臣在先皇殡天事上纠缠。为谢罪，愿乞削去官阶充军边疆，以平朝臣之怨。"皇帝看罢奏折，又有点同情这位老臣，就把原疏发给内阁群议。这也正是方从哲所希望的。自"红丸案"发生以来，方从哲屡屡失算，唯有此次得以险中求胜。

不久，刑部一些官员上书要求止住追查大行皇帝暴死的舆论。如果纠缠不休，朝廷不宁，且陷先帝于非善终的不利地位，于皇家名声也不好。而置先皇于死地的崔文升和李可灼到现在也没处置，这两人虽乱用药，但也确实是奉旨进药，可以适当处罚，"红丸案"不宜再探究。天启皇帝早已厌烦了这种没完没了的争执，就顺水推舟，颁下圣旨："将李可灼削官流戍边疆，崔文升逐出北京，发往南京安置。"一场轩然大波平息下来。可是红丸究竟是什么东西，没有最后的结论，因此，"红丸案"成了千古之谜。

遇女尸张柱遭陷害　执法度老臣受牵连

明朝嘉靖时期，北京城的鼓楼一带商号栉比、店铺云集。从鼓楼往西有一条街市，叫西斜街，直通什刹海。那里千顷碧波，十里荷塘，是个雅静的地方。

在西斜街中部的一个小胡同中，住着一户姓张的买卖人，他家中只有母子二人相依过活，靠卖祖传之方制作的京都著名小吃"四冰果"攒些钱来换些柴米。四冰果是将鲜莲子、藕片、鸡头米和茨菰蜜饯后和着冰块拌成的，甜脆中带着丝丝清香的苦味。张家现在由儿子张柱支撑，他已经二十六岁，是个忠厚老实的后生，街坊四邻很喜欢他。张柱很孝顺，只因老母年近花甲，家业微薄，所以而立之年将近，尚未娶亲。

夏季卖四冰果，必须赶早起床，趁着露水润满荷叶之时，采摘新鲜莲蓬、茨菰。所以张柱每天四更刚过就得背着一只大筐去捞水鲜。这天早晨，他因为身体不适起得稍晚一

点。和往常差不多，此时的小胡同中仍然静寂没有人声，在夏日的清晨中行走倒是一种清爽的享受。忽然，他发现在前方十余丈处有一块模模糊糊的东西挡在路上。虽然心中有些疑惑，他还是像往常一样只顾前行。直到离那团东西剩下两三步时，他才发现是一个人躺在那里。张柱平素是个热心肠，最喜欢帮助人，此刻以为那人病倒在路上，就放下筐子去搀扶，但是扶起来的却是一具僵硬的尸体。他不觉惊得面无人色，见此人胸前一大团血迹，张柱被血腥味呛得两手松开，顿时没了主意，也顾不得筐子还在一边扔着，拔腿就往家中跑去。

就在这时，远处一阵马蹄声传来，给宁静的清晨又添生机。不多时，什刹海湖边出现了几名头戴尖帽、身着制服的骑士。这一队人正是巡夜归来的东厂番役。他们到了什刹海向东顺着湖边上了西斜街，正转到发生凶案的这个胡同，发现了那具把张柱吓跑的女尸。番役们下马勘查现场。见女尸四十四五岁，发髻蓬松，胸间、肋上有三刀刺痕，身边有一摊污血。尸体旁边有一个筐子，筐中有一把锋利的镰刀和一根绳子。番役喊来地保，下令看好死尸，然后，分头沿着印有血迹的脚印寻去。地保赵义是这个胡同的多年老住家，一看便知死者是住在胡同南头的张孙氏。再看那些旁边的东西，见筐子上写着"四冰果"三个字，就知道是张柱的东西。地保暗地疑惑，心里想："张柱是个老实人，怎么会缠进这种人命案中？"经过番役们马蹄声的喧嚣，胡同里发生了杀人案的消息已经迅速传开。过了不久，人们看见从南头远远跑来一个姑娘，她神色惊慌地直奔这边。女子柳眉凤目，体态袅娜，颇有几分可人之处。她分开众人挤进人群，见尸体横卧在地上，立刻"哇"地大叫一声昏死过去。地保见状，急忙让几个人把这个女子扶到一边。原来，她是死者的女儿张秀萍，还有个哥哥张福，整日不学无术，是个街井中的小无赖。番役们合计了一会儿吩咐地保处理后事，然后先去衙门等待消息。

再说，张柱跑至家中，只说了一句话："吓死我了！"便一头扎在床上动不得了。张母心疼孩子，过来询问，只见孩子面如土色，双手在不停颤抖。身上干干净净的衣服沾上了斑斑血迹，一双新鞋也踏了一些血迹。张母不知儿子发生了什么事情，守在床边询问了半天，张柱只是瞪着双眼，一再摇头，连一句话也说不出。张母没办法，就给他收拾了衣服，帮他洗了脸和手让他休息，把那些沾了血迹的衣物堆在墙角处。正在这时，大街上一阵急促的马蹄声，紧接着门被砸开。张母一生安分，心中不觉有一种不祥的预感。她忽然想起那些堆在墙角的东西，于是发疯般抱起血衣血鞋刚要藏匿，被几个番役恶狠狠地责骂道："休要销毁证物！"张母又惊又怕，一时哑口无言。番役们不容分说把张柱套上锁链带走了。留下孤单的老人独自落泪，邻居们来问候也不知话该如何讲,大家心中都不明白这究竟是怎么一回事情。

张柱被抓进东厂后,立即遭到严刑审问。因为张福已经在张柱被抓之前,赶到东厂告了张柱杀人的状。当时东厂的理刑百户李青正在值班。他与张福有些交往,现在接到物证和凶手,所以张柱被押上堂后,他就逼他招供犯下杀人罪。张柱虽然平日和气,却有一股耿直劲,公堂上任李青如何动用酷刑,他只是不肯招认。李青审理过许多案子,还没有见过像张柱这样死不肯招供的人。刑讯后,他也懒得再问,便把原告状纸和张柱杀人的物证一起转到了刑部。刑部堂官接到东厂的移文后,当天就把张柱定为斩罪。尽管没有任何口供,但因为是东厂这种特殊机构发来的,所以既不详查也不深究,就把张柱打入了死囚牢,只等禀明刑部掌印官员,用印后处决。可怜张母在外边没有一点儿儿子的消息,叫天天不应,叫地地不灵。

就在无可奈何的时候,张柱又有了一丝生的希望。一天,张母在院中一棵老槐树下呆坐,在夏日的黄昏中如泥塑一般,只是有一种凄凉气氛弥漫小院。这时,门外走来一个身穿孝衣的年轻姑娘。她径自走到老人面前,双膝跪下,哭着说:"张婶,是我们害了您和张柱哥。"张母麻木的心激起一丝回流,仔细端详面前跪着的女子,正是张秀萍。她无限悔恨地讲起那天的事。

原来,秀萍的哥哥张福因赌博把老本输得一干二净,那天夜里回家和母亲索要传家之宝——镶珠碧玉佩。母亲苦劝他不要再赌，哪知张福表面应允，心中却另有打算，他安抚母亲睡下后，暗中偷去了镶珠碧玉佩。母亲在梦中惊醒，见妆奁盒中没有了玉佩，万分气愤。她追出门去，见张福还未走远，就追了上去，死命拉着儿子不放。张福输钱已然红眼，头脑一热，掏出藏在腰里的匕首一刀刺入张孙氏前胸，然后又在胸前补了两刀，可怜张孙氏死在儿子手中。张福见母亲已死，慌忙一溜烟地逃走了。秀萍那夜在赶一件"喜鹊登梅"的锦绣，三更后才歇息。由于疲倦，她对那夜母亲房中发生的事一点儿也不知道。凌晨时分她才被邻居喊醒，见母亲已横尸街头，顿时悲痛欲绝。幸亏地保帮着收殓了母亲。中午时分，张福才回家，脸上神情很不对劲，对母亲的灵柩只看了一眼便回到自己房中去了。秀萍虽与他是亲兄妹，可是平日并不亲近，今天见他鬼鬼祟祟地插了门在房中忙乱，就隔着窗户偷看。张福从床下拿出个布包，取出一件沾满血污的长衫，正是昨天他刚刚穿了去的。只见他把长衫撕成一条一条，又推到床下。秀萍疑惑不解，也不敢声张，又回到灵堂。过了一会儿，张福匆匆离去，秀萍进了他的房间，拿出布包，见长衫的袖子被剪掉了。她心中不愿接受这一事实。她又取出母亲的妆奁盒，镶珠碧玉佩踪影不见，她全明白了，哥哥曾多次向母亲讨要这个传家宝而不得，他竟下了这种毒手，难怪他对母亲的死熟视无睹。秀萍不愿牵累张柱母子,怀着深深的内疚来与张母说明真相。

张母的心被秀萍带来的消息所鼓动,儿子有救了,她从心底感激这个深明大义的女子。秀萍又激动地说:"柱子哥不能死,该死的是我哥哥张福,我明天就去刑部衙门为张柱哥鸣冤。"

次日清晨,刑部郎中魏应召接到一纸通知,重新审理张柱杀人一案。魏应召是嘉靖初期的进士,官职不高却颇有点威望。对于这个案子前几天他就听说了。无非就是张柱家花钱走了门路,想捞个从轻发落而已。但当他看过全部案卷后,却深感这个案子的原判过于草率,其中很多地方都是审官在断案上的疏忽。比如,案卷中有张柱杀人凶器镰刀一把,但仔细看上面没有一丝血迹,而在刀背上有一两丝干枯的水草,显然这把镰刀只是割水草用的。如果凶手用它杀人,那么血迹肯定会把水草染污。又如,从张柱家中搜出的血衣、血靴,虽有血迹,却不是尖刀刺入人体后,被对方喷出血溅脏的,却是被血水浸泡过的。靴子底下沾满血,可鞋面上却没有血,显然是张柱双脚踩在血泊中染上的。这与凶手的杀人心理不符合。就凭这些就可看出张秀萍的鸣冤状必有一定道理,而且这份状纸条理清楚,又是亲妹妹指控亲哥哥,尤其应该重视。为了彻底查明真相,魏应召决定先不去接触人犯,而是微服私访西斜街一带的居民。

夏天正当午时的太阳,热辣辣地照着地面。什刹海沿岸

的西斜街还算清凉，可是做买卖的大多收了摊在家中避暑。只有一棵老槐树下有个操山西口音的治病郎中还在摆摊。这位郎中看病奇怪，既不把脉，也不询问病情，只是用手摸病人的耳朵，就能对症下药，这是一手绝活儿。所以天气虽热，仍有一大堆人围上来，求医求药。这郎中满面和气，还有个特点就是很注意猎奇，尤其对前几天发生的人命案，最感兴趣。这人正是魏应召。他听人们说及张柱都有惋惜的意思，且说张柱为人忠厚善良，每天五更前就去什刹海采水鲜。其中一个人正是张柱邻居鞋匠李真。他说："张柱那天疯狂地跑回家时，我正在门口漱口，见他慌慌张张，还问了一句。他当时只说了一句'吓死我了'，便进门没了响动。"街坊王云也说："别的我不敢说，张柱杀人我到死也不相信。"郎中笑着说："你说此话当真，可敢上大堂去说与老爷？"王云拍拍胸脯说："甭说衙门，就是去见皇帝我也敢。"郎中又问："既然不是张柱，那可能是谁呢？"人们又你一言我一语地猜测："张孙氏年轻守寡，拉扯一儿一女，女儿是个好孩子，只是那个儿子不学无术，经常因为输光了钱结下不少冤家，还给东厂当过密探，坑了不少人。也许张孙氏是被张福这小子逼死的。""前几天，他赌钱输了个精光。"正说着，人群里又钻出个小后生，他说："我就觉得张福可疑，出事那天后半夜，我曾看见他在什刹海边随手扔了一件东西在海里。"魏应召听后似有所悟，他暗暗记下这些人姓名，逐个打发了病人后收摊回府。

魏应召回到衙门后，把这天的见闻细细思考一番，他对案情已经有了基本的了解。先派差役找到那个小后生，打听了张福扔东西的地方，然后假装扮作种藕人在湖中探寻，果然找到一柄牛耳尖刀，这种刀是东厂缉私人员平时防身的武器，而且刀上仍带有血迹。这才是真正的凶器。魏应召不动声色，又传审了张母和张柱、秀萍姑娘，得知镶珠碧玉佩仍然下落不明。他就派人暗中询问了北城的十几家当铺，最后在德胜门内的"享感"当铺发现了镶珠碧玉佩的当单存根。这是张福在张孙氏被杀后第三天以五百两银子当掉的。张福的罪证齐全，杀人的动机、后果均已清楚。

魏应召传令抓捕张福，升堂审理张孙氏被杀一案。张福被押上堂时蛮有把握。但魏应召掌握的证据使他一下子变成了泄了气的皮球，只得供出是自己杀死母亲。后来又给东厂的"贴刑"李青送了五百两银子，李青答应在二十天内处决张柱。魏应召听后，面色阴沉，让张福押了手指印，却没有宣布审理结果就退堂。夏日的黄昏安详恬静，只是魏应召坐在书房中没有一丝情绪。现在方才明白为什么东厂多次派人催促处决张柱。李青既与张福勾结，必然要替他说话。而东厂是皇帝的心腹机构，皇帝对东厂从来深信不疑，如果案子倒向东厂一侧，自己就难免不被牵连。正在左右为难之际，门帘一挑，夫人许氏从外边进来，见丈夫一筹莫展，便询问发生了什么事情。魏应召不愿夫人担忧，只推说没事，可是耐不过许氏再三追问，就把自己查案及结案将带来的后果说与夫人。许氏是个深明大义的人，她劝慰丈夫说："堂堂法度岂容玩笑？老爷身为国家执法人员理当惩恶扬善、伸张正义，倘若因惧怕奸人就委曲求全，那好人就没有述冤的地方。只是这案子复杂，牵连的人多，倘若老爷为此获罪，妾当去大理寺为夫申冤。"许氏的一番话，甚是感人。魏应召亦是正直之人，听罢许氏的话，立即回到刑部连夜升堂，宣布："张福杀害生母，罪不容诛，判处斩立决。张柱无辜，当堂释放。张秀萍大义灭亲，特令表彰。"判决一出，全场哗然，人人交口称赞魏应召清正明断。

　　魏应召虽能为民申冤却免不了自身的灾难。嘉靖皇帝整天沉迷于铸药炼丹，不问朝政，只对东厂送来的密报从不积压。这天他收到李青的密本。原来李青听说张福已供出曾送银子给自己的事后，很担心，但是他利用自己特殊的地位，给魏应召等人加上了"莫须有"的罪名。他的奏本中先把张柱杀人一事详写了一番，然后又替张福说了一些好话，特地指出张秀萍因为与张柱关系暧昧，反诬告亲哥哥有罪；参劾魏应召收受张柱三百两的贿赂，妄定人罪，包庇元凶，枉杀好人。然后把写好的奏本递入东华门的门缝里，当晚这份东厂的密报就已到了皇帝手中。嘉靖皇帝早就对刑部官员有戒心，这个密奏正中他心意，于是在密本上批道："刑部定出人罪，魏应召草菅人命，即诏下狱待审。原案交与都察院，令右都御史熊浃复审后回报。"

都察院右都御史熊浃接到圣旨后，心中很诧异，不明白这么一件小小民间凶杀案何以受到皇帝重视。但他毕竟是二十多年的老官，宦海生涯给了他太多太多的阅历。这一段发生的事情他已有所耳闻，刑部近日很得民心，尤其是魏应召，而这事正是他一手所查。于是熊浃调来案卷仔细查阅，刑部的卷宗条理清晰，张福杀母证据确凿无可否认，而李青密本上多是"莫须有"的虚言。同时，熊浃收到了许氏的状纸，她已到都察院击鼓喊冤。熊浃感到自己夹在正义和皇权之间，实在难找出一条两全其美的办法。这位素以办事果断闻名的执法大臣，这次竟无所适从。想想自己二十多年的艰苦历程才有如今的地位，实在不忍就此舍弃。可是朝廷的高官和几条人命是没法等量交换的，熊浃终于为正义放弃了自己的地位。

当一心寻求长生不老丹药的皇帝看到熊浃的奏本时，刚看了两行就阴沉了脸色，越往下看越生气，最后干脆把奏本抛入炼丹炉中。原来，熊浃的奏折和刑部没什么两样，力主维持魏应召的原判。皇帝大怒，对司礼监秉笔太监吼道："传旨，熊浃暂解都御史之职，回家听参。另派刑部给事中陆粲、刘希简二人重新审理张柱杀人案，五天内将案情查清。"秉笔太监不敢怠慢，不多时，圣旨已到刑部。陆粲和刘希简接到圣旨后不敢拖延，当即商议复审方法。其实，这件案子早已传开，他二人也心中明白，皇上的意思很清楚，就是让按照东厂密本的路子办，只要朱笔一点，将张柱判斩，张福释放，就会乌云尽散，魏、熊二人也就不会有现在的下场。两位复审员，一老一小四目相对，没有办法对付这种尴尬的处境。眼见已到了下半夜，刘希简忽然一扫他那老态龙钟的表情，说："陆大人，老朽自从接到圣旨就知道宦途生涯已尽。你我都知此案真情，老朽再无能也懂得天理人情。我所顾虑的只是大人，正值不惑之年，才华横溢，前途无量。陆大人不如从明天起告假，老朽三日后上本替魏应召再做一次努力。"陆粲被老大人的话深深感动。他也正在为老大人年事已高、恐经不起这种人为的灾祸而烦恼。听老大人一说，两人都是忠肝义胆之人，都在为他人着想，也就心往一处想、力往一处使。于是二人共同上本维持魏应召原判。

嘉靖皇帝没想到结果会是这样，看罢陆、刘二人奏本，怒不可遏，传旨将陆、刘二人一起投入监狱，并说刑部官官相护，魏应召的原议必须推翻。同时派东厂的李青到刑部督审，指定刑部侍郎许赞主持复审。嘉靖皇帝为了一件民间杀人案件，十天之内连降三道旨，把刑部三位主管官员投入诏狱。消息很快传遍京师，无人不惊，无人不对这几位官员交口称赞。第四次复审的结果又将如何，大家拭目以待。

侍郎许赞，为官多年，没有太多功绩，只是从不多说话。接了这个头痛的案子，他依然没有太大的响动，只在静听京师街头的议论。十几天过去了，北京城里已是秋风送爽，人们渐渐被其他事情分散了注意力，焦点已经转移。他也同样了解官场沉浮，只是不同前几任审官那样正直。权衡利弊，皇帝永远不会占下风。现在案子已压了一段日子，顺从了皇帝，无非落个执法不公的名声，这又算得了什么？"官大一品压死人"，这就是他的官场哲理。

于是九月初一这天，许赞公开升堂审理了这件轰动京城的案子。审讯只经过半个时辰——杀人犯定为张柱，判处斩立决；张福无辜，偿银五两当堂释放；张秀萍不守妇道判处杖刑一百棍，赶出京师；张柱的邻居李真、王云做伪证，与魏应召一起充军。榜文贴出，全城哗然，万人空巷。人言虽可畏，权势更压人。

祖业是福亦是祸　　断案需法亦需情

陈智是雍正年间普宁县人氏，家中有七亩田地，平日里陈智就靠此为生。他膝下有两个儿子，大儿名阿明，小儿叫阿定。两个人一起长大，同去私塾上学，同在一处玩耍，成年后，两人随父亲一起种田，彼此亲亲密密，形影不离。父亲为他们各自娶妻生子，一家人生活虽不富裕，却也衣食不缺。陈智享了几年天伦之乐便安然辞世。父亲死后，兄弟二人准备分家各自起灶，一切家具都可以和和气气地分配给两家，唯有父亲留下这七亩田，兄弟俩各不相让。亲戚邻里劝解不了，二人直闹到公堂上，反目成仇，打起了官司。

县令升堂，兄弟二人跪在大堂上。县令发话："你们二人报上名来，呈上状纸。"阿明说："小人陈阿明，父亲留下田地七亩给小人，这是文书，纸上写有'老人故世后，这田交给长子'的话。可是弟弟阿定不服。"阿定也急忙赶着回禀："田产是父亲给我的，我有父亲临终前的嘱托为依

据。"说着也把文书呈上,县令对这种兄弟间为家产而纷争的案子早已司空见惯,他也不去理会那些纸张及文字,就怒斥堂上的阿明和阿定:"你们说的都对,不对的是你父亲,着实应该打开棺材来问问他的意思。田地是无关大小的事,兄弟之间撕破脸皮、互相打官司,才是最让人难以忍受的,我没有解决的办法。你们俩把脚各伸一只向前,用木夹夹住,谁能忍耐不叫出声来,田地就归谁所有。"县令说到此,冷冷地看着他们兄弟二人,见阿明、阿定四目对视,不置可否。他又说:"你们是左脚怕痛呢,还是右脚怕痛?左右脚随你们自己选择,我不强求。你们各自伸出一只不怕痛的脚即可。"这次阿明兄弟俩倒是意见一致,他们说:"两脚都怕痛!"县令取笑说:"噢,好奇怪了!你们两人的脚没有一只是不怕痛的吗?你们的身体是父亲所给,就如同他的一般,你看待自己身上的左脚,就如同你父亲看待阿明;你看待自己身上的右脚,就如同你父亲看待阿定。你们的两只脚尚且不忍舍弃其一,你父亲会舍弃他的哪一个儿子?这件事先到这里,日后再审。"然后命令差役用一条铁链把兄弟二人锁在一块儿,又在锁口贴上封条,不准私自打开。这样阿明、阿定必须一起坐,一起站,一起走,一起吃,一起睡,不论谁去大小便,另一个必须陪着一起蹲下或一同站起来,时时刻刻不分离。县令退堂后,吩咐差役暗中察看他俩的举动、言语,一旦有情况就来报告。

兄弟二人着火般告上公堂，被县令像丢抹布一般晾在一边。起初，两人怒气未消，相互不说一句话，背向站着。站了两个时辰，阿明累了，想坐下休息，阿定只得也一同坐下。两人仍然侧身坐着，不说话。不多时，阿定要去方便，阿明只得陪他一起蹲了十多分钟。这样过了一两天，县令也不再审。兄弟二人火气已被铁链消去大半，能够渐渐转过身来面对面了，只是仍不说话，眼中都露出似曾相识而又陌生的情态。这些细微的变化都已被差役们探了去报告与县令知道。又过了三四天后，他俩相对叹息，后悔家中安乐的日子不过，在这里受罪，一会儿便开口说话，说出心中的懊悔，两人越聊越觉得亲热，真正又找回了从前的哥哥和弟弟。他们想起幼时一起玩耍、一处读书的快乐；聊着哥哥爱护弟弟、弟弟信赖哥哥的往事，心中的疙瘩自己解开了。他们一处吃饭、一处起居不再觉得难受，仿佛他们原来就是这个样子。县令看时机已经成熟，就第二次升堂审理这个案子。

县令正襟危坐在公案之后，吩咐把他们兄弟二人带上来。问："你们都有儿子吗？"原来阿明、阿定各自有两个儿子，年龄都在十六七。县令出签把四个儿子都捉来，叫着阿明、阿定的姓名说："你们父亲不该生下两个儿子，使你们争来斗去，把事情弄到这种地步。假如只有你们中的一个，田产归独子所有，该省去这许多麻烦。如今不幸的是你们各自又得两子，为防止以后他们之间争斗吵闹、没完没了地打上公堂,现在我先替你们想好了防患于将来的办法:你们俩各留下一个儿子就可以了,阿明是兄长,留下大儿子,舍弃小儿子;阿定是弟弟,留下小儿子,舍弃大儿子。"说罢,也不等阿明、阿定回话,吩咐差役把阿明的幼子和阿定的长子一起押送到养济院,送给乞丐头做儿子,办好收管手续立案备查。乞丐家没有田地可争夺,以后就不会有此类事发生。阿明、阿定不能接受县令的裁断,一起磕头说:"如今我们再也不争田地了。"县令故作诧异地问:"这是为何?"阿明说:"小人知道做错了,愿意把田地让给弟弟,永不反悔。"阿定也说:"这田我不能收,还是给哥哥吧。"县令说:"你们说的都不是心里话,我怎么能相信?"兄弟俩连连磕头说道:"是真心话,以后如有反悔,天理不允。"县令见事情已有眉目,只是还欠火候,就说:"你们俩有此心,你们的妻子未必答应,暂且回去和妻子商量,三天后再来决定。退堂。"说罢转身离去。差役们给他俩打开铁链,放他们回家。

转眼三天已过,阿明的妻子郭氏、阿定的妻子林氏,邀请了陈家的族长陈德俊、陈朝仪来到公堂,要求平息纠纷。妯娌俩相互搀扶,跪在大堂上边哭边说:"从今往后,我们两家永和为一,不再争田夺地。"阿明、阿定也流着泪苦苦哀求:"我们兄弟不懂做人的道理,耗费大人心血。如今良心发现,后悔万分,我们不愿再为了田产发生不愉快的事情，请求把田地送进寺庙施舍给和尚，以求大人放还小人们的儿子。"县令一听，说："这是更不懂情理！把父亲流血流汗挣来的田地送入寺院施与和尚，该用大板打死。你们父亲九泉之下也不能瞑目。做兄长的应当让弟弟，做弟弟的应当让兄长，谦让不能解决问题，那就把田地还给你们父亲。如今你们把田地作为你们父亲的祭产，兄弟俩按年轮流收租祭祀已故的父亲，子子孙孙，永不再争吵，一举数得，何乐而不为？"

于是族长陈德俊、陈朝仪都叩头夸赞县令明断。阿明、阿定两家人也都欢欢喜喜，叩头谢过。县令吩咐放回他们两兄弟，退堂离去。自此后，陈家兄弟、妯娌相敬相亲，乡里无人不称他们懂礼义而谦和。

涂如松因妻得祸　杨同范由子丧命

涂如松是湖北省麻城县人氏，妻子是杨氏，两人感情不和。杨氏经常到娘家走动，而且一去很久都不回家。如松心中怀疑，一直忍着没有发作。一天，如松的母亲生病，杨氏却又要回娘家，如松气愤不过要打杨氏，她便逃走不知去向。于是，涂、杨两家都到官府来告状。

杨氏的弟弟杨五荣，怀疑是如松杀死了杨氏，在九口塘查访。有个叫赵当儿的无赖就骗杨五荣说："早听说有这么回事。"杨五荣听后，更加气恼，当即拉了赵当儿到县衙去做证，而且指控涂如松和他的朋友陈文等人一起谋杀了杨氏。

知县汤应求经过审问，没有得到足够的证据，案子无法定下来。刚好，赵当儿的父亲又出面告发儿子，说他本来就是个流氓地痞，说话不能算数，以后证明是诬告时，请不要牵连到家里其他人。汤应求只得暗中调查，发现杨五荣的怂凶者是秀才杨同范，这人是个人面兽心的家伙。于是汤应求请求上级剥夺了杨同范秀才的功名，搜捕杨氏。其实，杨氏本来是王祖儿的童养媳，祖儿不幸早亡，杨氏不安本分和王家的侄儿冯大勾搭成奸。这次为躲避如松的殴打，藏在冯家已有一个多月。冯大母亲害怕惹祸，想去官府揭发。冯大害怕，求杨五荣想办法。五荣没主见去求同范。杨同范贪恋杨氏美貌，说："我有功名在身，把她藏在我家的密室中，没人敢来夺去她。"然后，杨同范又指使五荣照旧控告涂如松。

　　一年过去了，事情仍然没有结果。这天，有个姓黄的乡民，在河滩上埋了一个童仆，因为埋得太浅，被野狗扒出来吃了。地保带着汤应求等人前去验尸。恰逢天降暴雨，只得中途返回。杨同范听到这个消息后，心中快活，认为这是个千载难逢的好机会，自己的功名可以保住了。于是，他和杨五荣密谋，把已经无法辨认的尸体假充杨氏认领。然后贿赂收买验尸官李荣，要他谎报是具女尸，李荣不肯答应。过了两三天，官府再派人到河滩察看时，尸体早已腐烂得难以辨认，只能收殓起来，又在坟前做了一个标记。同范、五荣纠集了一帮酒肉朋友，在现场起哄。事情传到湖广总督迈柱的耳朵里，便委派广济县知县高仁杰重新检验尸体。

　　谁想，那高仁杰是贪心的人，他早想占有汤应求的官职，正好借查此案的机会打击汤应求。他起用验尸官薛某，接受了杨同范的钱财，竟然谎报河滩的尸体是具女尸，而且肋骨处有深深的伤痕。然后，他又把五荣等人诬告涂如松杀妻、汤应求受贿、书记官伪造文件、验尸官李荣谎报尸体性别等事呈报总督。总督对此深信不疑，立即将汤应求撤职查办，又特派高仁杰审讯犯人。

高仁杰滥用大刑，把涂如松打得皮开肉绽，甚至脚踝骨都露在外面，仍没得到口供。于是烧红了铁索让犯人跪在上面。皮肉被烧后，冒起烟雾，同时发出吱吱的响声。就是汤应求也难免这样的拷打。他们经不住皮肉之苦，只得胡编乱造。李荣被活活打死。

然而，尸体是男尸，没有女人的长发，没有脚趾骨，也没有带血迹的下裙长裤，就逼迫涂如松交出这些东西。涂如松只得胡乱指点个地方来搪塞。开头掘开一座坟，只有一些烂木头。后来又接连打开一些坟墓，有时是个老头儿的坟，有时是女子的坟，却发现长发中多已是白发，官员们懊丧又无奈。麻城县一带的无主坟，就这样被掘开一百多座，仍然是一无所获。他们又用烧红的铁索折磨涂如松。

涂如松的老母许氏，不忍儿子被摧残，就剪下自己的长发，挑出其中白发，把黑发结成一把。陈文的妻子割破手臂，用鲜血染了一条长裤、一件衣裙，又用斧子劈开已故儿子的棺材，取了脚趾骨。她们凑齐这些东西，自己埋在河滩上，领了衙役们去挖，果然官老爷满意地得到所要的东西，这件案子才算结束。

案子报到黄州府。知府蒋嘉年感到这案中有些不实，不肯转报，把外县验尸官招来，对尸体再次检验，都说："这是一具男子的尸体。"高仁杰听了回答十分慌乱，因此谎报尸体已被调换，要求再审。可是，不久一场山洪把假尸体一起冲走，无法再审。高仁杰这才长出一口气。总督迈柱判涂如松杀妻、汤应求等人贪赃枉法，分别处斩刑和绞刑，上奏朝廷等候批准。

麻城县的百姓都知道涂如松等人冤枉，可是找不到杨氏本人，这冤情永远无法澄清。也是老天有眼，杨同范邻居有位老婆婆，一天清晨，刚刚起床，杨家丫头跑过来说："老婆婆，我家娘子早产，求您帮帮忙把孩子生下来。"老婆婆急忙跟着丫头来到杨家。只见婴儿头颈折着，胞胎下不来，就要几个人按产妇的腰部，才能迫使孩子生下来。杨同范的妻子忍受不住，大喊大叫："三姑救救我！"杨氏突然从密室中闯出来，看到老婆婆在场，吓得面目变色，想再躲避已是不可能了。于是跪下求老婆婆不要说出去。这时，杨同范从外边进来，拿了十两银子塞给老婆婆。老婆婆推却不得，辞了杨氏，回到家中，告诉儿子说："这世间还是有神灵的。我不能不去报官。"马上让儿子带了杨同范硬塞给的银子到衙门去诉冤。

县官陈鼎，海宁人氏，出身举人。他早已翻阅过涂如松杀妻的卷宗，知道是一桩冤案，可是苦于没有机会重审。听到老婆婆儿子的报告后，急忙逐级上报要求重审。总督迈柱虽认为他多事，却也不好发作，只得下令暂且把杨氏捉拿归案。

陈鼎是个心细胆大的人。他想：要抓杨氏必须迅速，一旦消息泄露出去，杨同范不是把杨氏藏在别处，就是要杀人灭口，冤案还是不得昭雪。于是，他诈称杨同范家中养了暗娼，亲自带人去抓来了杨氏。麻城县百姓欢呼雀跃。陈鼎来到公堂之上，把涂如松带上来让杨氏辨认。杨氏见涂如松已脱了人形，跑上去抱住涂如松哭道："是我害苦了你！是我害苦了你！"公堂之上无人不忿，无人不落泪。杨五荣、杨同范也被带在堂上。他们磕头如鸡吃米，请求大人饶命。一切不审自明。原来判处的决定已被皇帝批准。迈柱不得已又奏请皇帝说："事情有改变，请求暂缓处决。"杨同范发觉迈柱有意将错就错，包庇凶犯，于是诱骗杨氏在假状纸上写道："我原本是私娼，并非涂如松之妻。"他自己假供犯有窝藏暗娼罪。迈柱也就根据他们的供词上报皇帝。皇帝把迈柱调到朝廷做官，又派户部尚书史贻直任湖广总督，委派两省官员复审此案。经过核实，一切都与陈鼎报的案情符合。于是恢复汤应求的官职，将杨五荣、杨同范等人判处死刑。只可惜李荣无辜含恨而死，涂如松几乎双脚迈入鬼门关。

丑脸痴心骗美妻　天谋别人得便宜

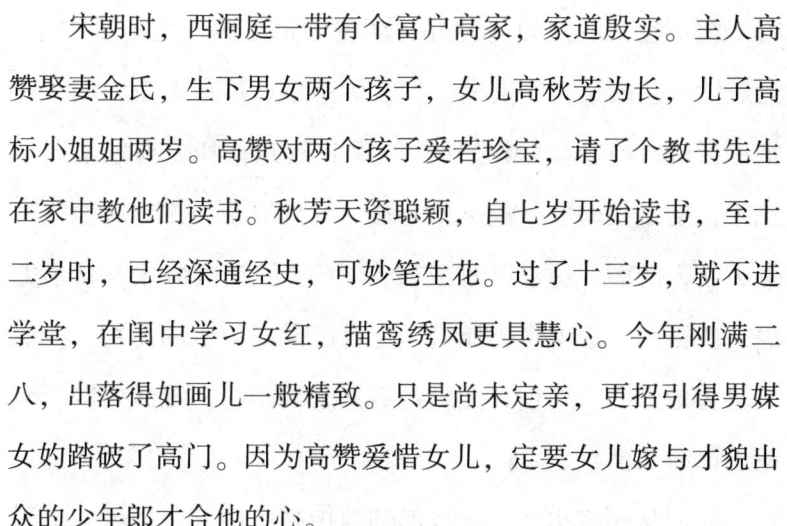

宋朝时，西洞庭一带有个富户高家，家道殷实。主人高赞娶妻金氏，生下男女两个孩子，女儿高秋芳为长，儿子高标小姐姐两岁。高赞对两个孩子爱若珍宝，请了个教书先生在家中教他们读书。秋芳天资聪颖，自七岁开始读书，至十二岁时，已经深通经史，可妙笔生花。过了十三岁，就不进学堂，在闺中学习女红，描鸾绣凤更具慧心。今年刚满二八，出落得如画儿一般精致。只是尚未定亲，更招引得男媒女妁踏破了高门。因为高赞爱惜女儿，定要女儿嫁与才貌出众的少年郎才合他的心。

再说，苏州府吴江县平望地方，有个秀才叫钱青，字万选，年约一十八岁，却已饱读诗书，广知今古，更兼一表人才。只因世代书香，产业微薄，父母早丧，他孤苦一人，年已弱冠仍未娶亲，只得投在表兄门下。表兄姓颜名俊，字伯雅，长钱青三个月，家道颇富，也没有定亲。其中缘故说来

好笑，这颜俊虽生得丑陋，却立誓非绝色不娶，更让人难以忍受的是他最喜欢穿红着绿、低声强笑，胸无点墨偏好谈古论今、卖弄才学。钱青投在他门下只为暂且容身，以求进取。

十月的一天，颜俊的门房远亲尤辰来他家走动，提及高家选婿只重才貌不求钱财之事。虽只是家长里短，颜俊倒存了心，他早已听说高家小姐品貌非凡，只是不知是否定亲。如今听尤辰说起，就迫不及待央求他促成好事。反把尤辰弄得不尴不尬，不知如何是好。颜俊紧追不放，定要去求亲。尤辰常常从颜家得些资助，拿人的手短。被逼无奈，他只得把丑话说在前边："颜公子，不是我故意推托，高家不同于别家，别家相媳妇，他家相女婿。我只怕劳而无功。他家不见大官人的面，这事万难成就。"那颜俊倒也慷慨，给了尤辰一些银两，让他自去撒谎，把自己说成天生的尤物。尤辰只得替他去办。颜俊自尤辰走后，茶饭不思，难成好梦，只眼巴巴盼着消息。

尤辰从颜家出来，就搭船到西山高家门上去提亲。递了帖子，高赞迎出来，问明来意，就问是哪家子弟。尤辰道："就是舍亲颜俊，年方十八。与宅上门当户对。此子饱读诗书，学富五车。"高赞又问："人品生得怎样？"尤辰因受人之托只得忠人之事，就编个谎说："人品自不必说，堂堂之躯，十全之相，且年少有为，十四岁考童生高中县里榜首。

现因守孝在家。我偶闻令爱才貌双全，倒觉得是天生一双，故此斗胆来替舍亲求婚。"高赞被尤辰伶俐的口齿说得心动，但是终不能放心，就说："老汉爱女心切，令亲如此才貌，若能来寒舍一会，更无他说。"尤辰心中叫苦，表面上仍替颜俊推辞，无奈高赞坚持，只好答应。

秋日黄昏已没了日影，尤辰乘船回到颜俊家中，见他正在房中呆坐。一见尤辰进门，颜俊迎住便问："劳烦兄长往返，事体如何？"尤辰把事情细说一遍，并问："他要见你，如何处置？"颜俊先是欢喜，听说高老定要见他，稍稍有些迟疑。忽然看见钱青从窗下走过，心中一喜，对尤辰说："我有一计，明天我央求钱青和你去高家相亲，你看他比我如何？""他去当然不会有错，只是……"不待尤辰说完，颜俊就说："把他只说是我，哄过一时，行了聘礼，不怕高家赖婚。放心，钱青与我是至亲，只求他这一次不会有错。"晚上，钱青被颜俊唤去，听说要他代表哥相亲，心中不愿意，可又拗不过表哥，只得同意。

次日清早，颜俊送尤辰、钱青上船。那钱青今天打扮得更是标致。到了高家，高赞一见这个后生，果然仪表堂堂，又唤来教书先生试他才学，更是对答如流。他心中高兴，留下钱、尤二人吃饭。高夫人前次与丈夫为尤辰提亲之事心动，今日听说堂下备饭，躲在屏风后瞧得仔细，也很中意。不多时，酒席撤下，闲话了一会儿，钱青急着告辞，高赞不愿让

他离去,有意留住几日,钱青哪里肯住,高赞只得备礼相送。

颜俊正在家中等得心急,听见钱、尤二人回来,讲述高家之事,不胜欢喜,就把吉期定在十二月初二。高赞得意女婿品貌,况且妆奁早已备下,也不推阻。

日月如梭,很快佳期临近。高家托人来说:"娶亲那天,必须新郎亲自去迎娶。"这下颜俊又难上加难,上次表弟代自己相亲,如今又得他去迎娶,这种显山露水风光的事情都落在他头上,真是可恼。如果自己去迎亲,到时又怕露了马脚,好事难成。只得忍着,托钱青替自己辛苦一遭。钱青开始推辞不受,说:"前日代劳,不过是一般的事情。如今迎亲之事,是个大礼,哪里有代替别人做的!万万不可。"只是表哥苦苦相求,不得已,钱青只好同意。到了初二这天早晨,一切安排妥当,备了大船两只,一只坐新娘,一只媒人和新郎同坐;中船四只,随从们乘坐;小船四只,一是为护送,二是为备用。十只船浩浩荡荡,吹打着喜庆的鼓乐直奔高家。船到西山,已是下午时分。尤辰先去高家报信,钱青随后就到。高家那边亲朋满座,早听说高家女婿才貌双全,今日见新郎果然美如冠玉。

娇客进门,众人谦恭揖礼,然后定席安位。钱青坐在席上,只觉得是个外人,听着众人不住声地赞他才貌佳,暗暗好笑,可又不得不应酬答谢,心中索然无味。又怕耽误了表兄正事,坐了一会儿,就要回去。高赞老头,只管留着殷勤备至。钱青无奈，看看天已四鼓，叫家人把赏钱散发，起身告别。高赞心中快活，猜测已是五鼓时分，陪嫁妆奁都已装船，只等着新人上轿。就见船上人回到府上来，说："外边风大，湖上不能行船，恐怕今夜回不去了。"其实，半夜里已经起风，只是众人自顾快活，全然不觉。此时风越刮越大，众人只得重新入席。钱青初时不以为然，看看天已破晓，外边风却越刮越大，心中有些发急。正在这时，听得席间有人说："此时恐怕难回夫家，依老汉愚见，既是选定吉期，岂可错过！令婿既已在此，何不就此结亲？趁这筵席，做了花烛。等风停了，再从容回去，岂不美哉！"众人酒酣耳热，齐声称好。高赞早有此心，就坡下驴，立即吩咐家人，准备洞房花烛之事。

　　这个主意，把心不在焉的钱青吓得够呛，而此时尤辰早已大醉不醒，他只得再三推辞，说："百年大事不可草率。不妨另择日子，再来迎娶。"高赞哪里肯依。钱青暗自叫苦，无奈打定主意，虽成大礼，不乱行为。酒席散了后，高赞老夫妇亲自送新郎进房。伴娘给新娘卸了首饰。几次催新郎安歇，钱青只是不答应，伴娘只得先服侍新娘睡下，自己出房去了。钱青心里七上八下，打发丫鬟们各自去休息，自己独对花烛，呆呆发愣。热闹了一天也着实累了，他趴在桌边不知不觉地睡着了。第二天清晨，就起身到舅子书馆中去梳洗。大家只以为他少年害羞，也不理会。可是天气依然又是风又是雪，根本无法行船，钱青只得又住了两日，每夜只是和衣在床边一卧就没了动静。

新娘秋芳，见新郎生得俊美，心中暗自欢喜。可是一连三夜，都是孤枕而眠，新郎衣不解带，也不曾言语。秋芳心中纳闷，可又害羞，不敢说与母亲，只盼着天气早日回转，也好到郎君家中慢慢询问。第四天，天气晴，高赞准备好送亲船只，船头都挂了杂彩，鼓乐震天，送过湖来。

再说，颜俊自从打发走娶亲的钱青，在湖边望眼欲穿，足足等了三天。今天正在湖边翘首以待，远远看到一队船只行来，船刚靠岸，钱青先跳上岸来。他心中无愧，理直气壮，看见颜俊，笑嘻嘻正要上前作揖，告诉三天的情况。不料，表哥以小人之心度君子之腹，以为钱青已和新娘成婚。这时，仇人相见，分外眼红，咬定牙根骂道："臭小子，你好快活！"说完，扯住钱青乱踢乱打，口中还念念有词。钱青有口难辩，急呼"救命"。船上人听得吵闹，都上岸来看，只见一个丑汉正扭打新郎，众人不知何故，上前劝解。高赞盘问尤辰，尤辰只得实说。气得高赞大骂其无理，骗女儿出嫁。高家送亲人气愤不平，一齐动手要打丑汉，颜家家丁也不示弱，两帮人扭作一团。

正巧，县尹经过此地，大轿被堵在路中央。听见前面吵闹，停了轿子，喝令拿下这帮闹事之徒。众人见县尹抓人，各自散开，只有颜俊扭着钱青不放，高赞扯着尤辰不放。县尹吩咐带在轿后，一起到公堂发落。

点鼓升堂，先审高赞。高赞把嫁女儿的经过说了一遍，又说："送亲刚到岸，才知是尤辰替那丑汉要骗娶小人的女儿，才将钱青假冒来代替。老爷只问尤辰便知分晓。"县尹听罢，觉得这案有趣，转问尤辰："高赞所说是否是实情？"尤辰不敢抵赖，只得承认："确实如此。"再问颜俊，其口供同二人不差分毫。最后，县尹看着旁边年轻貌俊的后生问："你是秀才钱青？""正是小生。"钱青回答。县尹正色厉声问："你读圣贤书，岂不知替人迎亲，同谋哄骗人家女儿，有悖常理？"钱青怯生生地回答："此事本非我愿，只因表兄再三央求，勉强应承。哪料事有凑巧，一连三日大风相留，太湖不能行舟，故此高赞定要我在他家完婚。"县尹道："你自知是替身，怎不推辞？""小生再三推辞，只是高赞不允。小生怕再辞高家生疑，误了大事，故此虽行大礼，但三夜同屋，并没有侵犯高家小姐。"县尹笑道："自古以来，只有一个柳下惠坐怀不乱。你少年子弟，血气方刚，岂有三夜同床，并不相犯之理？"钱青光明磊落，道："小生不欺心，大人只去问他女儿就知。"县尹见这后生虽年少倒举止不俗，便教左右唤来老实稳婆一名，到船上验高氏是不是处女。不多时，稳婆来报那高氏果然是处女，未曾破身。颜俊在下边听说高氏仍然是处女，便叫道："既是小的妻子不曾破身，小的情愿成就。"县尹呵斥："不许多嘴！"问高赞："你愿意把女儿嫁给哪个?"高赞当初选择了钱青,如今更知其德行美胜于容貌,自然是更愿意钱青。县尹说:"这样正合我意。"钱青着急:"小生此行,实是为公不为私。若将女子归了我,三夜衣不解带的心意全然枉费。小生绝不敢冒此嫌疑。"县尹道理更胜一筹,道:"此女若归他人,你以往行为会阻碍前程;今日成全你的亲事,乃是遮掩你行骗的过失。况且你心昭然,女家也没异议,我自明断,休得啰唆。"于是判道:

> 高赞相女配夫,乃其常理;颜俊借人饰己,实出奇闻。东床已招佳选,何知以羊易牛;西邻纵有责言,终难指鹿为马。两番渡湖,不让传书柳毅;三宵隔被,何惭秉烛之长。风伯为媒,天公作合。佳男配佳妇,两得其宜;求妻到府无妻,自作之孽。高氏断归钱青,不须另作花烛。颜俊既不合设骗局于前,又不合奋老拳于后。事已不谐,姑免罪责。所费聘仪,合助钱青,以赎一击之罪。尤辰往来煽惑,实启衅端,重惩示儆。

判罢,令左右责打尤辰三十大板,免其画供。众人拜谢出了衙门。颜俊羞惭,自己离去。高赞邀钱青舟中闲叙,得知钱青父母俱亡,别无亲人在家,就道:"既如此,到舍下同住,老夫供你读书,也好日后求取功名。"钱青谢过岳父大人,一同乘船回高府而去。

受人托携女完姻　龙颜怒恶惩昏官

明朝嘉靖年间，浙江绍兴府一带有个银匠某甲。他少年时在京城学艺，打得一手好银器。因为他天资聪慧，一时间，京城里上等的银饰几乎都出自他手。他制出的首饰品种花样独具匠心，因此京城里就算是皇亲国戚、功臣贵族人家的首饰不是由某甲打制的就不能称得上贵重。某甲经常出入显门高府打制首饰，因此积攒了许多家私。可是某甲心中唯有一件事放心不下，他有个妹妹名唤婉姑，是某甲一手抚养成人的。看着妹妹已出落得是个俊姑娘了，某甲打算替她把亲事办了。婉姑自幼配给同村某乙。可是某乙家境困难，没有能力来京城迎娶婉姑，某甲自己又事多难以脱身，不能亲自送妹子回家乡成亲。

正当事情尴尬之时，某甲的表弟来京城参加考试。表弟是个举人，住在某甲家中，考试结束后落榜归乡。某甲买了酒菜为他送行。两人对斟对饮了一会儿，某甲用一个红漆盘

子端上一封银子,推到举人面前,说:"我有一事想请表弟帮忙。这事在我心中已存了很久,没有合适的人可以托付。如今可巧顺路回乡,这件事也就可以了结了。你年轻正直,又是忠诚可靠的人。如果你能答应我帮忙,我才能说出真情。"举人听某甲心事重重且言语恳切,就说:"你我本是血肉至亲,如果是我力所能及之事,本应代劳,没有推辞之理。"某甲便把妹妹婉姑托付给了举人,请他带婉姑一同回家乡,趁便为她完了婚事,也就了结自己的一桩心事。然后又拿出一些银子给举人带在身边。举人欣然接受,非常感激某甲的深情厚谊。一路之上,举人细心照顾婉姑。

这天,回到浙江老家。举人先留婉姑在自己家中暂时住了几天,等选定了吉日就送去完了婚。某乙家中只有母子二人,老母年迈,家境贫寒。婉姑嫁到某乙家后,第二天早晨见丈夫和婆母都被杀死在厨房里,吓得她大喊大叫。邻居们闻讯赶来,见某乙母子双双倒在血泊中。众人面面相觑,不知这是何故,于是急忙报到官府。县令是新科考后刚刚提拔起来的,自负傲慢。勘察过现场,他就出签把婉姑和举人一起拘捕到案,讯问了他们以前同行的事,拍着桌子说:"这案子不用再审已很明白。就因为一对青年男女同行几千里路,又长得一对好相貌,一路上没其他人同行,经过几个月,怎么会不产生私情!"叫女看守验过婉姑身体,果然不是处女了。这时县令更加自鸣得意,于是下令严刑拷打。可怜举人和婉姑受尽了折磨，只得屈招。审结案情，判为死刑。人们对县令断案干净利落都大加称赞，笑骂举人枉读圣贤书，负人之托，欺人之妻。

某甲在京城中听到这个消息，又惊又悔。可当他想到妹妹和自己自幼生活在一起，十多年来安守本分，不是那种轻薄女子。举人的为人，自己也是知道的。他怎么会做这种无法无天的事呢？左思右想不得要领，最后决定亲自回家乡去看看。于是就把店铺交给别人看管，一路南下。某甲是京城有名的银匠，和北方道路上的大旅店主和商人大多有过业务往来。一天，他顺路去一家当铺看望老掌柜，正在说话间，忽见店里的一名小伙计拿一只金钏来向主人请示："这金钏打制得非常精巧，可是要价昂贵，我不敢私自做主，请老板决定收不收。"某甲在旁边看到金钏，顿时大惊。这只金钏正是自己赠给妹妹的嫁妆，如何落到这个地方？于是，某甲把自己这次回乡的目的和当铺老板说了一遍。然后，又说："既然此人拿到我的金钏，一定知道我妹妹家中之事，请老板想办法留住这个典当金钏的人，我去县衙击鼓告状。"说罢塞给老板一些银钱，匆匆直奔县衙。

县令即刻派人去把典当金钏的人拘捕到案。当堂审问，那贼人料想逃脱不掉只得实说。原来，某甲知道某乙家中贫寒，不愿妹妹后半生穷困，就打制了一些价值一千两银子的金银首饰，作为妹妹的陪嫁。这个典金钏的人是京城里有名

的大盗。他听到这个消息后,一路上尾随举人和婉姑到了浙江。在婉姑出嫁那天,某乙只请了一些亲朋好友吃了一顿便饭,大家就各自散去。盗贼趁着人多之时,藏在厨房里,婉姑的婆婆去厨房收拾碗碟时,那贼起了歹心,把老人一刀砍死。某乙听到厨房里有响动,害怕老母劳累,就点了蜡烛去厨房看看,那贼又是一刀把某乙砍死在老母亲身边。盗贼砍死某乙母子后,又换上新郎的衣服,来到洞房。婉姑并未见过新郎,不识真假。睡下后,盗贼用话套婉姑,诱骗她把哥哥的陪嫁拿出来看看。婉姑受骗,两人相拥而睡。天将明时,婉姑睡得正酣,盗贼趁机拿走了所有的首饰。盗贼供认不讳。县令把案子上报,嘉靖皇帝看过这个案件后,大怒,下旨除把盗贼剁成碎块外,当地县令也一并处决抵罪。又通报凡与此案有责任的各级官员,自督抚以下,均严惩不贷。然后特地下旨给婉姑建坊表扬,举人的儿子进国子监读书。

知生死先生枉告诫　三现身包拯解暗语

大宋年间，有个卖卦先生，在奉符县开了个卜肆。一天，摊前来了个衙门里的押司。他说了出生年、月、日、时，铺下卦子，就见先生说："这命算不得。"押司问："如何算不得？"先生说："押司有酒休买，护短休问。再请问年、月、日、时，以防有误。"押司又说了一遍。先生叹口气说："卦象不好，主灾。主押司当死。"押司问："却是我几岁上当死？"先生说："今年今日今夜三更三点子时当死。"押司如何肯相信，便与先生打赌："如果今夜我真死了，万事皆休；不然，明日拆了你的摊子。"先生并不与他理论，收摊离去。

那押司是本县押司的第一名，姓孙，得此凶卦，心中闷闷不乐。回到家中，孙氏见丈夫眉头不展，追问事情原因。孙押司把日间算卦的事讲述给老婆。孙氏顿时柳眉倒竖、杏眼圆睁，定要寻那个算卦先生去理论。押司劝道："你且不

要去。待我明日不死,再去与他理论。我没病没灾不会一夜就死去了。"当日晚间,押司吩咐安排了酒菜,准备通宵达旦。可是,孙氏三杯两盏劝丈夫饮酒,不多时孙押司已烂醉如泥。然后,她叫来迎儿一同把孙押司扶到房里去睡,自己和迎儿坐在桌边守候。孙氏问:"迎儿,我们做些针线,且看今日老爷有什么动静。"迎儿日间也听见押司说得一凶卦之事,就同孙氏坐在灯下做活儿。迎儿不多时就打起瞌睡。"你且莫睡!"迎儿道:"哪里敢睡!"过了一会儿再唤迎儿,她早已睡着。孙氏连唤几声,迎儿答应。问她是什么时候了,迎儿听了更鼓,说正打三更三点。孙氏提醒道:"迎儿,不要睡了,现在是关键时刻。"迎儿却自顾睡去,叫不应。忽听押司从床上跳下来的声音。孙氏急忙唤醒迎儿,点灯看时,只听大门"砰"的一声关上,一个白影在门缝中消失。两人提灯去追,只见一个白衣人,一手遮面,一直往前走去,"扑通"一声跳入奉符县河里去了。河水滔滔,直汇入黄河,茫茫夜空星光灰暗,哪里打捞尸体呢?孙氏和迎儿在河边号啕大哭。左邻右舍都跑来帮忙,可是一切都已经晚了。大家只得劝孙氏节哀,为丈夫办理后事。

转眼孙押司百日已过,孙氏仍在家中守孝。这天,来了两个妇女,描眉画脸,只是已徐娘半老。她二人正是县中有名的媒婆,一个姓张,一个姓李。孙氏见有客人,起身问候:"婆婆多时不见。"媒婆道:"押司不幸,多日不知,娘子莫怪。押司如今已死得几时?"答道:"前日已过了百日。"两个婆婆仍燕语莺声:"太快了,百日已过。押司活时,无人不知他好人品。如今已去了三月有余,宅中冷落,正好说头亲事。"孙氏说:"什么时候再有同我丈夫一般无二的人,奴家可以改嫁。"媒婆自恃口齿伶俐,道:"这也不难,如今正有一头好亲。"孙氏推谢,不愿改嫁。两个婆子吃罢茶,只得回去。过了几天,婆子又来说媒。孙氏提出三个条件:"一是我死的丈夫姓孙,如今再嫁必得此人也姓孙;二是我先前丈夫是县里第一名押司,如今也要同样地位的一个人;三是不外嫁只招他入舍。如果谁能满足这三条,我才依得婚事。"两个婆子齐称:"好得很!三件都依你。别的事我们不能保证,这三件定让你称心如意。"

原来,两个媒婆是受县衙如今的第一名押司孙押司所托。孙氏前夫称大孙押司,现今提亲的是原来县衙第二名押司,也姓孙,人称小孙押司。只因死了大孙押司,钻上差役,做了第一名押司。而且他也无亲无故愿意入赘。孙氏听得有这样凑巧的事,就对两个婆子说:"果然有此巧事,就烦劳婆婆先去说看。不知缘分深浅?"张媒婆道:"就今日是吉日,讨个团圆吉帖。"孙氏叫迎儿取来笔砚,写了帖子。两个媒婆接去,欢天喜地。此后便是下财纳礼,往来传话。不到两个月,两个人就正式成亲,果然是一对儿好夫妻。

一天,小孙押司和孙氏两人吃酒微醉,唤迎儿做碗醒酒

汤。迎儿在厨下生火,心中埋怨道:"以前的押司在时,不管早晚,我就可以睡了。现在却让我做汤!"偏偏火筒塞住了孔,烧不着。迎儿低头,拿火筒去灶床脚上敲了几声,就见灶床慢慢升起来,离开地面有一尺高,见一个人顶着灶床,脖颈上套着井栏,披着头发,伸长着舌头,眼里还在滴血,口中叫道:"迎儿,与爹爹做主啊!"吓得迎儿大叫一声,昏倒在地。孙氏夫妻听到喊声,急忙来看,又弄了些安魂定魄汤给她喝了。问道:"因何大叫?"迎儿颤抖着说:"我看到先前押司披头散发对我说话,他的眼睛还在滴血。"孙氏一听,照着迎儿脸上就是一记耳光,骂道:"你这个丫头,叫你干活,就装死装活吓唬人!不要做了,打灭火去睡吧!"迎儿自去睡了。小孙押司和孙氏可没心思睡觉,回到房里,孙氏说:"这丫头不能留下,她怎么见到那种事,不如把她嫁了完事。"小孙押司点头同意。第二天,孙氏就做主把迎儿嫁给了一个叫王兴的人。

王兴诨名叫王酒酒,只好吃酒赌钱。迎儿嫁去不到三个月,这家中就已经是只剩四壁了。王兴酒醉还要责骂迎儿:"贱人,见我这般苦,还不去问你家主借些钱来?"迎儿经不起他打骂,只得到孙家去借些钱来。可是来回几次,孙氏已经没了好脸色,迎儿又不敢回家,正在外面犹豫,听一个人说:"迎儿,我给你一件东西。"迎儿回头来看那个人,见在人家屋檐底下站着一个舒角幞头、绯袍角带,抱着一摞书的人。他低声说："迎儿，我是你先前的押司。如今在一个去处，不能告诉你。你且把手伸开，我给你一件东西。"迎儿恍恍惚惚接了过来，忽然不见了那人。她低头一看，手中是一包碎银子。迎儿回家，王兴正要大骂她早出晚归，见迎儿手中的银子，又惊又喜，问："哪里讨得如此多银子？"迎儿把押司赠银子的事说给他听，然后又讲起在灶间见到押司的情景。王兴得了这些银子，头脑冷静了许多，他说："这事很蹊跷，明日我们去孙家探探虚实。"迎儿同意。第二天，他俩买了些礼物，换上体面的衣服到了孙家。孙氏见他夫妻二人今天倒不讨嫌，便说："你哪得钱钞？"王兴道："昨天得押司一件文书，赚得有二两银子，送些盒子来孝敬押司和您。"孙氏听罢，说："王兴你自己先回去，我留你老婆在家里住两天。"又闲话一会儿，王兴去了。孙氏对迎儿说："我有一炷东峰岱岳愿香要还，明日你同我去吧。"

次日清晨，梳洗罢，小孙押司去衙门办事。孙氏同迎儿到东岳庙殿上烧了香，下殿到两廊下烧香。走到速报司前，迎儿的裙带松了。孙氏先走了过去。迎儿正在系裙带，见速报司里有个舒角幞头、绯袍角带的判官，叫："迎儿，我是你先前的押司。你与我申冤！我给你一件东西。"迎儿接来一看，又慌忙揣在怀里，暗想：怎么这么奇怪，泥神也会说话？也不敢告诉孙氏。当天烧了香，各自回家。迎儿拿出那张纸，把在庙里的事说与王兴。王兴拿来纸细看，上面写

着:"大女子,小女子,前人耕来后人饵。要知三更事,拨开火下水。来年二三月,句已当解此。"

王兴看了也不明白,吩咐迎儿收好,等来年二三月再看。

转眼到来年二月间,本地换了包拯为知县。包拯到任三天,没有办公,夜间偶得一梦,梦见自己坐堂,堂上贴一联对子:

要知三更事,拨开火下水。

包拯次日升堂,要众人解释这两句话,无人能讲明。包公拿一白牌,命人写此联,在后面朱批:"如有能解此语者,赏银十两。"将牌挂县门,轰动县前县后官身私身。这天王兴正在县前买枣糕吃,听见这事,也去凑热闹。他走来看时,正是速报司判官那张纸上写的话。他暗地吃一惊,急忙回家告诉迎儿。迎儿说:"先前押司三番出现,教我与他申冤。若不去出头,只怕鬼神责怪。"王兴只得揣了那张纸又来到县前,正遇到邻居裴孔目。他把速报司的那张纸呈上,说:"如今只是纸上的字没有了。我不敢妄自说明。"裴孔目说:"你在此等候,我去报与老爷。"裴孔目也是个心细的人,他等包拯退堂,小孙押司不在旁边,就跪倒说:"老爷白牌上的句子,小人的邻居王兴也曾见过,他现在门外等候。"包爷立即吩咐请王兴进来,问道:"裴某说你有一张纸也写有白牌上的句子。"王兴叩头道:"小人的妻子去年在庙里烧香,速报司的神道给她一张纸。纸上写着一篇话,其中有老爷白牌上写的两句。只是现在字迹已消失,小人不敢说谎。"包爷取过纸来问道:"你可否记得其中言语?"王兴说:"小人记得。"然后把那篇话念了一遍。包爷写在纸上,仔细推敲一会儿说:"王兴,除此纸外,神道还有什么吩咐?"王兴说:"他求小人老婆与他申冤。"包爷大怒:"胡说!他是神道,有何冤用你老婆申述?他会求你?"王兴慌忙叩头,把迎儿的身世和三次见到前孙押司的事讲了一遍。包爷听罢,呵呵大笑说:"原来如此!"吩咐左右拿来小孙押司夫妇。小孙押司辩白说:"小人做何错事?求老爷指教。"包爷把速报司一篇言语解释给众人听:"'大女子,小女子',女之子,乃外孙,是说外郎姓孙,分明是大孙押司,小孙押司。'前人耕来后人饵',饵者食也,是说你白得他老婆,占他家业。'要知三更事,掇开火下水'。大孙押司死于三更,要知死因,'掇开火下水'。迎儿曾在灶下见到大孙押司披发吐舌,眼中流血,这是被勒死的样子;头上套着井栏,井者水也,灶者火也,水在火下,你家灶下砌有井,死者必在井中。'来年二三月',正是今日,'句已当解此',句已两字合在一起是包字,这是说我今日在此为官,能与他昭雪。"然后,包公吩咐左右在孙家灶下取来死尸。

众人似信非信。到了孙家，果然在灶下发现一井，从中捞起孙押司尸体，面色不改，完整如初，项上勒有帛。众人惊骇。吓得小孙押司面如死灰。

原来，小孙押司当初被冻倒在大雪里。大孙押司见他可怜，救回家中，教他识字、念书，不料，他年轻貌美，与孙氏行不轨之事。当时，大孙押司算命回来，恰好小孙押司躲在家里，听说他三更必死的卦象就趁机下手。孙氏灌醉大孙押司，后两人当夜勒死大孙押司，扔入井中。小孙押司假装大孙押司掩面而去，把一块石头扔在奉符县河里，才有"扑通"一声响。当时迎儿睡意蒙眬只以为是大孙押司跳河而死。后来又把灶压在井上。两人又撺使媒人跑腿说亲，真可谓天衣无缝。当下众人回复了包爷。小孙押司和孙氏不打自招，双双被问了死罪。赏了王兴十两银子。包拯断案神明更远播天下。

东邻含忿跨县告状　县令设计西邻就法

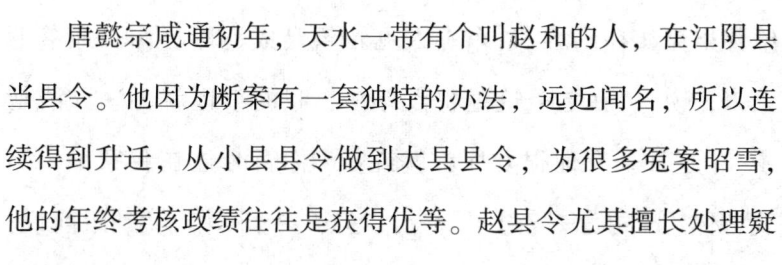

唐懿宗咸通初年，天水一带有个叫赵和的人，在江阴县当县令。他因为断案有一套独特的办法，远近闻名，所以连续得到升迁，从小县县令做到大县县令，为很多冤案昭雪，他的年终考核政绩往往是获得优等。赵县令尤其擅长处理疑难案件。

当时，楚州淮阴县很多村子的农民都因农业丰收而改行，拿着本钱去经商。某村东边有一家农民因为开垦田地数百亩，没有足够的钱，就用地契作抵押向西边邻居借了一百万钱。双方都验明地契，约定第二年连本带利一并奉还。转眼期限已到，东家因为开垦的良田，年景不错，获利颇殷，就准备了银钱去赎地契。第一天，双方过手八百吊钱，只把借据和地契拿出来看了看，准备第二天把余下的钱还清两下销账。因为两家世代为邻，且相处和睦，同时只是一夜的时间，所以东家没有收还钱的收条。次日，东邻人家带着余下

该还的钱数到西家交还，可是西邻人却不认账。这下事情就复杂了许多，昨天既没人证，又没了物证，只得听任西邻赖账了。东邻人心中憋着口气，他就到县衙去喊冤告状，县里听说他没有任何证据，只是空口白牙，没法受理此案。东邻人又去州里告状，仍然没有得到解决。

东邻人实在气愤难平，听说远处江阴县有个赵县令判案如神，于是抱了一线希望过江到南边来向赵县令告状。赵县令对他说："本县令权力微弱，你的事情不在本县境内发生，给你申冤实在困难。"东邻人见希望已成泡影，伤心地落下泪来，说："在老爷这里也没办法，我的事也就无法弄清楚了。"赵县令看他很委屈，就说："你暂时住在我家里，等我替你想个办法。"过了一夜，赵县令把东邻人唤到跟前说："你的事要解决也不成问题，办法我已经想好。你当真没有说谎吗？"东邻人连忙说："怎敢无事生非，枉告他人？"赵县令说："既如此，本县替你索回地契。"然后，赵县令吩咐几个善于抓贼的能干差人，拿着公文到淮河边上，对他们说："有一伙强人在水上打劫，案子已破了。供词牵连邻县一个案犯，你们去捉他回来。"接着对他们描述一番那人长相，告诉他们那人的姓名、住址，全同西邻一样，请淮阴县把他押送过来。

因为唐律规定了相邻两处州县的处理案子的条文：有持刀在江上打劫的人，邻县不得隐藏。追捕公文一到，不久西邻就被带过江来。西邻人莫名其妙，倒是没做打劫之事也不怎么害怕。到了江阴县衙，押上大堂。赵县令厉声斥责道："你种地、织布安闲日子不过，为何到江上去打劫？"西邻人口口声声喊冤枉说："我本是老实的庄稼人，不会使船。"赵县令装模作样地说："同伙早已供出你的姓名，还想抵赖，不动大刑谅你也不招！"西邻人害怕，磕头如鸡吃米，实在吓得够呛。赵县令缓了缓说："打劫的赃物都是金银珠宝绸缎，不是你庄稼人能积蓄的，你可以把家产登记出来证明不是强抢的。"西邻人如释重负，于是详详细细地把家产的清单开列了出来。他怎么也不会想到这时东邻人已越界去告状。清单上写着：稻子若干石，是佃户某甲所交；丝绢若干匹，是自家织的；钱若干吊，是东邻人赎地契所还；银器若干件，是祖传的；等等。赵县令看罢心中高兴，说："你虽不是江上打劫的盗贼，却暗地私吞东邻人赎金八百吊。"说完，命东邻人上堂做证。西邻人羞愧又害怕。

　　赵县令把西邻人押返故乡，检验了地契，还给东邻人。然后，由本地县衙依法处分了西邻人。

年近八旬娶少妇　美貌少妇善教子

明朝永乐年间，北直隶顺天府香河县有个倪太守，家境殷实，只有一子，叫倪善继。倪善继长大成婚后，太守夫人亡故。太守辞官鳏居，虽已近八旬，仍然精神健旺，凡收租放债的事，件件关心，亲手经营。倪善继一直插不上手。

每年十月间，倪太守亲自到庄上收租，一住就是一个月。那年，又去住了几天。一天午后无事，绕庄散步，看见一个女子同一个老妇在溪边石头上捣衣服。那女子布衣布裙却颇有几分动人之处。倪太守老兴勃发，呆看了一会儿。待那老妇和女子收了衣服，就留心随她们走了一段，见两个人进一个小白篱笆门。倪太守恋恋不舍地离开，转身回住处，唤管庄的前来，对他交代了一番。管庄巴不得奉承家主，领命就去办事。原来那女子姓梅，父亲也是个府学秀才。因年幼父母双亡，在外婆身边做伴。时年一十七岁，尚未许人。管庄的伶牙俐齿，对老婆婆渲染了一番。他说："我家老爷看你外孙女儿长得端庄，意欲聘为偏房。虽说是做小，老奶奶过世已久，去了就是主人。嫁过去，丰衣足食，自不用愁，连您老人家也由我家照顾。临终还得个好发送，只怕您老人家福气不浅呢！"老婆婆听了这花锦一般的话儿，立即应允。也是老少有缘，一说即成。管庄的回来传话，太守大喜，讲定彩礼，讨了个黄道吉日，就在庄上成亲。其实也是太守恐怕儿子阻挡之故。成亲之后，一老一少，不比少年夫妻逊色风光。

过了三朝，唤了轿车，抬新奶奶回府，与儿子、媳妇相见。全家都来拜见"小奶奶"。倪太守把些布帛赏给众人，各个欢喜。只有善继夫妇心中不快，背后商量："这老人没正经，一把年纪还做这种事？讨这花枝般的女子，自家也得费精神对付她。要不然耽误她有名无实。少妇熬不得，走了野路，给家门丢丑。再说，平时偷短偷长，做下私房，东三西四的寄开，又撒娇撒痴，要汉子制办衣饰。等到树倒猢狲散时，她便癞作嫁人，一包儿收拾去受用。"又说道："这女子娇模娇样，全没良家体段。还唤她'小奶奶'，咱们不能开口，让她做起大来，以后有我们气受。"夫妻二人的计较传到太守耳朵里，虽然心中不乐，却只藏在肚里。好在梅氏秉性温和，众人相安，上下一团和气。

过了两个月，梅氏有了身孕，只告诉太守知道。日子过得飞快，十月怀胎，梅氏生下一个男孩儿。全家欢喜。这天

正是九月初九,乳名取作重阳儿。到十一日,正是倪太守生日。这年正是八十大寿,贺客盈门。众宾客恭贺太守双喜临门,倪善继又在暗地算计,不认这个弟弟。太守仍然装作不知。

光阴如梭,不觉重阳儿已满周岁,少不得又是一番庆贺。倪善继推说出门,不来陪客。太守心知其意,也不去找他,自己陪客人吃了一天酒。"知子莫若父",善继为人心狠且贪,太守也是读书做官的人,这个关节心中明白。只可惜自己年迈,不能看到重阳儿长大成人,以后的日子幼子在长子手中讨饭吃,现在不能结下冤家。太守一忍再忍,又见梅氏小小年纪,好可怜。所以常常独自一人烦闷。

一晃小孩子长到五岁。太守见他天资聪明,就取个学名叫善述。送他和孙儿一同上学,小叔侄两个同馆读书,也是个玩伴。谁知倪善继心胸狭窄,他见重阳儿取名与自己同辈,心中不满意,又见他与儿子一起读书,儿子叫他叔叔,从小叫惯了,将来就会被他欺压。于是就给儿子另换一个老师。开始太守只知孙儿生病没到馆中上学,后来听说善继又请了一位老师,不觉大怒,就要找他问个原因。又想:"善继天性逆种,与他说了也没用,由他去吧。"胸中闷了一口气,回到房中,偶然脚迟疑了一下,绊着门槛一跌,梅氏慌忙扶起,搀太守在床上躺下,太守已不省人事。急忙叫来医生,医生说是中风。取姜汤灌醒,却已全身麻木,只心中清爽。梅氏衣不解带，守在床边，煎汤煎药，连服几天，全无功效。医生切过脉道："只好挨日子了，不能有痊愈的希望了。"善继听说，也来探视了几次，见父亲已不中用，就呼五喝六、打骂童仆，端起主人的架子。

倪太守知来日无多，叫来大儿子，取出一本簿子。本上记着家中田地屋宅和人头账目总数。他吩咐道："善述年幼，梅氏不能理家，分了家私也是枉然，如今尽数交付给你。日后只需你帮善述成家，分间小屋、良田五六十亩，不受饥寒就可以了。这话我都写在家私本上，就当分家，给你的执照。梅氏愿改嫁，听从其便；倘若肯守着儿子度日，也不要勉强她。我死之后，你依我刚才言语，九泉下，我也就闭上眼了。"善继接了簿子，打开来看，果然开得详细、写得明白，连连答应，抱了家私簿子欣然离去。梅氏坐在床边落泪，说："日后我母子何以为生？"倪太守道："善继是个不良之人，如果平分家私，恐怕重阳性命难保。你年纪还轻，趁我未死，将孩子嘱咐善继，想他不会让重阳儿乞讨；待我死后，多则一年，少则半年，你另行改嫁，不用在此受气。"梅氏立誓不嫁，太守见她心志坚定，就摸出个一尺宽、三尺长的小轴子，交给梅氏，让她等重阳儿长大成人，寻个清官去讨回家产。梅氏收了轴子。不几日，倪太守呜呼哀哉了，享年八十五岁。

那日，善继得了家私簿子只顾拿了各仓库钥匙，每天去

查点家财杂物,一直没有再去看过父亲。直到梅氏差丫鬟来报凶信,夫妻俩才跑来,干号两声,没一个时辰就走了,让梅氏一人守尸。殡殓成服后,梅氏和重阳儿守在孝堂,从早到晚哭哭啼啼,寸步不离,仿佛天塌了一样。善继全无哀痛的意思。七天后太守入土,善继夫妻又在梅氏房中搜寻一番。梅氏心细收好那个轴子后,帮着他二人查看,善继夫妇反倒不好意思,自己回去了。梅氏思前想后,悲从中来,放声大哭。小孩子见娘悲哀,也哭哭啼啼。

　　没过几天,善继就让梅氏母子搬到后园三间杂屋内去住,把原来梅氏的住处改了给儿子娶亲。一切生活用具都只给些自家剩下的杂物,仅留一个十一岁的小侍女给梅氏。善述只得到邻家上学,一切费用梅氏自理。善继还多次叫梅氏改嫁,见梅氏誓死不从,只好罢了。因为梅氏十分忍耐,平日不言不语,所以善继虽然心狠,也不把他母子认真看待。

　　岁月如流,一晃善述已到十四岁。梅氏只是守口如瓶,从不对孩子讲些过去的事。一天善述向母亲要新衣服穿,梅氏告诉他没钱买那种昂贵的衣服,要他安心读书,以后自会穿得好衣服。善述心中始终不理解,为什么哥哥那么有钱,而自己却一无所有。于是,瞒着梅氏去向善继要做衣服的钱。善继听他说明来意,心中气恼。两人言来语去伤了和气。善继牵住善述衣袖,狠打了七八拳,打得头皮都青肿了。善述挣脱,一路跑回母亲身边,将此事一五一十地讲给梅氏。梅氏抱怨道："我不让你去惹事，你不听教训，打得你好！"口虽这样说，心却如刀绞般痛楚。

梅氏左思右想，恐怕善继藏怒，就派使女过去道歉，赔个不是。善继心中却气难平息，次日早晨，邀了几个族人，取出父亲遗书，请众人来看。然后分给梅氏母子东庄住房一所，田五十八亩。大家顺水推舟，不好多说话。梅氏知道无法再在园中居住，就谢了众亲人，辞了善继夫妇，搬去东庄住。其实，善继分给梅氏母子的房子破败不堪，而那五十八亩地也是贫瘠得很。善述心中不平，说："我弟兄都是父亲亲生，为什么不一样对待？自古道：'家私不论尊卑。'母亲为什么不告官争个厚薄？"这句话提醒了梅氏。她想起十年前的经历，取出倪太守所赠的小轴，将十年前的事都说给善述听。母子二人伤心了一会儿，打开那个小轴。见是一个坐像，乌纱白发，画得栩栩如生，怀抱一个婴儿，一只手指着地下。琢磨半响，不解其意，只得依旧收好，等待机会。

也是梅氏母子命中富贵，新任滕爷，断案清正，上任不久就连破几案，很得百姓称颂。梅氏母子听说，打听了放告日期，直奔县衙去告状。滕大尹见没有状词，只有一个小轴，很奇怪。问明缘由，滕知县收了轴子，叫她先回去，听候传唤。再说知县拿着小轴细细端详这幅图，百思不解。每天退堂，他都要思量半响，如此数日，一无所获。一天午饭后，滕知县又在看图。丫头送来茶水，他接茶瓯时，偶然失手,一些茶水泼到画上,于是急忙拿到太阳光下晾晒。忽然日光下轴子里有些字影,滕知县心中疑惑,仔细辨认,正是一幅字纸,上写:

　　老夫官居五马,寿愈八旬;死在旦夕,亦无所恨。但孽子善述,年方周岁,急未成立。嫡善继素缺孝友,日后恐为所戕。新置大宅两所,及一切田产,悉以授继。唯左偏旧小屋,可分与述。此屋虽小,室中左壁埋银五千,作五坛;右壁埋银五千,金一千,作六坛,可以准田园之额。后有贤明有司王断者,述儿奉酬白金三百两。八十一翁倪守谦亲笔。

　　　　　　　　　　　　　　某年某月某日花押

　　原来此图是倪太守八十一岁上,与小孩子做周岁时,预先准备下的。滕大尹是个有头脑的人,看见许多金银,也动了私心,眉头一皱,计上心头。他传令拘善继和梅氏母子一同到善继家中听候处理。

　　善继得知知县要上门审理案件,急忙派人打扫厅堂,堂上设一把虎皮交椅,焚起一炉好香。一面又催请亲族早来守候。自以为有父亲遗笔,胜券在握。梅氏听传也来到倪家,见十亲九眷已在此等候,一一相见。

　　等不多时,听得外边鸣锣之声,众人急忙整衣冠出门迎接知县大人。就见滕大尹不慌不忙踱下轿来,将要进门时,忽然对着空中,连连鞠躬,口里还念念有词,好像有人和他对话一般。众人不知何故,只得看他做些什么。滕大尹一路揖让,直到堂中,连作几揖,口中还说些寒暄的话;先向朝南的虎皮交椅上打个恭,然后拖把椅子,朝北主位排下,又向空中再三谦让,才坐下。众人看他下轿来怪模怪样,不敢上前。他又向上拱揖说:"令夫人将家事告到晚生后中,此事端何在?"说罢,侧耳细听,良久,又说:"长公子太不孝顺,教次公子如何生存?"静听一会儿,又说:"左偏小屋,是,是。只是晚生怎敢担此厚惠?"推辞了多时,又说:"既承抬爱,晚生谢过,晚生告辞。"众人面面相觑,不知县令葫芦里卖的什么药。

此时,滕大尹站起来,东看西看,又问:"倪爷何在?"门子回道:"没见什么倪爷。"大尹又说:"方才我和倪爷说了半天话,你们都该听到。怎么片刻人就没了?那么,细高身材、高颧骨、细眼睛、长眉大耳的老人难道不是倪爷?"众人被唬得直冒冷汗。大尹又问:"他说家中有两处大厅堂,又东边旧存下一所小屋,可有此事?"善继不敢隐瞒,连连称"是"。大尹说:"同去东边小屋查看。"善继引路,众人随着大尹来到东偏旧屋内。此屋现在是个堆积杂物的仓库,大尹看罢回到正屋中坐下,向善继说:"你父亲有灵,家中事体都细给我说了,教我做主把旧宅给善述,此屋中之所有,善继

不许争抢。"那些房中的破烂不值几个钱,善继乐得做个人情,连连答应道:"恩台所断,小人愿意接受。"大尹吩咐他拿来家私簿,看罢说:"好大的家业,既是老爷子亲笔所书,分给长子,这些田园账目,一一给你,善述不许再争。"梅氏暗中叫苦,又听大尹说:"你兄弟二人不许反悔。众人既是亲族,做个证明。"善继心花怒放,禀道:"此屋我绝不再争。"滕知县轻蔑地一笑说:"你想争执,我也不准。刚才倪爷嘱咐:此屋左壁下埋有五千两白银,作五坛。右壁下也埋有五千两白银,作五坛,与次子。另有一坛黄金,价值一千两。先生有命,将黄金送给我做酬谢之意,我虽再三推辞,他坚持要给,我只得收下。"然后,吩咐差人找来民夫在东西墙壁下掘开墙基,果然如知县所说。大家顿时目瞪口呆,望着满满十一罐的黄白之物,恨不得眼中长出手来。善继更是像小刀在割他身上的肉,钻心地痛,只是有言在前,一字不敢开口。滕大尹写了照帖,给予善述为凭。梅氏母子欢喜万分,一同叩头谢恩。善继满肚气愤,只得勉强送走知县。真是"鹬蚌相争,渔人得利",知县判几条封皮,将一罐子黄金封了,放在自己轿前,抬回衙门,自己受用。

梅氏母子次日又去县衙拜谢大尹。大尹将轴上遗笔销去,重新裱过,还给梅氏。梅氏母子欣然返回,置下田园,接续倪家香火。

玉英蒙冤绝处逢生　焦氏贪财罪有应得

明朝嘉靖年间，有个锦衣卫千户姓李。膝下有三女一男，夫人知书识礼，教子有方。孩子们一个个识大体，通礼仪。可惜，夫人早逝。李千户常年在外带兵，为了家中四个子女有人照料，又续娶了焦氏。焦氏第二年又生下了一个男孩李亚奴。谁知焦氏为人恶毒，为了自己亲生儿子承袭李千户的官爵，趁千户在外带兵之时，虐待先夫人的四个孩子。

那是一个盛夏的夜晚，天气闷闷的。李千户的二女儿李玉英正在灯下绣丝缎《百鸟朝凤五彩图》，可是心中烦闷，无意再绣下去，只对着烛光发呆。想起亲生父母慈善的面庞，心中好凄苦，顿时，泪水像断线的珠子落下来。再想起弟弟李承祖的惨死、小妹李桂英的出逃，心如刀绞。如今姐姐桂英被继母卖入一家权贵中为奴，杳无音讯，只剩自己孤苦伶仃，想一会儿，哭一会儿。说起李千户的几个子女，只因焦氏私心太重，害苦了姐弟几人。李千户在外，焦氏把刚

满十岁的李承祖折磨得面黄肌瘦。承祖幼小的心灵受着他这个年龄不该有的痛苦,他总安慰姐姐们不要告诉父亲。有一次,焦氏三天不给承祖吃一口饭,他终于没有力气再走路了。那天晚上,玉英姐妹三人偷偷把自己省下的一点汤米送给弟弟,承祖终于扑在姐姐怀中哭出自己的委屈。那时正值深秋时节,可姐弟们身上的衣服却薄得可怜,就是那一缕月光也让人觉得冰寒彻骨。俗话说"福无双至,祸不单行"。姐弟们在家中苦度日月,父亲李千户在陕西阵亡的消息更使姐弟们雪上加霜。继母焦氏恶毒阴险,她逼着李承祖到千里外的沙场去寻找父亲遗骨。这分明是要这个十岁孩子的命。被苦难生活过早磨炼的承祖毅然背起小行囊踏上去往陕西的坎途。这场分别无异于生离死别。承祖跪在乱吼的西北风中给姐姐叩了一个头,洒泪而去。天公有眼,一年后承祖居然满身风尘回来了,父亲的尸骨代替了他瘦弱脊背上那件简单的行李。当时他才只有十一岁。弟弟虽平安归来,但并未逃脱死神的安排。丧心病狂的焦氏,又一次下了毒手,她在承祖的饭中放下砒霜,药死了他,然后,亲手将尸体大卸八块,一点点抛在奔流的护城河中……李玉英不能再往下想,她柔弱的内心容不下这么多的辛酸。她害怕再想起弟弟的惨死,她又不能为了承祖去告发焦氏,使三岁的亚奴弟弟没人照顾。吹灭蜡烛,她昏昏沉沉地睡着了。

忽听门外吵吵嚷嚷,跟着窗外亮起火把,卧室的门被踢得摇摇欲坠,玉英连忙披衣下床,刚走几步,门已被踹开。继母焦氏、舅父焦榕和两个使女闯了进来。继母恶毒的目光在玉英身上扫来扫去。舅父一双贼眼直直盯着玉英丰满的前胸。玉英忙乱中衣襟没有掩好,一抹酥胸微微裸露出来。焦榕贪婪的目光,羞得玉英抬不起头来,急忙掩好衣襟。焦氏厉声呵斥道:"跑了奸夫,跑不了淫妇,给我四处搜。"众人一齐忙乱了半天,一无所获,焦氏气恼,亲自动手查寻。在玉英的奁盒里,找到一只银簪,那是玉英生母的遗物,乃李千户青年时,在廊王府当差,郕王爷见他办事忠贞,特意打制赠送的,上面还刻有"矢志不移"四个字,后来转赠夫人。可是不怀好意的焦榕在银簪上大做文章,定要说是奸夫所赠。手中还拿着玉英愁闷时写的一些小诗,边读边添油加醋地大肆渲染:"'愁对呢喃终一别',这是何意?你与谁呢喃?小小年纪愁从何来?还有'柴门寂寂锁残春',这分明是情人没来,心中惦念,感到寂寞,还有什么话可说?"被羞辱和气恼包围着的李玉英,一时语塞。此刻,家丁李强提着一只男鞋进来,说:"在院墙外的小树林里发现奸夫越墙逃走后,慌乱中丢下的一只鞋。"焦氏接过鞋,指着玉英说:"你这个不肖之女,平日不安本分,勾引奸夫,如今证据俱全,我不能包庇你,也不能再顾母女之情。焦榕,把她押送锦衣卫衙门,告她个奸淫不孝之罪。"焦榕亲自上手把玉英捆起来,送到锦衣卫衙门。

审理此案的是锦衣卫指挥使陈寅，他听信焦氏的一面之词，不给玉英分辩的机会，一味追索奸夫。玉英自从进了监狱后，受尽折磨，但她一直保持沉默。所以，尽管一年来受尽各种刑罚，身上脱了几层皮，却没有一句口供。越是结不了案，陈寅越着急，越恨玉英，没办法只得趁玉英昏厥的机会，强行按了手印。结案后，玉英被打入死囚牢，只待秋后凌迟处死。

也是玉英命不该绝。就在这年嘉靖皇帝为收买人心下了一道圣谕：特以天气太热，在狱军民没有发落的，仍差审录太监研审，凡有冤情的，允许通行上奏，钦此。圣旨传下，锦衣卫指挥使陈寅立即派陆炳为审理大员，到狱中巡视，表示对皇帝旨意的重视，但并未真正想办事情。谁料陆炳是个极认真的人，接到委任后，立即行动，把皇帝的旨意通晓全狱，还严饬狱中的管理人员，不得私自阻挠下面冤情上述。

李玉英在死囚牢中听到皇帝的"恩旨"，早已破灭的生存希望又被重新唤起。但是她长期以来在锦衣卫狱中的经历使她又感到前途渺茫。思前想后，她终于决定冒着再遭酷刑的危险，最后搏击一次。

阴森森的牢房里，玉英伏在那里奋笔疾书。"顺天府故官锦衣卫千户李雄之女李玉英谨奏：为明辨申冤，以申死愤，以正纲常。……"写到这里，玉英稍稍有些犹豫。可是窗外那缕可爱的阳光给了她继续写下去的勇气。"……臣闻先人有言，五恶以不孝为先，四德以无义为耻。又闻《烈女传》云，以一身而系纲常之重者，谓之德；以一死而正纲常之重者，谓之仁。故窦氏有投崖之义气，云华有坠井之英风，是皆所以振纲常以励风俗，流芳名于身后，垂轨范于无穷也。臣父李雄，荫袭千户，荷蒙圣恩，以征西有功，寻升前职。臣幼丧母，遗臣姊妹三人，有幼弟李承祖，俱在孩提，恩父见怜乃娶继母焦氏，存恤孤弱。……臣冒渎圣主，不胜祈死之至。系明辨申冤，以申死愤事，情不敢隐讳，谨见本。"

玉英把焦氏虐待幼弟、致其身死的事，以及逼走小妹桃英而其至今下落不明的事一一详述，最后把自己被害身陷囹圄将要赴法场凌迟处死的经历写得惊天地泣鬼神。

陆炳自从接受任务后，时刻尽心尽力。这天接到李玉英的状纸，刚读了几句，就被玉英悲愤交加、如泣如诉的笔触所感染。那一行行娟秀的蝇头小楷尤其显露了玉英超人的才华。读罢状纸，陆炳拍案赞叹："好文笔，好才思。"可这也是一桩大冤案，所以陆炳不敢怠慢，一面派人抄录副本留存，一面将原状直送到嘉靖皇帝手中。与此同时，调来玉英全部案卷，仔细查阅。可是，刚刚打开卷宗第一页，他就被主审大人陈寅的名字吓住了。这是自己顶头上司，又是最受皇帝器重的朝廷三品大员，由他定的案子要全推翻谈何容易！陆炳为官多年，对陈寅非常了解，凡是有人对他处理的

案子提出一点异议,他都不会再留下此人,更何况推翻他的案子。陆炳犹豫了。但是比较原告和被告及审案记录,是非分明。他决定先亲自接触一下李玉英再做决定。

锦衣卫镇抚司的大堂阴森可怖。今天陆炳要在此审讯李玉英,他令左右撤掉两厢的刑具,把李玉英带进大堂。玉英拖着重镣,艰难地挪到公案前双膝跪倒,仍一言不发。陆炳见她身材娇弱,颇具大家女子的气质,虽被酷刑摧残得面黄肌瘦,却掩不住她俊美秀丽的容颜。陆炳厉声问道:"你与奸夫长期通奸,不孝养老母,按律该剐,还有何话可说?"玉英平静地答:"小女子冤枉,求老爷明镜高悬。平日家中继母看管很严,大门也难出一步,如何能与人通奸?"陆炳又问:"既如此,你不曾失身于人,应该仍是个黄花闺女。"玉英被问得满面通红,羞涩地说:"小女子自幼攻读经史,深知礼义廉耻,自该守身如玉,怎么敢轻易失身?"陆炳随手传签,吩咐仵作去验看玉英是否童身。

不多时,两名负责检查的女仵作捧上一张验查书禀报:"回大人,犯人身上刑伤累累,却仍是处女。这里有我们分别填写的报单。"陆炳满意地点点头,挥手示意仵作退下。陆炳心中感到好笑,却又涌上一股酸楚,于是用怜惜的眼光看着玉英说:"你是处女,原审显然有问题,从即日起本司卸下你的刑具,改拘在女监暂时等候消息。"李玉英垂死的一拼居然产生了奇迹,她的感激之情难以言表,重重地磕了三个头，被人扶着走下公堂。

陆炳退堂回到后衙，心中仍举棋不定。思前想后彻夜难眠，最后决定天明后去都指挥使衙门向陈寅如实禀报，申请重新审理此案。次日，陆炳来见陈寅。尽管陆炳词语激昂，陈寅却始终一言不发，甚至没有任何表示。到后来索性闭上眼睛，使陆炳误以为他睡着了。其实，陈寅对陆炳的话一句不落都已听清，只是怪他多事，所以用冷漠的态度希望他知难而退。偏偏陆炳不懂其意，一再恳请。陈寅不得不限他两天内查清，否则决不轻易原谅。陆炳深知此案非同小可，所以得到陈寅的宽限，马上行动。一面派人去郏王府取证，一面决定亲自去焦氏家中看个究竟。刚刚准备出发，锦衣卫佥事朱化南奉令陪同缉查。陆炳明白这是陈寅在有意牵制自己，但表面上仍恭恭敬敬地把朱化南请进大堂，然后同去广安门外的李府家中查访。

焦氏年仅二十三岁，倒有几分姿色，却在言谈话语中透出一股轻浮放荡的神气。焦榕小焦氏两岁，一看就不是个良家子弟。陆炳与朱化南被迎进李家，坐定之后，传家丁李强来问话。李强身材矮小，稍微有点儿口吃，结结巴巴讲述了那天"捉奸"的经过。他所供的证词与卷宗上的差不多。出事那天他看到一个人鬼鬼祟祟钻入玉英小姐的卧房，然后，小姐就吹灭蜡烛。他去报告给焦榕，带了两个使女去捉奸，踢开小姐房门，奸夫已逃走。他估计奸夫越墙而去，就

追出墙外，在小树林发现一只奸夫丢的鞋子。陆炳听罢，让李强引路来到那段院墙下。李强看陆大人对着墙，眉头微皱，马上解释说："这墙虽高，出事前墙下有两块假山石，很容易攀登。只是出事后主母恐怕再出意外才搬走了。"朱化南点点头，表示首肯。陆炳没有表示什么，吩咐搭了梯子，亲自登上墙头观看，发现外面墙下是一条干涸的旧水沟，似乎很久没有水流过了，浮土上都是村民倒的垃圾，沟西四五十丈处，有一片小树林。看罢，陆炳仍没有任何表示，只是回到屋中请来一些邻居和里正问些闲话。他很不经意地问李强："你亲眼见了奸夫进屋，可曾看清模样？"李强说："黑暗中看不清面目，只觉得是个大个子。"陆炳点点头，然后和邻里们聊起这两年的年景。大家都说："年景不定，去年大涝，时有暴雨，大沟小壑都涨满了。今年又是大旱，一夏天没有一滴雨，收成也没戏了。"陆炳又问了一些李家的家风。住在北隔壁的邻居张保诡秘地说："李二小姐勾引奸夫，我们早有发现。两年前的秋天，我亲眼看见李府大门在夜里只是虚掩着，半夜有陌生男人出来，手里拎着个包裹走了。"还有人说："也在去年秋天，我家的狗发疯般总往李家跑，我去追狗，发现几条狗都围着院内一棵大槐树转来转去，树下的土已经松动。"陆炳似乎没有听大家说话，两眼直盯着屋门前的一面大铜镜。朱化南随着陆炳的视线也发现这面铜镜，连连称赞："这面镜子擦得真漂亮。"

陆炳被他提醒回过神来，应付着说："好！好！"然后又说："朱大人还有什么话要问？"朱化南本是一名习武之人，对审案一窍不通，说："老夫陪审，陆大人如没话要问，老夫没有意见。"陆炳向众人告辞后，打轿回府。

回到镇抚司府衙，陆炳叫来两名干练的校尉吩咐了几句，他们领命离去。然后找来追查银簪来历的校尉一一问过，他心中更加有底。只等第二天升堂回案。

次日卯时初刻，北镇抚司大堂气氛森然。陆炳主审，三遍堂威喊过，陆炳下令："带李玉英。"李玉英早已卸去刑具，换上了整齐的衣裙，轻移莲步走上公堂。陆炳和蔼而不失威严地对她说："李玉英，你的冤情已全部查清，本官宣布你无罪释放，站在一旁待结案后便可回家。"玉英退下，众人都不知其所云，就听主审喝道："带焦氏、焦榕。"不多时，焦氏姐弟被带上大堂。陆炳厉声责问："你二人贿赂家丁李强诬陷李玉英，还不快讲！"焦氏仍想抵赖，陆炳已吩咐把李强带上来，然后把李强捡来的那只奸夫丢下的鞋掷在他们面前说："这可是你捡回的物证？你所见奸夫可是个身材魁梧的人？你们睁开眼看看这只尺码小得可怜的鞋，试问八尺大汉如何穿得进去！"李强等人被逼问得哑口无言。陆炳接着说："昨天，众多乡邻都说去年大涝，沟渠之中都涨满雨水，你家西墙外的旧水沟也不例外，奸夫越墙而逃，必要涉水才能到得小树林中，如何这鞋没有被泥水玷污？罪

证累累,你们还不从实招来!"李强吓得面如死灰,也顾不得焦氏,全部招出实情,供出诬陷李玉英的丑剧是焦氏一手策划,焦榕、李强是帮凶,事后各得了二百两银子。陆炳吩咐把李强收监看押,又转向焦氏姐弟说:"杀害李承祖之事,从实讲来!"焦氏颤抖着说:"民妇冤枉。"陆炳吩咐:"取血衣。"几件已经发霉变质的血衣往公堂上一摊,众人目瞪口呆。焦氏无法抵赖只得承认:她用焦榕从城内百补堂药店买的二两砒霜药死李承祖,然后亲手将其尸解,由焦榕夜间带出去抛在无定河中,血衣和头颅无法销毁,埋在院中的大槐树下了。焦榕口供与此基本相同,审理结束,陆炳吩咐:"李玉英,无罪释放,李桃英本官已替你找回,现在堂下迎接你。念你一年多吃苦不小,特赠纹银二百两,你的鸣冤奏本,已蒙圣阅,望旨谢恩吧。"李玉英磕了三个头,与妹妹回家去了。陆炳发落了真凶,宣布:"退堂。"然后扶了朱化南转向后衙。

　　朱化南直到现在仍有很多地方不明白,就又问起陆炳如何找到那么多细节上的证据。陆炳谦虚地说:"就在昨天于李家勘察时,村民们提供说前年秋天的一个深夜,有人从虚掩的李家门中抱着大包出来,村民误以为是玉英的奸夫,而我却从李玉英的状纸上得知这个时间正是李承祖被害的时间,既是深夜外出,必是有不可告人的秘密,那个男人只能是焦榕。而村民又讲起那年狗围着槐树乱找的情况,那么这棵树下必定有招引狗的血腥之物。尤其当人们谈及此事，我在铜镜里看到焦氏面色紧张，不断用眼偷偷看我，她以为我背对着她无法知道她的害怕，就用手帕悄悄擦虚汗。所以，回府后，我派校尉监视李家，他们没有什么反应。等今天焦氏姐弟来听审后，两个校尉乘机掘开槐树下的泥土，取出血衣残片，这些都是我预先安排好的。"朱化南此时才顿开茅塞，然后满意地走了。陆炳长叹一口气，案子是结了，但是他的心情比先前更沉重了。

六科未收兄弟分离　包公断案各得其所

大宋年间，汴梁西关外义定坊有个住户叫刘天祥，娶妻杨氏。刘天祥没有儿女，杨氏乃是续弦，带来一个女儿。天祥有一个兄弟刘天瑞，也已经成家，妻子张氏，生下一个儿子，名叫刘安住，和邻居李社长的女儿指腹为婚。因为两家是世交，所以刘安住两岁的时候，天瑞已经给他聘定李家之女。杨氏极不贤惠，她暗中只想等女儿长大，招个女婿，多得些家私。所以妯娌间时常有些摩擦。但是天祥兄弟手足情深，张氏平日里也让杨氏三分，所以一家数口儿，一起生活没有分居。

这年，年景不好，六科未收，上司发下公文，要居民分房减口，迁往他乡外府趁熟。天祥兄弟虽不忍心分离，也无可奈何。天瑞说："哥哥年迈，不便于流落他乡，我带着妻儿去走一遭。"天祥同意，然后请来李社长做见证人，立下一张文书，说明家中财产属兄弟二人共有。天祥取来两张白纸，举笔写下：

东京西关义定坊住人刘天祥、刘天瑞，幼侄安住，只为六科不收，奉上司文书，分房减口，各处趁熟。弟天瑞自愿携妻带子，他乡趁熟。一应家私房产，不曾分房。今立合同文书二纸，各收一纸为照。

某年某月某日　立书人：刘天祥
弟：刘天瑞
见证人：李社长

当下各人画押，兄弟二人各收了一张，谢过李社长。拣个吉日，刘天瑞收拾行囊，辞别亲人朋友远走他乡。大家挥泪而别，只有杨氏心中高兴，巴不得天瑞一家三口永远回不来。

天瑞带了妻子，一路饱尝艰辛，终于来到山西潞州高平县下马村一带。这里正是丰稔年时，各种买卖都好做。一家人就租了富户人家房子住下来。富户张员外，名叫张秉彝，妻子郭氏。夫妻两人，为人忠诚大方，仗义疏财，好善乐施。虽然广有良田美宅，却没有一男半女，为此心中隐隐不快。见刘家夫妻，为人和气，相处和睦。那年刘安住刚满三岁，小男孩生得眉清目秀，很讨人喜欢。张员外和郭氏商量，有心收安住为义子。郭氏尤其喜欢安住，早晚抱来一起

开心解闷。就请人和刘家夫妻说:"张员外喜欢你家小官人,有心把他做个过房儿子,通家往来,不知两位有何想法?"天瑞和张氏自然愿意。于是拣个好日子,过继刘安住,叫张安住。张氏与员外本是同姓,又拜他做了哥哥。自此,两家和和美美,不分彼此。可是欢乐年景不是很长久,不到半年的工夫,刘家夫妻染病,且病势日趋沉重。不几天,张氏先自死了。天瑞大哭一场,张员外少不得买棺殡殓,全权处理丧事。这一打击使天瑞病情更沉重,虽延医调理也难逃一死。

一天,天瑞把张员外请到床边说:"大恩人在上,小生有句心腹话儿,不能不说了。"员外只是安慰道:"妹夫,你我情同骨肉,有事只管吩咐。"天瑞又道:"小生嫡系的兄弟两个,当日背井离乡,哥哥立了两纸合同文书,各人收一纸。怕有不测,也好有个凭证。今日不幸竟然命蹇时乖,做了他乡之鬼。安住孩儿如今年幼无知,日后全赖恩人抚养成人,把这纸文书交给他,将来把我夫妻骨殖埋在祖坟,小生死而无憾,来世变牛变马报答恩人情义。"说罢,泪如雨下。张员外也陪着落下泪来,满口答应,收了天瑞给的文书。又过了几个时辰,刘天瑞瞑目而死。张员外又备了棺木衣衾,把刘天瑞夫妻合葬在一起。代替他二人抚养安住,恩同己子。安住渐渐长大,一晃就是十八岁的后生。

张员外与郭氏商量把安住亲生父母的事告诉他。时遇清明时令，张员外夫妇又带安住去扫墓。虽然，年年都要来，安住并不知道每次父亲让他磕头的坟茔里埋着的是什么人。正欲发问，张员外指着安住刚刚拜过的坟茔说："这是你亲爹亲娘的坟墓。以前一直不曾说明，只是你年纪尚幼，不愿伤你的心。你本不是姓张，也不是我亲生之子。你亲生父亲姓刘名天瑞，母亲张氏，家住在东京西关义定坊。你伯父刘天祥。因为你们那里六科未收，分房减口，你父母带你到这里趁熟，不想双双早亡，留下你一人，他们就葬在此。你父临终前遗留给你一纸合同文书，待你长大后带着文书去见伯父、伯母，带着父母的骨殖安葬在祖坟。现在一切都已告诉你，我夫妻二人虽无三年养育之苦，也有十五年抬举之恩，你千万不要忘了我们。"安住闻言，哭倒在地。张员外夫妻上前劝慰，安住哭了一会儿，三人回到张家。

　　掌灯时分，安住来到爹娘房中，说："爹娘养育之恩安住永生不忘，只是孩儿既知父母遗愿，求爹爹把文书给我，我把父母骨殖带往东京埋葬，然后再回来侍奉二老。"员外深明大义，马上应允。次日安住拜别爹娘，一路询问来到东京西关义定坊。找到刘家门前，只见一个老婆婆站在门前，安住问明确是刘家，说明了自己的身份和来意。老婆子听罢，面有怒色，说："如今二哥二嫂既已不在，你是刘安住，须有合同文书为凭。不然谁人会相信？"安住道："文书在行李中。"老婆子依然不松口，道："我就是刘天祥的老婆，

文书在行李中先拿来,我去对对有没有差错。"安住急忙说:"不知伯母在此,侄儿有礼了。"说着递上文书恭恭敬敬行了礼。杨氏接了文书,走到院里去了。安住等半晌也不见回音。原来杨氏已赘过女婿,想独吞家私,骗了安住的文书便不再认侄儿。安住又急又气,正在疑心之际,见一位老年人走过来问:"小哥,你在此呆立有什么事情?"安住看那人有一种亲切感,就问:"你莫非是伯父?我是十五年前和父母离乡的刘安住。"那人道:"如此说,正是侄儿安住,可曾带来文书?"不等安住回答,便携了他的手来到前厅。安住把见过杨氏呈上文书的事说与刘天祥,天祥唤出杨氏,可杨氏一口咬定没有见过什么合同文书。天祥年事已高,眼也花,耳也聋,抵不住杨氏满口胡缠:"我哪里见过文书,若果真侄儿归来,我也欢喜,只怕是哪里来的叫花子故意来捣乱,想哄骗我们的家私。"安住见她无理取闹,对天祥说:"伯父,孩儿此番只是来送父母骨殖,并不想争家私,只要傍着祖坟埋葬了父母,我就回潞州去了。"杨氏不容安住再说,拿了一条杆棒,朝安住劈头打来,把头打出了血。天祥劝不住老婆,只得眼睁睁看着杨氏把安住赶出家门。

安住又羞又恼,抱着父母的遗骸放声大哭。此时,前面走来一个人问:"小哥,因何啼哭?"安住便把千里寻亲之事一一讲述一遍。那人一听怒发冲冠。这人正是李社长,他仔细端详安住,确实和天瑞生得很相似,又讲了许多经历,确定他就是自己的女婿。便对他说："我不是外人，乃是你岳父，如此说来那杨氏实在无理，赚去合同文书，不认侄儿，待我与你做主，同去开封府告状去。"然后，李社长先带了安住回李家，见过岳母，又给他包了头，用药敷治。第二天，李社长写了状词，与女婿一同到开封府告状。

包龙图接状词看毕，先叫李社长上去问话，李社长从头禀明。包龙图道："莫非是你从中教唆，挑起争端？"李社长道："他虽是小人女婿，可文书上有小人画押。且他能背诵文书全文，小人已然试过他，所以可怜他年幼含冤受辱，故此与他申诉，求老爷明察。"包龙图命他退在一边，又唤安住上来，验过伤，问："莫非你不是刘家子弟，借此行骗刘家？"安住道："老爷，小人如何想起这种没影的事？小人义父张秉彝广有良田美宅，足够小人一生享用。小人只是来完成父母遗愿，并没有分家私之想法。老爷明鉴。"包龙图听他二人讲得情词中肯，又吩咐带刘天祥夫妇。刘天祥头脑不清，没有什么分辨能力，只是杨氏一口咬定没有见过合同文书。包龙图心中不快，只得再试刘安住："刘安住，你伯父伯母如此无情，今天本官准你打他们，以消怨气。"安住落下泪来，说："这个使不得，我父亲乃是他们的胞弟，岂有侄儿打长辈之理？小人此行本为葬父行孝，如何肯做此逆伦之事，至死不敢从命。"包龙图听了这番话，心中明白，当下没有明判。吩咐其他人各自回家，留下安住先关在监狱中，改日再严刑审问。

包龙图退堂。然后，暗中吩咐不得难为刘安住，又嘱咐衙门中人张扬出去，说刘安住得破伤风，将不久于人世。最后又派人到潞州接来张秉彝。一切准备就绪。次日，签了听审牌，又秘密嘱咐牢子每临审时如此如此。随即升堂，一行人拘到，包龙图叫张秉彝和杨氏对证。杨氏只是抵赖，不肯松口。包龙图吩咐带上刘安住。牢子回道："病重垂死，不得行动。"包公又令把人抬上来。不多时，牢子报："送来的途中气绝身亡。"杨氏听到刘安住已死，心中快活，便说："这下谢天谢地，免了我一家累！"包龙图问："因何而死？"仵作回禀："死尸年约十八岁，太阳穴被他物所伤致死，四周有青痛紫斑可验。"包龙图便道："如今已非争家私可解决了，弄出人命，案情更重了。杨氏，那刘安住是你什么人？有无亲属关系？"杨氏如今如释重负，答道："没有任何关系。"包龙图眉头一皱，说："如果非亲非故，你岂不闻'杀人偿命'？他若与你有亲，你为大，他为小，纵然打伤身亡，也不过是误杀子孙，不致偿命，只罚些铜钱纳赎。看来是别人，你与他无关却打伤致其死。按律上说：'殴打平人，因而致死者抵命。'左右可将这婆子下在死囚牢里，等待秋后处决。"两旁差役如狼似虎，吓得杨氏面如土色，拼命喊道："老爷饶命，他是小妇人侄儿。"包龙图说："既是你侄儿，有何凭证？"杨氏道："现有合同文书为凭，请老爷过目。"说罢，从身上摸出文书，递与包公。

包龙图暗自好笑，对杨氏说："刘安住既是你侄儿，如今抬出他尸体你去安葬，不可推托。"杨氏连连称是。包公吩咐唤出刘安住。安住磕头谢恩。杨氏抬头看时，羞得无地自容。包公提笔宣判：

刘安住行孝，张秉彝施仁，都是罕见，俱各旌表门间。李社长着女夫择日成婚。其刘天瑞夫妻骨殖准葬祖茔之侧。刘天祥朦胧不明，念其年老免罪。妻杨氏本当重罪，罚铜准赎。杨氏赘婿，原非刘门瓜葛，即时逐出，不得侵占家私！

判毕，众人叩头谢恩，各自归家办理自己的事宜。包龙图美名再度远扬。

科场案三上三下成正果
康熙帝三令五申正法度

清康熙五十年（1711）深秋，紫禁城秋风飒飒、落叶飘零，皇宫内更是一片肃静，只有弘德殿暖阁内闪烁着摇曳不定的烛光。此时已是深夜子时三刻了，康熙独坐在烛光下批阅奏折。尽管宫娥们已经悄悄换了两次蜡烛，但是皇帝仍没有休息的意思。他一会儿埋头看奏折，一会儿又起身踱来踱去。忽然，康熙皇帝面露怒色，两眼因气恼而灼灼闪光。他此时正在读一封江南巡抚张伯行的奏折。奏折中写道：江南本届乡试出现了舞弊大案，副主考官赵晋受贿十万两纹银，公然出卖举人功名。阅卷官王日俞、方名合伙作弊，正考官左必蕃视而不见包庇下属有违法度。此事引起江南举子不满，民愤激扬，请陛下从速查办，严惩违法官吏，以安民心。

康熙看罢好似晴天惊雷。同时，他又在密奏卷宗内发现李煦详报江南科场舞弊的奏折。其中生动地记录了江南的混乱，举子们义愤填膺，把考场匾额上的"贡院"两字涂改为"卖完"，还有举子把财神庙内泥神像抬到夫子庙里，江宁城内万人空巷。康熙看过这两个奏本已怒不可遏，他立即下了一道圣旨，着令户部尚书张鹏翮、漕运总督赫寿为钦差大臣，下江南火速查办科场案。

次日凌晨，张鹏翮、赫寿接到圣旨，不敢怠慢，当天下午就去扬州办案。每次会审都是在扬州钦差行辕进行的，江南巡抚张伯行同两江总督噶礼奉旨陪审。初审倒也顺利，副主考赵晋当堂供认受考生黄金三百两，阅卷官王日俞、方名供认将卷中做暗号的程光奎、徐宇轩、吴泌等人点为举人。只是审到吴泌等人时，简直令人啼笑皆非。吴泌连《三字经》都背不到三句；程光奎更是可气，《百家姓》中只前四个字就错了三个，勉强对了个"钱"字也写得歪歪扭扭。钦差呵斥其把行贿情况说出来。程光奎自知没药可救，只好招供："诸位老爷息怒，小人出了黄金十五锭，每锭二十两。"吴泌也是用同样的金额收买了考官。两人托前任巡抚的家人李奇代送办理买功名一事。张伯行听罢，这与赵晋所受贿的银钱数不符，便出签传李奇到案。总督噶礼连忙阻止，说："李奇是前任叶抚院亲信，不可轻信供词，缉拿他，恐怕将来不好处理。"张伯行执意要传李奇，两位钦差也表示同意。

不多时，李奇带到，张鹏翮劈头就问："李奇，你代吴、程等人行贿考官，赃银分别交与何人？"李奇平日仗着后台硬，为非作歹，今天感到势头不对，战战兢兢地回答："交给赵大人了。"赫寿又问："赵主考并未全得，余下的十五锭难道你想私吞吗？"李奇一时慌乱，说："小人不敢。不敢实说。"此时的噶礼急不可耐，呵斥道："分明是你私吞贿金，还想抵赖，拉下去大刑侍候！"李奇恐慌地盯着噶礼连呼："大人饶命。"钦差大臣张、赫二人对视一下，心中明了，便说："不必害怕，有本院为你做主，自会按国法发落。"李奇抵不过，只得说："那十五锭赵主考让我交给泾县知县陈天立，听说是留给总督大人的。"陪审官变成受贿人，举座哗然。总督噶礼顿时气得面色铁青、两目发直，他定要将李奇乱棍打死，无奈张伯行坚持不容。两位钦差见这种阵势，便耳语一番，说："李奇诬陷朝廷重臣，罪不容诛！且将他收监，严加看管，本案今日审理到此，退堂！"

黄昏已过，张伯行在府内心绪烦乱，眼见噶礼专横已非一日，如不彻底查清此案，上负皇帝，下负百姓。可是……正在此时，家人来报："二位钦差来访，正在花厅等候。"张伯行心中疑惑。见二位大人没穿朝服，只是一身便服，言语平易近人。三人见过，寒暄几句后，张鹏翮说："今日会审，案情已明，赵晋、王日俞贪赃枉法国法不容，我二人准备明天结案，回复朝廷，不知大人意下如何？"张伯行说：

"案情虽已明了，只是所供总督一事尚需有解决的办法。"赫寿补充道："张大人言辞有理，但李奇所供总督受贿没有根据。追究下去恐怕不利，大人知道总督是皇上信赖的人，事情闹大不好收场。"赫寿用词委婉，也已表达了两位钦差的意思。张伯行为官多年，亦知宦海沉浮，但他蒙皇帝越级提拔，忠君之心赤诚可见。两位钦差暗示他得饶人处且饶人。张伯行见言语不投机，便冷冷地说："我查此案，并不计较个人得失，只为国君，此番不撞南墙心不死。"张、赫二人自讨没趣，只得怏怏而去。

钦差走后，张伯行长夜难眠。知道自己已孤立无援，钦差此后必倒向噶礼。但他唯一的希望还有皇帝，于是连夜写折子，将实情禀明，请求重办噶礼以澄清江南吏治。在这道言辞中肯的奏折到康熙手中之前，皇帝早收到自己亲派的李煦、曹寅等人不断密报的审案消息，对江南大案的一举一动了如指掌。见到张伯行的奏折后大为感动，为有如此忠诚的官吏而感到满意。就在当天，他也收到噶礼弹劾张伯行的奏折，参劾张伯行有七大罪状，其中私刻书籍一款，皇帝也曾听李煦报过。拿着这两份奏折，皇帝心中踌躇，埋怨张、赫二人去了两个月也没个有主见的奏章报来。但是，康熙此次下定决心要把江南科场案查个水落石出。现在督抚互相弹劾，案子越审越乱，只有将他二人解职，令两位钦差将科场案和督抚互劾案一并加速审清。尤其注意科场案中李奇和泾

县知县陈天立，不管案中牵连何人都要彻底查清。圣旨已经下去十多天，仍然没有张、赫的确实结论，却收到李煦接连发来的三道密札。报告：陈天立与李奇对质后，陈天立供出确实接到赃银，只是吞吞吐吐不肯说出交给了谁；就在收监时，陈天立忽然在狱中自缢身亡，案子死无对证。而且江南举子近日情绪激愤，事情越闹越复杂。康熙心中此时如明镜一般。于是他又颁两道圣旨，一道是催张、赫二人火速把查案结果上报，一道是密令安徽巡抚暗中查访陈天立的死因。

再说，此时的张鹏翮和赫寿被皇帝接连发来的两道圣谕催得如坐针毡。经过两人再三商议，决定不偏不倚来个看似公正的结论。于是拟了个奏折，大意是：噶礼参劾张伯行指使证人诬陷大臣及私刻书籍、诽谤朝政都查无实据，张伯行参劾噶礼受贿出卖举人功名之事也属虚妄。但是张伯行为人疑心太重，无端参劾总督，造成双方不睦，江南大哗，照律应革职。

钦差的奏折很快返回江南，江南士子群情激愤，再次哗然。张伯行虽然为得到百姓拥护而感到安慰，但料定自己必然会被革职，不觉凄凉。此时正值江南春寒料峭之际，窗外杏花初绽，可被风吹得已是落英缤纷。张伯行看着窗外的春情，暗暗下决心，不负百姓重托，就是拼着充军发配也要再搏一次。于是又写了一道奏折，奏折中写道："科场舞弊，大江南北拭目以待。噶礼仗势受贿，民愤不平，若不按律严惩，难安民心。江南吏治荒疏已久，臣身为抚院，不敢不竭忠尽力，万岁三思。"奏折写罢，张伯行老泪纵横，封严奏折交给有司官员以八百里加急驰送京城。

就在康熙接到张伯行奏折的同时，还收到三道奏折：第一道是张鹏翮、赫寿的江南科场案结案折，请将张伯行革职；第二道是安徽巡抚梁世勋回复调查证人陈天立死因的结果折，折中说江南刑狱官员，上上下下几乎都是噶礼的亲信，消息封闭极紧，调查没有结果；第三道是苏州织造李煦的密札，说张鹏翮二人已起身往福建去了，但扬州仍然民心浮动。皇帝龙书案上四道奏折你争我斗，泾渭分明，他经过再三思索，决定再派户部尚书穆和伦、工部尚书张延枢为钦差，重新受理江南科场案。

此时扬州已是盛夏时节，繁花似锦。扬州百姓都焦急地等着钦差的到来。但是，令人琢磨不透的是新任钦差到了扬州后，就没再露面。只是今天传藩台，明天传某司，不见任何来访的客人。越是封锁消息，街谈巷议的传闻越多，人人不知钦差的心思。其实，这两位钦差到扬州后一头扎在卷宗里，却始终找不到一个妥善的办法使上下满意。他们接到皇帝的圣旨，就暗自叫苦，可是只得遵命来到扬州。如今两人再三商量，觉得只有在案卷上下功夫，想办法补上原来案中的破绽，然后再公审人犯，才能维持原判，保全张鹏翮的面子；至于张伯行，他只是个平步青云没有根基的官吏。所以主意拿定后，他们决定公开升堂审案。

行辕衙门前接连热闹了十天，钦差每天升堂公审，并把审讯告白贴出示众，似乎执法如山，明察秋毫。审案只是雷声大雨点小。结果是：主考左必蕃纵容舞弊，革职查办；副主考赵晋和阅卷官王日俞、方名受贿被判处立斩；程光奎、吴泌、徐宇轩等贿赂考官，骗取功名分别拟绞或枷责；总督噶礼与此案无关，但审理不力要受到责罚；巡抚张伯行无事生非，弹劾朝臣无证可查，以革职论处。这道奏折可谓用尽心计。但是他们没有想到，置生死于度外的张伯行，绝对不会接受这个裁决。所以皇帝又接到他的一道奏疏，也就是这道关键的奏疏使康熙决定亲自处理这个案子。他执政五十年来，见过的政事瀚如烟海，但像张伯行这样刚直不阿、直言进谏的朝臣还是第一次见。现在他既不相信四位钦差，也不相信总督噶礼。于是把穆和伦的结案折扣下不批，亲自写了一道文书，调来江南科场案的全部案宗、奏章亲自御览。

乾清宫西暖阁的灯光三个通宵不曾熄灭，康熙查过所有的卷宗，很快发现陈天立是在重镣监禁下自杀而死，但既没仵作的验尸报告，也没有狱吏的详细报告，死因显然不明。李奇是活着的唯一重要证人，却已半年前充军新疆。其余口供，虽基本相同，但其中有很多地方不能自圆其说。而张伯行的几封奏折，始终如一，理直气壮，有理有据。最后，康熙亲自在案卷上做了科道共同会审的批示，要求其澄清其中不明之处。

会审是清代最隆重的审案方式。六部、九卿会阅了全部案卷,但他们越看案卷心里越发愁,如果推翻原议,就要得罪三位尚书、两位总督,这个打击非同小可;如果维持原议,皇上的朱批等于没起作用,弄不好丢官丢脑袋都是有可能的。在准备开审的最终时刻,参审官员各怀鬼胎,静观势态变化。好在会审进行得格外顺利,皇上朱批的几个破绽很快已"彻底"查清。陈天立之死是因狱卒喝醉酒、昏睡不醒,他自己解下腰带自缢而亡。主审宣布将误事狱卒斩立决。证人李奇在押解新疆途中,身染重病而死,有当地县衙的文书为证。所以噶礼受贿死无对证,不再追究,维持原判。其余判决都依原判。至于江南督抚互相弹劾一案,纯属搬弄是非,两人一并革职。这一判决可谓不偏不倚。

康熙皇帝接到会审结案奏折,差点气昏。他看着这些昏官的世故之作,不觉长叹道:"荒唐!荒唐!做贼的和抓贼的一齐问罪,清廉的和贪赃的一齐革职,国法何在?"如今案子到了这地步,只能由自己出面裁决了。于是传旨,在乾清门前以御门听证的方式,颁布审案结果。满朝官员在乾清门前侍候,站殿将军、铁甲卫士把乾清门前的广场把得风雨不透,气氛相当紧张。此时,六部、九卿会审官员面面相觑,等待皇帝的裁决。不多时,皇帝在侍卫的簇拥下走到宫门正中的宝座前,满脸怒容,却没有坐下,只是抬手掷出六部、九卿的奏折，严厉斥责道："这就是你们集体智慧的结晶！江南科场案已审理了一年，却越审越荒唐。弄得黑白混淆，是非颠倒，忠良受屈，奸佞横行。如今，你们不敢伸张正义，朕来主持公道。张伯行为官清廉忠正，为民请命，不计个人得失，这样的清官却遭惩处？小小科场案三上三下，竟不能得出结论，民心何安？朕今天宣告最后结论，科场舞弊人员一律依法处决，不得宽恕。噶礼受贿舞弊，革职听参；张伯行仍留原职，日后再行升赏。此判决着刑部立即行文，晓谕天下，以正视听。"

两天后，圣谕传到江南，人人喜笑颜开。一场科场案几经曲折终得公正处理。

两番冤狱谁主沉浮　一片诚心皈依佛门

宋徽宗政和年间，浙江桐乡县有个书生，名叫来法，字本如，年方二十，父母双亡，未曾娶妻。只因年轻好学，颇有些学问，被附近一家财主请去家中教书。财主姓水名鉴，有一个女儿，年方十四，是正妻所生。正妻去世后，续娶封氏月姨，又得一子年方六岁。水鉴为人忠正，很喜欢来法的秉性才学，有意将女儿许配给他，招个上门女婿。托媒人与来法商量，来法推辞说："我虽读书，未有进取。待日后功成名就，再议亲不迟。"于是这桩婚事就搁在一边。

一天，来法到城中访友，在城中盘桓了半日，天色已晚才出城来。走了二三里，前面有一座古庙。听得里边有妇人哭喊的声音，来法心中疑惑，急步上前推门一看，见两个大胖和尚正和一个妇人厮打，妇人被剥得赤条条倒在地上。来法大惊，没等说话，其中一个和尚爬起身直奔来法，提着一根禅杖，对来法喝道："先吃我一杖！"来法见势不妙，转

头就跑,一只脚慌乱中绊在门槛上,几乎跌倒,把脚上穿的红鞋绊落在寺院的门外。和尚大步从后边追上来,来法只顾往深草丛中乱跑,不料草丛中有一口没石栏的枯井,他一脚踩空,落在井中。和尚赶上来,见井内黑洞洞,看不见下边的东西,用禅杖捅了一会儿,接触不到井底,料想那人不能自己出来,在井边徘徊了一会儿就转身回庙里去了。可是进得庙来,见那妇人已被杀死,同伙不知去向。这和尚害怕惹事,扭头逃往他乡。

原来这妇人是城中一家酒家的老板阿闰的老婆周氏。因为夫妻吵架,周氏一气之下不管天色已晚径自回乡下娘家去了。不料,刚出城走到古庙前被两个游方和尚劫到庙中,强要奸淫,却被来法撞见坏了好事。一个和尚追打来法。另一个和尚在庙中见周氏不肯顺从,害怕再招来人,一怒之下用戒刀把周氏杀死,独自逃走了。那天周氏走后,邻里都来劝说阿闰,道:"大嫂晚间独自出城,妇人年少你如何放心,还是快去劝她回来。"阿闰虽有怒气,被众人推推拉拉也只得同去寻找周氏。追到庙前,看见一只簇新的红鞋丢在庙门外,大家进庙来看,见周氏披头散发、赤条条躺在血泊中。众人大惊,吓得阿闰目瞪口呆,没了主意。人群中有人提议:"凶手定是丢鞋这人,且时间不长,快去四处追寻。"于是众人一哄出庙各处寻找。找了不多时,隐隐听到有人在呼救。众人循着声音找到井边,用带子接成长绳把呼救人拉上来。看时，正是一只脚穿红鞋的人，拿来红鞋与他穿上分毫不差。众人不容来法说话，当下唤来里长，把妇人尸体交付他看管，一面扭着来法直奔县衙。县官闻听夜间发生人命案，只派巡捕官出城查验尸首，其余人在外等候。

次日早堂，带进人犯听审。知县姓胡名浑，性最奉佛，就喜欢斋僧布施。他问过邻里口词，呵斥来法："你枉为读书人，如何干下这等歹事？"来法把实情控诉一番。知县又问："既然你看见两个僧人，可知道他们是哪座寺里的和尚？"来法无言以对。知县问众人："你等出城时，路上可否遇到僧人？"众人齐说没有。知县大怒，指着来法大骂："你居然戏弄本官，明明是你在旷野中遇见妇人，起了歹心，又编造僧人欺骗本官。"来法大喊冤枉，胡知县恶狠狠地说："你这贼骨头，不打如何肯招！"喝令左右动大刑。来法一介文弱书生，如何抵得住酷刑？只得在知县所写的供词上画了押，被定为死罪，下在狱中。此事，城内城外轰动一时，来法孤苦一人没有亲人牵挂。倒是水员外素来知道来法品性，到狱中亲自探望，听来法哭诉冤情。水员外再三安慰他，又叫人送钱替他上下通融，所以来法在狱中不是很苦。

光阴似箭，日月如梭，来法在狱中已过了三年。这年正是胡知县任满辞去、新知县未到之时，且江南方腊作乱，朝廷派张叔夜为大招讨，带着梁山泊新受招安的人马攻打方腊，方腊弃江南逃往浙江一路而来。路经桐乡县，当地文武

官员因为没有主事的人，个个逃命去了。狱门大开，罪犯大赦般四散逃奔。囹圄之中，仅剩来法一人不肯离去。方腊兵马没有久留，连夜逃往杭州。接着张招讨带兵占领桐乡县，出榜安民，查点仓库监狱，只剩来法一人在狱中独坐。张招讨心中好奇，唤到军中询问情况："囹圄之中仅剩你一人，为何不愿离去？"来法道："小生冤陷法网，倘遇清明上官，自有昭雪之日；如今若趁乱而逃，与寇无异，故宁死不落叛逆之名。"张招讨听罢大为感动，细问了来法的冤情，然后说："官吏人等如果个个同你这般奉公守法，天下何至于此？你的冤情实属当年昏官误判。虽未拿到那个和尚，但就今日临乱不苟的人，以前如何能做歹事？"提笔把原招供抹掉，替来法开释了前罪。来法叩头谢恩，转身欲离去。张招讨道："且慢。我看你是个忠义之士，且饱学诗书，必然有一定见识，留在我军中做个参谋，不知你意下如何？"来法孤身一人，愿意为军国效力，就答应张招讨参与军务。一天，张招讨正在和来法谈论军事。军校禀报捉拿到贼军遗下的妇女几百人，听候发落。张招讨征求来法意见。来法道："此妇人多为民间良女，为贼人所掳。如今应该发放钱粮、准备空屋安置她们，等候家属各自领回。"张招讨依言，就命来法去处理此事。来法领令，于是唤集这班女子，逐个查点姓名。正在忙碌间，一个女子上前叫喊："这不是来法先生吗？我是水员外之妾封氏月姨。"来法循声见一位妇人，细细端详,正是当年的封氏月姨。就问:"员外和其他家眷现在哪里?"月姨道:"员外闻贼兵将近,携家带口逃在一个尼姑庵中,不想半路我与家人失散,被贼人掳去,不知员外消息。来先生如何在此?"来法先自处理了公务,就带月姨回军中细说几年的遭遇。然后,亲自派人把水员外一家接来与月姨相会。

此时,水员外正在庵中焦虑,月姨半途失散,一直没有消息。外边兵荒马乱,实在度日如年。忽见来法派人来请,得知月姨无恙,十分高兴,随即收拾东西到参谋营中拜见来法。来法在门外迎接老员外,两人互叙离别之情。谈话间又提及女儿婚事,来法道:"蒙员外不弃,愿为半子。但如今战乱不平,无暇成亲。待我禀过主帅,然后奉复。"水员外应允。

次日,来法禀过张招讨。张招讨大喜,选了吉日,将礼金二百两、彩帛二十束为来法下聘,约在凯旋之日成婚。时光流转,不久来法随大军奏凯还朝。张招讨为来法请功,朝廷下旨,升张招讨为枢密院正使,来法赐进士第,出任广东监察史,并且准假奉旨完婚。时年来御史二十四岁,长小姐七岁。新婚满月之后,夫妻双双往广东赴任。那时广东龙门县出了一桩极大的冤案,来御史赴任,首先明察秋毫,理清头绪,不仅找出真凶,也把自己当年的冤枉一齐明辨。

龙门县有个开点心铺的曾小三,因为老母急病而死,无钱殡葬，情急下借了高利贷十两银子。过了一年利上起利，连本利已欠人家三十两。那放债人催逼得急，曾小三无计可施，只得将老婆送去抵债。可他家老婆容貌平平，人家觉得不值三十两。老婆只有卖给水贩或许可多得些钱。曾小三心中又不忍，只得把实情告诉妻子。妻子商氏听罢，大放悲声，曾小三也陪着一起落泪。这哭声感动了隔壁一个好心的人。那人姓施号惠卿，是个皮鞋匠，单身一人，没有妻室。他性情和善，经常修桥补路做些善事。今天，他正在家中请化缘和尚吃斋，准备把平日攒下的二三十两银子捐给张和尚去修城外宝应寺大殿。忽听隔壁曾小三夫妻哭得酸楚，走过来询问。听曾小三说罢，动了恻隐之心。回到家中，打发和尚去后，他独自细想：把银子去布施，还不如拿去给曾小三抵债，成全他夫妻，也是积德行善。于是，拿银子来曾家说明心意。曾小三闻听，万分感激，又推说："多承美意，只是你的银钱也不宽裕，辛辛苦苦靠手艺得来，我如何肯受呢？"施惠卿道："你我为邻已久，我岂有坐视你家破而不顾之理？我意如此，你不必推却了！"两人正在推来推去，债主又上门讨债。一帮人凶神般虎视眈眈，曾小三无言对答。施惠卿上前道："银子已备下，交还你们就是。"说罢将银子交与讨债人，兑回借据。债主得了银钱倒不再纠缠，纷纷离去。曾小三万分感激，拉着商氏双双给施惠卿下拜，施惠卿连忙扶起，劝慰他二人一番独自离去。

过了一天，曾家小夫妻置小酒菜请施惠卿叙饮。施惠卿如约而来，商氏一同陪饮。施惠卿心中不安，吃了几杯，起身就要告辞。曾小三留他稍坐，自己起身进入里间屋，没有再出来，只剩下他与商氏对坐。施惠卿更觉势头不妙，问商氏："你丈夫为何迟迟不出来吃酒？"商氏只是低头不作答。少顷，她噙着眼泪说："我丈夫已走，不会回来了。"施惠卿大惊道："为何？"商氏道："你是小买卖人，为我家抵债用去毕生积蓄。我的身子亏你保全，你至今未婚，理应由我报答恩人。小三已写下文书，自己削发往五台山出家去了。"施惠卿心中懊恼，勃然变色，道："我一番好心，你二人如何做这种想法！"说完，转身离去。次日便外出另觅房屋，打点移居。

自从施惠卿搬走后，邻里们便不见商氏家中有动静。众人疑惑，结伴去探看，曾家大门虚掩，众人入内看时，见商氏躺在床上已气绝身亡，头颈处有被人掐过的痕迹。此事一时轰动了地方，被当下呈报县衙。县官沈伯明，闻报出现人命案，便取了邻里证词，出签提拿施惠卿。不多时，施惠卿带到，知县一拍惊堂木喝问："施惠卿，曾小三之妻商氏已死，邻人告你有严重嫌疑。从实招来，免得皮肉受苦。"施惠卿莫名其妙，道："小人施惠卿，曾替曾小三还债，他把妻子给小人。小人替他还债并没有私心，所以不愿接受，为避是非才移居别处，如何晓得商氏的情况？"知县怒喝：

"好个贼骨头花言巧语戏弄本官，看来你是不打不招。"一番酷刑拷打，施惠卿被逼画押，打下死囚牢。

再说曾小三，那日从后门走后，一直奔五台山而去。走出不远，天色已晚，便在一家店中歇息。因为心中烦闷，已忧郁成病，所以次日发起寒热来，不能起身，一病就是半月有余。多亏店主好心肠，替他延医请药，方才痊愈。那日，曾小三千恩万谢辞别店主正要远走，城里来了几个住店的人，说起城中施惠卿的事。曾小三暗暗吃惊，想去寻个究竟。于是离了村店，径自到狱门外，央求禁子带他见见施惠卿。施惠卿囚衣囚服，披枷带锁。曾小三上前扶住恩人，道："这究竟是怎么回事？"惠卿叹道："也许我命有此灾，只是连累你妻无端被害。"曾小三问明实情便对施惠卿道："我定要给你申冤。县里不明，我到新御史处与你辩冤。"说罢，辞别施惠卿，写好状纸，等候来御史，然后拦街喊冤。

来御史接了状纸，把曾小三带着回到衙门，升堂细问了事情的始末缘由。差人又把施惠卿案的卷宗全部调来。第二天，一应人犯提到。来御史正襟危坐，问众邻人："商氏丈夫去后，有谁去过他家？"众邻里道："他家平日亲朋极少，并没人来往。"来御史又问施惠卿："那一段日子，你曾与谁接触过？"施惠卿如实回答："那时，城外宝应寺里出来募缘修殿的一个和尚在小人住的巷口搭个草厂坐着募化。小人曾有意把三十两银子舍给他,请他吃过斋饭。后来,只因代曾小三还债,便不曾舍。再没有其他人往来。"来御史又问:"那和尚现在何处?"众邻里道:"他已去了。""几时离去的?""也就是施惠卿迁居那日。"邻里回答。来御史听罢,沉思片刻,吩咐:"退堂。"施惠卿仍收监,曾小三随衙听候,其他人各自散去。此后,来御史把这事丢在一边,足足有两个月。

忽一日,发银一百两给宝应寺饭僧。然后,来御史亲自到寺上行香。寺里众僧闻御史亲临,一齐出寺迎接。来御史下轿,入寺拜了佛,询问一些修殿闲话。"此番修殿全赖募缘之力,实该嘉奖。出去募缘的和尚共有几人?"来御史问。住持道:"共有十人,现今都在寺里迎候老爷驾临。"来御史吩咐左右,另设十桌素筵,款待那十个募缘和尚。住持领命,去唤集那十个和尚,唤来唤去却只有九人。来御史大怒,道:"莫非本官请他不起,如何藏匿不肯相见?"命令差役同住持去寻。住持不敢得罪御史,四处寻找那个僧人,直找到一个旧香积厨下,只见和尚缩作一团儿伏在破烟柜里。众差役押他来见御史。来御史见他那副狼狈相心中好笑,又气又恼,吩咐唤曾小三和众邻里来听审。众人急急赶到寺里。来御史问:"你们可认识此僧?"众人异口同声:"正是他在巷中结厂募缘。"来御史下令:"带着人犯和众邻里回衙细审。"不多时,来御史已升堂坐定,带过和尚。和尚还想抵赖，御史吩咐上夹棍。和尚熬不过苦痛，只得招供。供状如下：

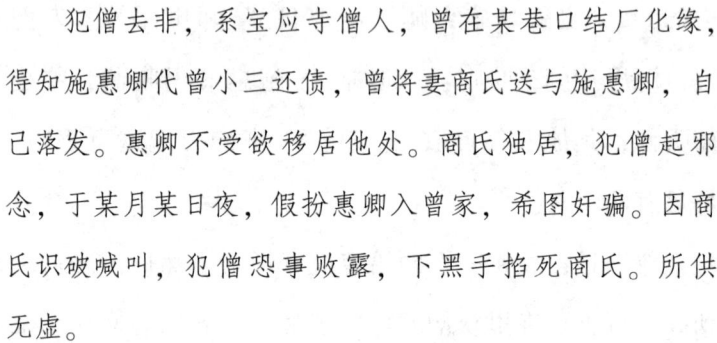

犯僧去非，系宝应寺僧人，曾在某巷口结厂化缘，得知施惠卿代曾小三还债，曾将妻商氏送与施惠卿，自己落发。惠卿不受欲移居他处。商氏独居，犯僧起邪念，于某月某日夜，假扮惠卿入曾家，希图奸骗。因商氏识破喊叫，犯僧恐事败露，下黑手掐死商氏。所供无虚。

来御史审完是非，将其定为死罪打下死囚牢。唤过住持，喝道："寺规不严，放任弟子做不良之事。念是初犯，罚银三百两，给予施惠卿。"住持叩头认错。然后，又唤齐众僧人，道："你等出家，本非全以明心见性。本院如今许你们还俗，如有愿还俗者，发银五两，归本籍，各为良民。"于是众僧中还俗者各取银离去。来御史又对施惠卿和曾小三道："你二人有何打算？"施、曾二人都愿为僧。来御史令他们且在宝应寺暂住，然后吩咐："我今欲在宝应寺设庙坛，普斋往来僧众，启建七七四十九昼夜道场，追荐孤魂。待完满之日，与你二人剃度。只是这道场需召集各处名僧方成此举。"吩咐毕，就发出榜文数十道，张挂各处召集游方僧人。消息四方传开，闻风而至的僧人都陆续登册记名，备写乡贯,分送各僧房安歇。

这天,接到一个和尚。此僧正是五年前追赶来法入井的和尚。御史看得清楚,暗暗记下他的法名,吩咐差役道:"若有名唤道虚的僧人来寺,可请到我衙门里去吃斋,此人乃有德行的高僧。"众差役仔细查过名册,兴冲冲地带来道虚。来御史喝令:"拿下。"众差役面面相觑,心中疑惑。和尚大叫:"贫僧冤枉!"来御史吩咐升堂。堂威喊过后,来御史端坐公案后,喝道:"你可记得五年前赶落井中的书生吗?"和尚闻听心中一惊,抬头细细打量来御史,目瞪口呆。来御史道:"如何害死了妇人?从实招供,免得挨打。"和尚磕头如鸡吃米,道:"小僧冤枉,当年同师兄道微在桐乡县城外古庙前,偶遇一个少妇,一时起了淫念,正要逼迫成奸,被老爷遇见,因此把老爷赶落井。小人该死。可是回到庙内,妇人已死,师兄已不知去向。小人实在没有杀那妇人。"来御史思量片刻道:"道微现在何处?"道虚道:"自从五年前一去,小人再没见过。"来御史吩咐拿来宝应寺已到僧人的名册一一查过,道微已于前几日到了寺中。即刻命差役带来衙门候审。御史虽见过道虚,却并不认识道微。那道微上堂,一口咬定,是道虚与他有仇,陷害于他。来御史喝大刑侍候,那道微仍不肯实招。他只得暂且把两个和尚分两处收监。

道微到了狱中,暗自庆幸,只要不肯承认,御史也没有办法，挨些酷刑也可保得一条命在。不知不觉中，昏昏睡去，忽听黑暗中有隐隐哭声，又听耳边低低有叫骂之声："道微，你杀我一命，今番定要还我命来。"道微心虚，连连央告："你是妇人冤鬼吗？我一时不对，你且休来讨命，待我活着出了衙门，多做善事超度你。"言未毕，四处灯火通明，两个公差走上前，喝叫："好秃驴！看看我们是人是鬼！"道微被灯火一照，吓得面如死灰。当下两个公差押了道微进衙门。等到天明，禀复御史。

次日，来御史升堂问案。道微只得从实招供。然后打入死囚牢，待秋后处斩。御史传谕宝应寺，即日起建道场。随后亲往寺中，与施惠卿、曾小三剃度，替他们起法名为真通、真彻，请他们为主行大和尚，令寺内僧众上前拜见。

除夕夜幼子寻母　风雪中狄公救妇

除夕之夜，家家户户喜气洋洋，饭桌上亲情酣浓。可是，狄仁杰来兰坊的第四个除夕夜却冷冷清清，独自虚度。窗外大雪初霁，仍有一种阴郁的气氛和着节日的空气。

狄公起身朝靠墙的床望了一眼，床上被褥铺得整整齐齐，床下的火盆内火势已微微有熄灭的危险，不觉心头掠过一阵凄凉。在兰坊已有五年，仍没有升迁的可能。此时衙舍里静寂没有人声。衙役大都放假，几个值班的衙役都聚在值房打牌玩。前几日，夫人回太原探亲，要明年春暖花开才回兰坊，丢下狄公独自一人过这个没滋味的大年夜。

狄公穿了皮袍，戴好皮帽，穿过走廊径自向值房走去，也好同衙役们凑凑热闹，以解心中愁闷。值房中暖烘烘地烧着一个大火盆，三个衙役正围桌开牌局，桌旁堆满干果一类的杂食。一名衙役正探头出窗高声喝骂。狄公的突然出现吓得四人急忙叩头请安。

　　狄公问那个叫喊的差役："何事如此大喊大叫?"那衙役小声嘀咕："刚才有个小孩,从外面进来喊着找他娘。我见他像个小乞丐,想吆喝几声撵他走。不想撞见老爷。""除夕夜小孩儿找娘,这是怎么回事?"狄公心中疑惑,急忙推开窗子,向外张望。看见一个小男孩衣衫破烂,沿着墙根边走边哭。狄公回身招呼衙役们:"备马去追小孩!"衙役不知狄老爷要干什么,风风火火随老爷一起飞马出衙门,很快追上风中独行的小孩。狄公勒住缰绳下马,把小孩扶上马鞍。"你叫什么名字,家住何处?我带你去找你娘。"狄公关切地问。小孩看见狄公一行人,先是害怕,然后看他们态度可亲,就轻声答道:"我叫宝生,家住孔庙西边一条小胡同,离西门不远。我爹爹叫王幺哥,是个卖馓馇的。"狄公闻听,催促众人骑马往孔庙行去。雪又纷纷扬扬飘落下来,北风呼呼地刮着。狄公又问宝生:"你爹上哪里去了?""我不知道。你是衙门里的大老爷吧?"狄公点点头。小孩又说:"今天爹爹回家来与娘吵架,因为娘没有准备年夜饭。爹爹骂娘,让娘去质铺找沈掌柜去,娘哭了。我躲到旁边,不敢去劝他们。后来想起米铺的一个小伙计,就去向那小伙计借几斤白面,可是跑到米铺,没找见那小伙计,只得空手回家来。到家一推门,爹爹和娘都不在,满地是血,我还滑一跤。"宝生说罢又哭泣起来,瘦弱的身子在风中战栗。狄公脱下自己的皮袍裹在宝生身上,勒紧缰绳,加快赶路。

一行人踏着遍地琼瑶，悄悄来到宝生家门前。宝生指着一扇虚掩的木门道："老爷，这就是我家。"狄公仔细打量这间破旧的小屋，然后随宝生进了屋内。昏黄的烛光，在屋角的小桌四周散开。可是小屋的楼上灯火通明，还有许多人的笑闹声。狄公问："宝生，这楼上不是你家吗？""楼上住着刘裁缝。我家只这间小屋。"狄公转向衙役轻声吩咐："把小孩带上楼。不要惊动宾客，只把刘裁缝请下来见我。"衙役领命上楼。狄公四处看看，只觉屋中阴冷，寒气逼人。屋子中央地上放着一张单薄的木桌，桌上只摆着三个蓝边瓷碗、一个小瓦罐和一柄菜刀。刀上涂满鲜血，石板地上积了一摊又一摊鲜血，让人不寒而栗。

狄公用手试了试菜刀的锋刃，锋刃上的血迹未干。他又朝西面一个门阙走去，从此直通厨房。厨房冷冷清清，没一点儿动火的痕迹。狄公摇摇头，转身回小屋。忽然他发现炕角小桌边有一方丝帕，急忙捡起来借烛光仔细一看，丝帕上面绣了一个精致的"沈"字。狄仁杰的头脑飞速运转："王幺哥的妻子必有奸情！宝生去米铺后，王幺哥发现这方丝帕，又见冷锅冷灶，心中气恼，抢起菜刀杀了妻子。此刻，定是去掩埋尸身了。"此时一名衙役拽着一个干瘪老头进屋。那老头走路歪歪斜斜，已有几分醉意，一张嘴满是酒味。狄公料想他就是刘裁缝，便问："刘裁缝，此处发生命案，你刚才听到什么动静？"刘老头眯着眼睛，含含糊糊，舌根有

些麻木地回答："回老爷话，小人虽与王幺哥只隔一屋楼板，但是今夜家中摆宴，宾客很多。大家吵吵闹闹，加上贱妻手脚不灵活，踩翻一只大木盆，又擦地，又收拾，忙乱了半日，所以不曾听到楼下的吵闹。不过，那女人整日东家门西家门四处闲逛，只识得银子，那王幺哥是个穷小子，恐怕他老婆已和质铺沈掌柜私通了。下午姓沈的还来过一趟。"刘裁缝满嘴喷着酒气，兴致大发地说着王家的事情。狄公见他头脑不清，又问："酒宴间有谁中途离去？""没有人中途退席。李屠夫为我们杀了一口肥猪，大家都等着吃烤肉，哪里肯轻易走开。我忙上忙下，偏偏火盆没人照顾又灭了。我从厨下挑了几块炭放在火盆内，弄得满屋是烟，开窗放烟时，看见王幺哥的老婆奔出门去。"说着刘裁缝顺手指指小西门方向。狄公一听，双眉紧锁，立刻对刘裁缝说："委屈大家不要离去，照常吃酒。"裁缝点头，蹒跚着独自上楼去了。

  狄公留下一名衙役道："你在此守候，一旦王幺哥回来立即捕获。沈掌柜大概被王幺哥砍杀，丢下这方丝帕，才惊跑了张氏。"然后，狄公出了王家，迎着风雪直奔张氏跑的方向飞马追去。到了西门，狄公隐隐看见风雪中城楼上有一个人影。他急匆匆上了城楼，直奔那女子，顾不得避嫌，一手抓住她的臂膀，开口劝阻："张氏吗？请慢行事。"张氏被人一问，清醒了许多。回头上下看了狄公一会儿，问："先生如何知晓我的事情？难道你是衙门里的老爷？"狄公认为事情不会再有突变,就松开手说:"正是,你丈夫杀死的是质铺沈掌柜吗?"张氏悲凄凄,样子很是怜人。她抽抽噎噎地哭诉道:"我太蠢了!害死沈掌柜。其实我与沈掌柜并无不轨之举。只因接了沈掌柜一套绣花丝帕的订货。这些丝帕是他送给妻妾的新年礼物。这事我一直保密,只想等年终结账拿了工钱让丈夫高兴高兴。可是今天傍晚,还剩最后一方丝帕未完工。丈夫早归,发现丝帕上的'沈'字,心中猜疑,问我缘故。我笑答是送给沈掌柜的,这个玩笑闹得太大。他信以为真,冲去厨房拿了菜刀便叫嚷要杀了我和沈掌柜,我逃出门外,想到西门里姐姐家中暂避一时,不料姐姐随姐夫回婆家去了。没办法只得回家向丈夫解释。可是进门见满地污血,没有人影,想必沈掌柜来取货时,被我丈夫杀了。戏言酿此大祸,我有何面目再活?"说着泪如泉涌。

狄公好言安慰,劝她先回家中休息。于是二人回到王家。狄公命人送张氏上楼在刘家稍坐,自己和两个衙役在小屋中静候王幺哥。楼上仍是吵吵嚷嚷,吃肉喝酒各得其乐。忽然,门外闯进一个虎背熊腰的壮汉子。两个衙役一拥而上,用铁锁套了,按倒在狄公面前。一个纸包从汉子怀中掉出来,白面撒了满地。来的汉子正是王幺哥,他不知发生了什么事,只瞪着两眼发呆。狄公见汉子右手指上有血迹,就问:"王幺哥,你手上的血迹是怎么回事?"王幺哥看看自己的右手,半晌不说一句话,忽然,仰起脸焦急地问:"我

妻子在哪里？我的儿子在哪里？"狄公冷冷地责问："本官问话，从实讲来。"王幺哥此刻如发疯一般跳起来。被衙役迎头一棍，打得眼冒金星。待了片刻，他用一双近乎绝望的眼睛向狄公乞求。狄公缓缓地又问："今夜这里究竟发生了什么事？"王幺哥痛苦地回答："小人只因一时糊涂，以为妻子与质铺掌柜私通，心中怒气难平，要杀了二人。妻子逃出门，我料她逃不远，就操刀去找沈掌柜。顺手去拿那方丝帕，也好有个证据。谁知丝帕上一根针扎进我手指流了一些血。这一扎使我记起，妻子平日为富户人家做些活计，赚些钱添补家用。也许这手帕也是她揽的生意。小人怕错怪了妻子，急忙到西门里姐姐处寻找，见门上了锁，又折向沈掌柜家去寻个究竟。沈掌柜见我，笑脸相迎，又递过两贯铜钱说他曾向贱妻订了十方绣花丝帕，今天下午已拿回九方，只剩下一方不必着急，先付了工酬给我。小人接过铜钱，心中后悔委屈了妻子，就匆匆到米铺买了白面，回家向妻子认错。还买了一朵小簪花，表明心意。小人句句属实，只求老爷告诉小人，妻儿现在何处？"

衙役们听得纳闷，正要责骂王幺哥。狄公捋了捋胡子，频频点头："王幺哥，把簪花拿来我看看。"王幺哥从怀中取出一朵紫红色的小簪，不很昂贵，却也别致。狄公接来看了，沉默不语。忽听楼上一阵狂笑，头顶上的天花板被踩得"噔噔"作响。狄公命令把张氏和宝生带下楼来。王幺哥一见妻子和儿子，两眼闪出喜悦的泪花。张氏跪在王幺哥面前，羞愧地说："都是我不好，我只想开个玩笑，挨过这苦闷的年节。谁想弄假成真，害你杀人。今后我母子何以为生？"说着已泣不成声。

狄公长呼一口气，大声道："都起来吧。去掉王幺哥枷锁。根本就没有什么人命案。不过，今夜险些出大祸。王幺哥，你有如此贤妻和聪明的儿子，真是一大福气。好了，起灶生火，准备包饺子，辞旧迎新吧！"狄公带着两个衙役正要出门，张氏问："老爷，那沈掌柜的案子如何处置？"狄公笑道："沈掌柜此时在家中与妻妾欣赏你的绣花丝帕哩。王幺哥没有杀他。那血，是楼上刘裁缝的妻子笨手笨脚，踩翻盛猪血的大盆从楼上滴下来的。一场虚惊。"说罢扬长而去。王幺哥夫妻又惊又喜。抬头看污黑的天花板上果然仍有血迹，不禁相视一笑，如释重负。

店主贪心偷梁换柱　　两地县令优劣自明

仲夏时节，天气又闷又热，整个大地似蒸笼一般。草木懒懒地歪斜着。城边一家旅店的生意较往常红火了许多，尤其是晚饭过后，不少人贪夜间凉爽多赶些路，所以投店时已很晚了。

张前本是城郊一家财主的伙计。今日外出收债已来不及回去交差，就在城边这家旅店住下。张前手举一个行囊交给店主，说："这是我的钱囊，烦劳店主收存，明日还我。"店主按例收下钱囊，登记在册，说："凭券付还钱囊一件。"随手递上一张收据。当时许多旅客都在前庭乘凉，都目睹店主收了钱囊，并听见他们两个人的对话。等到半夜，乘凉的人们陆续回房休息之后，店主偷偷打开张前的钱囊，把里面的银子全部换作铜钱。次日一早，店主开门迎来送往，门前很是热闹。清晨，天气凉快，很多客人都赶早上路。张前也早早起床，洗漱完毕，拿了券来取自己的钱囊。打开一看，其中银子一文不剩，都变成了一堆叮当作响的铜钱。张前气恼，质问店主："我此囊中原本装满银子，为何变成铜钱？你做了手脚，还我银子。"店主一副受了天大委屈的模样，为自己辩解："昨日你寄存时明明只说是一个钱囊，许多客爷都可做证，如何今日问起其中变故？这样论来岂不要坏了小店的名声？"两人争执不下，昨夜的客人曾亲眼见过钱囊，便指责张前的不是，店主又打开册子让众人过目："这册子和他的券都写着钱囊，今日又来寻我的不是。大家一定要评评这个理。"店主伶牙俐齿，张前被说得无地自容。

店中讲不清楚，张前只得告到官府。县太爷传令升堂。一阵堂威过后，县太爷升坐正中，命令带有关人士上堂听审。店主呈上登记册和张前的券，上面清清楚楚地写着"钱囊"二字。县太爷又询问证人，随同店主上堂的几个证人都说："当时，我们看见他把钱囊交与店主拿了券走去。"县太爷有了人证物证，认为一切都已明了。张前空口无凭，控告不成立，被县太爷喝令赶出衙门。张前没了收的债银，无法回村向主人交账，官府又不能替他做主。上天无路，入地无门。正是，城边清凉凉的河水是个好去处。他坐在岸边任凭微风抚过面颊，思前想后纵身跳入水中。恰在此时，邻县的县令因事到省城中见官，官船途经此处，县令正在舱外赏月纳凉，忽然发现不远处有人投水，便命人救上船来。这县令正好兴致欣赏夜景，被突如其来的人命案扰乱了雅兴。他

问张前："青春年少，因何走此绝路？"张前定定神，答道："我是替主家收债，经过此地，天色已晚，住在城边一家客栈。在店主处存了一个钱囊，可是店主欺心，将我囊中银子换作铜钱。我没了银子如何去见主人？如今只求一死，别无他路。"县令觉得奇怪，又问："你为何不去报官？""我曾两次去县衙，县太爷只认凭证，可我又无一点凭证。两次都被大棍赶到衙门外。"县令听罢，稍稍迟疑片刻，说："这不碍事，明天你再去告状，我为你做主。"

次日，天气晴好，很是可人。张前抱着试一试的态度又去县衙告状。当地县太爷厌烦张前三番五次告状，就说："此人头脑不明，几次告状，没有丝毫证据，今天又来捣乱，左右把他轰了出去。"外来的县令接过话茬，说："这人定有冤枉。不然如何屡次上告？年兄可否借你的公堂，我来审理这个案子。"当地县太爷碍于情面，只得同意。外来县令即刻升坐正堂，传店主和愿意做证的人上公堂。审问结果，仍然同以前不相上下。正在无计可施之时，就听外来县令吩咐："把店主老婆带来。"然后，又令店主、张前和证人们各伸出一只手，用红笔在每人手掌中写一个"银"字，命他们跪在庭院中伸出写有"银"字的手掌在太阳下晒，又说："到时候，哪个撒谎，掌中的字就会被太阳摄去。"于是众人都跪在烈日下，外来县令仍坐在公案后，大声问："店主，你的'银'字还在吗？"回答道："在。"过了一会儿又问张前，不多时又问店主。来来回回，衙役们在一旁暗笑。原告、被告及证人轮番大声回答县令的问话，总是答："在。"这种游戏简直少有。过不多时，衙役回答，店主老婆已带到。外来县令问店主老婆："你与你丈夫阴谋偷换客人的银子，可有此事？"妇人抵赖："老爷青天，没有这等事。"县令怒斥道："他已承认，你快从实招来。"妇人心性狡诈，只是不见棺材不落泪。这时县令又问店主道："店家，你的'银'字在吗？"店主人被晒得冒油，却仍不见"银"字被太阳摄去，心中高兴，答起老爷问话也格外响亮，他道："在。"县令又问妇人："你可听见？他已承认银子在，你再抵赖，可愿受刑！"妇人以为丈夫认罪，为免皮肉之苦，将实情全部招出。

　　外来县令命她画押，从外边带回店主等人。此时，店主夫妻二人才知道上当受骗，悔之晚矣。张前得回店主窃去的银子，连连磕头谢老爷明断。当地的县太爷在屏风后心中惭愧。

痴心人跛腿求乞遭暗害
负义女攀权附贵下毒手

正月十五是我国传统的元宵佳节，浦阳县家家户户张灯结彩，满城百姓喜气洋洋。大街小巷都挂起了彩灯，欢声飞扬，整个浦阳县上空弥漫着节日的气氛。

下午，来衙舍拜贺的客人一批接一批，狄公苦于应酬，弄得精疲力竭，加上多饮了几盅酒，心神烦躁。月出东山，终于送走金银行首林子展，狄公才觉得心中松快了些许。院中月光如水。长廊边、屋檐下挂着节日的彩灯，很有点喜气的光环。小儿子阿贵提着灯笼兴高采烈地在花园里跑来跑去。狄公正待到衙门里去看看，见洪参军匆匆走进来。"洪亮，瞧你一脸倦容，想来衙门里事务繁忙。我原想抽空去看看你们，可是衙舍中贺客不绝，一直忙碌到现在。衙门里没有事吧？"狄公问。洪亮向老爷贺了节日，然后说："衙门里没什么大事。司史杂役都惦着家宴，个个心不在焉，所以我提早放了假,众人都已散去。只是,城北出了一件小事。中午时分有人报说,一个乞丐摔死在林子展先生家后街对着的一条干河沟里。头撞在大青石上,流了许多血,那乞丐一只脚跛,数九天只穿了一件破旧不堪的长袍,头发花白,散乱地披在头上,都被鲜血浸泡。听那街的里甲说,以前从未见过那乞丐,或许是外乡来的,却不慎跌死在河沟里。"狄公不以为然地说道:"城北那河沟栏杆年久失修,你节后令那里甲派人加固。老乞丐的尸体倘使三日无人认领,就命衙役焚烧了。"然后又吩咐:"洪亮,今晚家宴,你莫要迟到了。"洪参军答应,转身回内衙复查三街六市的巡值警戒布置事宜。

　　狄公送走洪参军,刚要穿花园去内邸,猛见对面影壁后闪出一个白发飘垂的老翁,一件破旧的长袍随风拂动,蹒跚着走来。狄公哑然,僵立在台阶下,寸步难行。老翁倏忽一转隐没在竹篁深处,没了踪影。狄公吓出一身冷汗,正在迷惑之际,听见小儿子远远跑去。狄公定神高声问道:"老翁有何事情,但见本官无妨。"花园里一片寂静,夜风吹过,树影婆娑。狄公猛然大悟:"必是跛脚乞丐的灵魂不安!他飘然而至又去踪不定,莫非死得冤枉,尚不瞑目?"他左思右想,不得要领,便转身急步奔内衙书斋。

　　洪参军正独坐书斋秉烛勾批巡丁簿册,抬头见狄公匆匆而至,心中奇怪。狄公缓缓开口道:"洪亮,带我去看看那

个死去的老乞丐。"洪参军不好细问,便端起蜡烛引狄公出书斋转到衙院西首的一间偏室。推门而入,一股寒气扑面而来,借着蜡烛微弱的光线,可以看到室内一张长桌上,用芦席盖着一具死尸。狄公接过蜡烛,一面掀去芦席,一面定睛细看。死者面色灰白,须发花白且散乱地披在头上。年纪大约五十岁,脸廓棱角分明,虽皱纹很深,看上去不像一般饱经风霜的粗俗下流之辈。狄公掀开死者的袍襟,见左脚畸形萎缩,膝盖因接合得不正向一侧拐翻。"这乞丐行走时跛得厉害。这竹杖是在河沟底找到的,掉在他身边。"洪参军从墙角拿过一根细长的竹杖。狄公点点头,他抬起死者僵硬的胳膊,细细察看死者的手,惊道:"洪亮,你看他的手柔滑细润,十指细长且修着长甲,如何有这般乞丐?来,将他尸身翻过来。"洪参军也眼前一亮,心中佩服狄公的观察力。他用力将僵直的尸身翻转,使死者脊背朝上。狄公仔细检看乞丐后脑勺上的伤裂处,又用绢帕在伤口轻轻拭了,移在烛光下细看,见伤口处的细沙和白瓷屑末沾在绢帕上,心中更加疑惑;再看死者的双脚,见脚掌白净,细柔滑腻,更没有胼胝。

"这人并非乞丐,也非不慎失足摔死,而是被人谋害抛尸于干河沟。"狄公此时目光炯炯,转向洪亮问:"这几天有没有人来衙门报告家人失踪?"洪参军搔搔头,猛然说:"有一个,正是林子展先生昨日说起,他家的坐馆先生王文轩歇假后两天没回馆了。"狄公一怔："果有此事？快与我备轿！你且回府邸告诉太太，夜宴稍稍等一晌。"洪亮深知狄公脾性，不敢怠慢，急忙跑去吩咐备轿。

不多时，官轿在林子展家前落稳，狄公刚下轿，林子展匆匆来前院迎拜，口中满是酒气。狄公道："败了林先生酒兴。"不容林子展客气，狄公问："府上西宾王文轩先生可曾回府？"林子展似有不满，道："王先生前日歇假，按例十三歇假，十四便回馆，可是今天已是十五还没回来，可能在外面打秋风去了。"狄公又问："可否告诉王文轩的相貌？"林子展心中一惊，酒意消去大半，答道："狄老爷，王先生是个瘸脚，身子颇高，瘦瘦的，须发斑白。该不会在外面出了事？"狄公并不回答，又问："王文轩来府上坐馆多久了？""有一年多时间。是京师一位同行推荐的，正好为两位幼孙开蒙。他品行端正，心性孤傲，授课倒是有一套方法。一年来两位幼孙在王先生的指导下受益匪浅。"林子展见狄公问得蹊跷，如实回答，"王先生从京师来浦阳坐馆，独自一人，不曾带家眷。只因我平日不留意王先生的私事，狄先生如果有事要问，我唤管家来，老爷可以问问他，兴许他比我知道得多。"管家听主人有话问，又是去见官府老爷，心中好似揣了一只小兔子，进屋来，战战兢兢不敢抬头正视狄公。

狄公问："王先生没有家小，他歇假一般去何处？"

"回老爷，王先生孤身一人来此，没有家眷亲朋，他从不说起外出何处。平日只见他独个在房里读书写字，很少去花园看看花鸟池鱼。"

"难道他与外界隔绝了吗？"狄公问。

"这倒不是。虽然没有人来拜访过他。可他歇馆时也外出走走。只是不见他雇轿子，总是艰难地一瘸一拐地步行。按理说他坐馆薪水不低，却从不肯使钱。依小人看王先生曾是个有钱的人，说不定还做过官。他说话文绉绉的，自得其乐。有时和小人闲聊也发些感慨。听他偶然提起，也曾有过家小，后来离异了。好像是因为他夫人十分忌妒，两人性情不投。至于他为何潦倒至此，小人不很清楚。"

"王先生除读书外，还有什么爱好？"

"王先生最爱兰花，他的书房中挂着几幅水墨兰花，是先生亲手画的。"

狄公闻听，起身要求到王先生屋中看看。林子展也不敢多问，吩咐管家领狄公去王文轩房中看视，自己却被狄公委婉留下继续陪侍他的客人们。管家引狄公穿廊绕舍，来到林宅西院一间小屋前。管家开了房门，让狄公进去，自己擎起蜡烛站在一边。房内陈设十分朴素：临窗摆着一张书桌、一把靠椅，旁边靠墙处是一个古式书架。墙上挂着那几幅水墨兰花，笔势流畅，气韵生动，很见功底。狄公环顾屋内，走到书架前顺手取下几册书翻着，都是梁陈艳体诗集，不觉心中不快。他拉开书桌抽屉，见几页空白纸笺散落其中，没有任何值钱的东西。他回头用询问的眼光看着管家。管家忙说："王先生的衣物都在那个衣箱内。"说着指指门后的一个木箱。狄公上前察看，见衣箱中除几件破旧的衣衫外，有一个钱盒，打开细看，只有几文散钱。他问："王先生平日节俭，为何只有这几文钱的积蓄？"管家心中吃惊，急忙解释："此房间只有两把钥匙，除王先生和小人外，没有人能进屋来。府内的奴仆一向手脚干净，不会私自翻寻先生的东西。"狄公沉吟半晌挥手制止他的辩解，然后两个人转向前庭。狄公小声又问管家："这家附近可有妓院？"管家不知狄公的意思，踌躇道："后门外隔两条街便有一家'乐春坊'，那鸨儿姓高，开的妓馆是个清雅的地方，一般客官不敢问津。"狄公面露喜色，随管家回到前庭，对林子展说："王文轩已死，尸身现在衙门里，明日你去认领，等勘破死因，由你择日安葬。"吩咐已毕，狄公起轿奔乐春坊。

大街上人潮涌动，车水马龙，彩灯齐放，好不热闹。好不容易来到乐春坊前，只见门首四个巨大的灯笼分外耀眼，坊内灯红酒绿，男女欢悦，谑戏之声纷繁。坊主高寡妇见是官府来人，忙上前将狄公、洪亮等人引进一间雅致的小轩，吩咐侍婢上茶。狄公道："院主不必忙碌，下官到此，只是打问一些情况，没什么大事。"高寡妇满脸堆笑道："老爷有话只管问，妇人知道的必不会隐瞒。"狄公开门见山：

"听说你坊中有一位姑娘被客官赎出,请问那女子姓氏、名号。"高寡妇感到莫名其妙,又不敢得罪官爷,就道:"我这里共有八位姑娘供奉,照例纳税,从不敢偷漏。她们个个歌舞吹弹都是一流,且年龄尚小,从未有客官赎身之事。不知老爷从哪里听来的消息?"狄公闻听,气泄了一大半,思索片刻又问:"那么坊外的女子,高院主可听说有人被赎身从良的吗?"

高寡妇听话音,心知自己脱了干系,矜持片刻说:"老爷莫非说的是邻街的梁文文小姐?梁小姐当年在京师挂牌,红透一片,她积了私房自己赎身隐居此处,想找个合适的富户结为夫妻,安度时光。听说,她新近同邻县金华的县令罗大人来往密切。"狄公听说是罗应元,已知鸨儿没有撒谎。那罗应元与狄公同秩同年,且私交颇好。他平日风流,不计后果,诗酒女子缺一不可。梁文文与他有染自然是情理中的事情。狄公问来梁文文住址,一刻不停直奔梁宅。

梁宅果然离乐春坊不到几十步路。宅舍不仅后门对着王文轩摔死的那条干河沟,且与林子展家宅隔着不远。狄公止住脚步,敲门。半晌里面传出娇滴滴的声音:"谁?"狄公道:"金华罗县令有口信传给梁小姐。"大门开处,只见一位风姿翩翩的女子独立门边。狄公、洪参军随女子入内。分宾主坐定。狄公胡乱报了姓名,只道是从金华来。那女子笑面含春:"小妇人正是梁文文,得见两位相公,十分荣幸。"

说着美目含情。狄公见她果然妖娆，确实名不虚传，一副风尘女子的骨相。他的目光突然被窗前的花架所吸引。花架高有三层，每层摆着一排白瓷花盆，盆内无一例外地栽着兰花，花香幽远清醇；花架下安着一个火盆。"罗县令多次提及小姐酷爱兰花，果然百闻不如一见。只是小姐可曾注意最上层中间那盆花已凋萎了，可否取下让我一看，或许还能起死回生。"梁文文也不觉陌生，轻盈地站起搬来一架竹梯，搭在花架上，小心地爬上去；一面又吩咐狄公在下面扶住竹梯脚。

梁文文身形娇弱，踏在竹梯上轻轻巧巧。她端起那白瓷花盆。狄公恍然大悟，接过花盆，乃道："梁小姐，这花定是换了花盆才枯萎的。原先的那只白瓷花盆现在哪里去了？"梁文文先是一怔，转而语气冷淡地说："这花一直不曾换过花盆，如何有原先和如今一说？"狄公脸色阴沉道："梁小姐，正是你用那只白瓷花盆砸死了王文轩。"梁文文大惊失色，问："你到底是谁？在这里恶语伤人。我从来不认识王文轩，哪会谋财害命？"狄公厉声道："你杀死王文轩，不为谋财害命，只是想除去昔日情人，以便与罗县令成其好事。""开玩笑。情人？一个丑八怪竟会是我的情人？癞蛤蟆想吃天鹅肉。"梁文文气急败坏地叫喊。狄公见她已乱了方寸，就步步紧逼："王文轩在京师曾为你花去不少钱财。他旧情难忘一直追随你到浦阳，为的是想与你有个完美的结局。他坐馆一年多的积蓄都花费在你身上，你竟下了黑手，杀了一个痴情人。"

梁文文已毫无抵抗力，花容失色，低泣着哭述："我为摆脱他的纠缠，偷偷来到浦阳，他却扮作乞丐，想毁掉我的后半生。"狄公定定话声，说："王文轩虽然外表猥琐，却是个正直的人，他心地忠厚，对你一往情深。他在自己的屋里画了许多兰花思念你。他从未提到你的姓名和过去，他是爱你的。"然后狄公示意洪参军："将杀人凶犯梁文文带回县衙收监。"

案子在短短几个小时便办完了结。此时狄公已回到县衙，他吩咐洪亮下去准备晚宴。自己在书斋中静静领略窗外的月光，他从未觉得如水的夜色会这么迷人，令人沉醉。洪亮悄悄走到狄公背后，轻声问："老爷怎么会想到案子的主犯是一名妓女？"狄公叹气，讲起自己的推理："这要从王文轩脑后的伤口讲起，伤口上有细沙和瓷末，便起疑心是林子展杀人。但在林家访查，发现王文轩因夫人忌妒心重而离异，而林子展并没有什么可疑之处。那么王文轩从京师而来必有一定原因。从管家的话中我猜测他必是迷上了一个风尘女子。那女子定是榨尽其钱财，嫌弃他貌丑而不愿与之继续往来或另有新欢。而乐春坊正是离林家最近的妓院，因为王文轩从不坐车，说明他要去的地方不会太远。而我们在高鹍儿那找到梁文文的线索。她因与罗县令的关系，必然要除掉王文轩这个绊脚石。梁文文本是个见过大场面的人，她胆大心细，借着花架上白瓷花盆凌空的优势自上而下砸死王文轩。然后把他扮作一个乞丐，这很容易，但她在如此天寒地冻之时只给王文轩穿了一件破长袍，这是第一个失误。第二失误在于虽然蓬头的假象逼真，但王文轩的手脚暴露了他的真实身份。由于她是个女子，就只能把王文轩的尸体抛在附近不远处的干河沟里。"洪参军听后，频频点头，可是狄公呷了一口茶，摇摇头道："不过，我还是有一件事不明白。"洪参军一惊："难道案子还没结束？"狄公道："若不是王文轩鬼魂的出现，我们可能就永远不知道这件事，把王文轩的尸体当作乞丐焚烧了。"

正说着，狄公的小儿子举着大灯笼跑进书斋，催促狄公和参军快去内邸赴宴。狄公这才感觉腹中已饥饿，转身带着儿子走出书斋，洪亮尾随在后。刚到衙舍台阶下，狄公抬眼又看见影壁上出现了那个蹒跚而行的老乞丐，心中惊讶。阿贵在一旁拍手叫道："有趣，铁拐李照在墙上了，爹爹快看！"狄公恍然大悟，回头朝着洪参军道："原来是阿贵灯笼上的铁拐李照在墙上，我误作王文轩的鬼魂来告冤状。哈哈……"

洪参军笑道："好了，一切疑点都解决了。我们可以痛快地大吃一顿了。"

摆迷阵贺春帆机关算尽
消疑团狄仁杰技高一筹

唐高宗皇帝乾封年间，狄仁杰外放登州蓬莱县县令。他上任刚刚七天，便请来地方船舶营造业巨商叶守本、夏明和专理刑名契约的县司法佐郎贺春帆，一起在衙厅商议由官府资助兴办大型船坞的事宜。四人从午时坐到申牌时分，一切事宜都定了细则。狄公长吁一口气，然后吩咐衙役斟茶，自己凝望槛窗外怒放的木兰花。绿油油的草木令人神清气爽，驱走了夏日的烦闷。

叶守本放下茶盅，斜眼与贺春帆、夏明交换一下眼色，准备起身告辞。忽然，洪参军急火火跑进衙厅禀告："老爷，值班房有人求见，事情紧急。"狄公一惊，回身对三位说："诸位先生稍待片刻，下官去去就来。"边说边随洪参军出了衙厅。下了衙厅台阶，二人转向右首一溜抄手游廊，洪参军压低声音说："老爷，贺相公的管家来报，贺夫人悬梁自尽了。"狄公瞪目，不禁暗暗叫苦。他满面阴郁地走回衙厅，怔怔地看着贺春帆，声音低沉地说："贺先生，府上来人报信，尊夫人寻短见了。"贺春帆陡然直立，双手紧抓靠椅的扶把目瞪口呆，迟疑了半响才哀伤地说："事情终于发生了。近一个月来，她总心神不宁，她……她怎么自杀的？""你管家说是悬梁自尽。他此时在值房等候，你回去料理一下，我派人马上赶到府上。"贺春帆迟疑着，举步不前，哀求狄公道："我离家刚刚一个时辰，这究竟是怎么回事啊？狄老爷定要为我做主！我……我秉性胆怯，害怕亲眼看到贱妻的惨状。老爷，卑职暂且留在这里，求老爷替在下料理完毕，安葬了尸身，我再回宅。望老爷体谅我此刻的心境。"狄公看着贺春帆哀求的目光，便答应他的请求。

　　狄公、仵作、缉捕及两名衙役迅速赶到贺宅。宅中人等出门拜见官爷，却不见主人回来，也不敢细问。管家带着狄公一行人穿行过曲曲折折的朱漆彩绘回廊，前边出现一个花木错落有致的小花园。花园的东南一角，一个十八角琉璃瓦亭阁掩隐在巨槐的树冠中。狄公来到青花石阶前，举步上前推开了亭阁的小门。

　　亭阁内闷热，一股热浪直扑面门，其中夹杂着一股浓烈的香味。靠右边一角安放着一张湘妃竹榻，榻上静静地躺着一具女尸，让人觉得心情好难过。狄公命仵作验尸，自己细细检看亭阁的陈设。亭阁正中摆着一张桃花木雕刻而成的精

致小方桌，桌上茶盘里斜躺着两只茶盅，一柄茶壶打翻在桌上，壶嘴正对着一个扁平的梅花形的黄铜盘。茶壶边搁着一段红绫，桌旁放着一把靠椅。右边两扇琐窗之间是一个竹书架，书架上无非是一些书卷和古玩，别有一番情趣。狄公拿起红绫问："贺夫人是用这段红绫结束生命的吗？""正是。""那么，今天早上你家夫人有什么异常表现？"狄公又问。"不，没有，夫人心情一直很好。只是夏先生午饭后来拜访我家老爷，她才……"管家茫然，不知该如何解释家主的行为，又犹豫了半晌才答，"我去外厅献茶时，听见夏相公似乎对我家老爷说什么下午的事多多帮忙，事后必有重谢，但我听我家老爷非常生气地斥责了夏相公。"狄公暗自思索，仍没个头绪。仵作在狄公耳边低低说："老爷，今天的死尸有些不同寻常。她的太阳穴上有伤痕，十分可疑。另外，颈项上没有受伤和脱位。显然是从椅子上爬至方桌，然后将红绫甩上横梁，活结系紧，在另一端做成套儿，再钻进去，往桌下跳，不慎踢翻茶壶。这实在令人费解，她为何不将靠椅叠在方桌上，从高处猛跳下来，可图速死，也免去慢慢坠死的痛苦。那样当然会伤了颈项。难道这自缢……"

狄公点头表示赞同，忽然问："死于何时？"仵作不能确定，因为尸身在这么热的亭阁内还未僵硬。狄公紧皱眉峰，死死盯住黄铜盘内梅花五瓣缭绕着的一圈盘香，他眼中一亮，对仵作道："这是一个精制的香炉，铜盘上的香圈俗称'五朵祥云',可用来计时。你瞧,从茶壶嘴里流出来的茶水刚好浸湿了第三圈盘香,所以香火就在那一刻熄灭了。如今我们只要确定香炉烧起的时间,就可推算出贺夫人上吊的时间。"这一发现令众人心中豁然开朗。这时,管家带来一个五十多岁的胖妇人。那胖妇人一路哭啼啼走来。狄公问:"你随贺夫人多久了?""我是夫人娘家侍婢,三年前随嫁贺家,从小带贺夫人长大,二十多年一直左右服侍。"狄公见胖妇人倒也忠厚,不是个见风使舵的人,就问:"你不要啼哭,且告诉我何时点燃这香炉的?"胖妇人答:"午牌时分,这五圈梅香可烧到申牌交尾。""你点燃香炉离开亭阁,夫人心情可好?""夫人见夏相公来访,便唤我来这亭阁。夫人睡觉,吩咐我也去睡,不用来打扰她,下午没事安排。后来老爷来换过衣服,就同夏相公一道出门去了。"胖妇人边说边又落下泪。狄公又问:"老爷换衣服时,夏相公在何处?""老爷吩咐我去找他,夏先生正在花园赏花。"狄公转向管家继续问:"谁先发现夫人上吊的?"胖妇人回答:"侍婢在申牌交尾时来这里,见夫人挂在横梁上,吓得我急急跑去唤管家来。"管家点头道:"我赶来放下夫人,却早已断了脉息。"狄公手捋长须又一次问起夏相公的来访。不等管家回答,胖妇人急着回答:"我陪侍夫人从厢房出来,夏相公仍在与老爷谈话。夫人先行退出来,并不曾有什么不舒服。"狄公看着管家欲言又止的样子,装作不曾发现,吩

咐他去询问看门人是否有人在贺老爷走后来过。管家不敢违命,只得退出亭阁。

狄公盯着胖妇人,面带怒色道:"你家夫人为何得知夏先生来访,神情紧张?"胖妇人在狄公的盯视下支支吾吾回答:"奴婢不敢撒谎。近半个月来,夫人心事很重,瞒着老爷去了夏相公处两次。我也随在身边,但冯先生说……"她突然截住话,咬着嘴唇,脸上泛起一片红晕。狄公心下好笑,紧逼一声:"谁是冯先生?"胖妇人自知失口,却又无法隐瞒,便急忙辩解:"冯先生是个正直的人,他与夫人没有不轨之处。他是个画画的,家境贫寒,身体多病。他住在离这儿不远的一个杂货铺子楼上。夫人在未出阁时,他曾是夫人的老师。那时,冯先生年轻英俊,与夫人两厢有意,可是并无出格的事。冯家也曾央托媒人来夫人家提亲。只是后来冯先生吐血,医生说无药可医,才绝了娶亲之念。后来夫人嫁到贺府,寻思冯先生独自凄苦,虽无夫妻缘分,只愿兄妹相称。所以冯先生搬到附近居住。"狄公觉得事情更加复杂,只能细细再问:"你家夫人与冯先生私会,贺先生可曾知晓?""他并不知晓,老爷白日在外办公。我约冯先生从后门来此与夫人叙旧。三年来就依靠这点精神支撑着冯先生活下来。"狄公吩咐胖妇人退下,边整理自己的思绪,边踱到门口来。

门廊下管家正在斥责司阍的老头,见狄公走来,急忙道:"这老儿糊涂只管贪睡,午后足足偷睡了一个时辰!"狄公问老头:"你认识画画的冯先生吗?"老头点点头说:"冯先生就住在附近的那家杂货铺楼上,一个时辰前,他还在花园后门外转悠着好像有什么心事。"狄公回头吩咐管家:"你去请冯先生,就说有人要请他作画。"说罢回到外厅。管家领命走了。

不多时,管家领来一个三十岁左右的人,看他面容清癯,却有一种脱俗的风骨。两眼神采灼灼,只是凹陷下去的腮颊挂着肺痨特有的两抹红晕。狄公示意来人请坐,然后便问:"久闻冯先生是丹青妙手,今日方有幸得见。"冯先生出语惊人:"岂敢,只是老爷此番请小人来绝不会是只为作画吧!"狄公一惊,心想:此人虽体质孱弱,傲骨不减。于是道:"冯先生妙算。我开门见山地讲,今日贺府出了事,贺夫人自缢身亡,请冯先生来做个证人。"冯先生听罢,神色紧张,失声叫道:"她……她死了。"狄公冷冷地回道:"难道冯先生不明白其中的原因吗?""我?简直是天大的冤枉,老爷怀疑是我杀了她?"冯先生双手捂住脸,顿时泪如雨下。"你与有夫之妇私缠三年有余。如今她欲斩断旧情,痛改前非,你既愤怒又恐惧,就生了置她于死地的歹念。"冯先生此刻略略镇定了一些,听狄公说得有鼻子有眼,便轻声讲起他的心情。原来他与贺夫人虽然曾有旧情,如今三年多只是师生情分,也就是这份可怜可爱的情意支撑着他的生命。今天不知为什么贺夫人派一个小童递一张纸给他,确属她的亲笔信笺,约他未牌时来后园相见,有急事告知。只需如往常一样,轻轻敲四下后花园的小门,送信的胖妈妈就会放他进去。可是他并没有在未牌时分进入后园,因为没有人开门。他在门外徘徊了好一阵,料想定是夫人不得脱身,他便悻悻然归去。倘若老爷抓不到真凶,他去顶替也无妨。这样可以免去许多人劳神,自己左右将死,死在何处都无所谓。终究是一副薄棺,一抔黄土。夫人已去,生命对于他已经没有意义,生不如死,与其为她肝肠寸断,不如立死以期地下团聚。

　　狄公察言观色,冯先生伤心欲绝的情态深深感动了他。他沉吟半晌,忽然问:"贺夫人送你的信笺与我看来。"冯先生摇摇头,说:"早已焚烧了。她不愿留下那些东西,恐生意外,所以再三叮嘱我每次接到信笺看罢就毁掉。"线索又断了。狄公忧郁地捋着长胡子,沉沉地问:"贺夫人送信给你总是差小童吗?""不,每次都是胖妈妈,只这次例外。不过字迹确是她的……"忽然一阵剧烈的咳嗽阻止了冯先生的谈话,一缕殷红的鲜血顺着嘴角滴出来,然后接着说,"小生不知夫人有何急事。不曾想她却遭人暗害。贺府上下和睦,她夫妻相敬如宾,小生与夫人也只是师生情谊,从未有非分之妄。"狄公似有所悟:"你既与夫人知心,可知她近半月来因何事烦心?""这件事小生曾听她谈起。只因贺夫人的父亲欠下一个船商夏明一笔债，夏明逼迫其父典押祖上传下的几亩薄田。其父不依。贺夫人替父分忧，曾私下找过夏明两次，求他宽缓期限。可是夏明反而不怀好意，竟动了对贺夫人的邪念，要与贺夫人轻薄，作为条件交换。贺夫人体谅她丈夫，一直瞒着不肯求贺先生，只因贺家也非富裕人家。"

狄公面带怒色，拂袖而起，说："好磊落的理由，有事不与丈夫商量，却与你交心，这也是她自取其祸。冯先生，委屈你暂且随我去衙门里听审。未获真凶前，谁也脱不了嫌疑。"又转脸吩咐仵作填好验尸报告。一行人回到衙厅。贺春帆忧心忡忡，正在厅内徘徊，看到狄公回来，急忙问："狄老爷，贱内之事料理妥当了？"狄公不经意地斜视着贺春帆，半响才慢吞吞地问："贺先生，下官有句话要告诉你，令夫人并非自杀，而是被谋杀。"贺先生倒抽一口冷气，在座的夏明与叶守本也面面相觑，夏明尤其紧张。又听狄公说："她被人一拳击在太阳穴上，昏迷后用红绫勒死，然后移尸到横梁上，做出自缢的假象。凶手不慎碰翻了桌上的茶壶，茶水浇熄了'五朵祥云'的梅花香。从薰香时间推算，令夫人死于未牌时分。此时，有人看见一位画画的冯先生正在你家后花园门口徘徊。贺先生可知冯先生是何人？"贺春帆情绪激动，其余两位也听着出了神。"画画的冯先生？我不曾听过此人。"贺春帆压抑着激动的心情说。"不着急，

你会知道他是谁的。下官还有一句话问你。"贺春帆此刻如坐针毡。"贺先生午牌至申牌都在衙厅里坐着,整整有半日。府上来报凶信,你脱口而出:'我离家刚刚一个时辰,这究竟是怎么回事啊?'这莫非是说你早已知道贺夫人死于未牌时分?"一句话,语惊四座。贺春帆还想抵赖。又听狄公冷冷地说:"香炉上那'五朵祥云'烧到正未牌上熄了,你离家正好一个时辰。可见贺先生是未卜先知的。"狄公的语气中透着冷峻的寒光,直刺贺春帆。"这个,这个是我信口说中,只是……"贺春帆张口结舌。狄公厉声说:"并非信口说中,也非未卜先知,而是你着意布置!诸位想听听故事的经过吗?正是贺先生你午牌时窥视胖妇人离开亭阁,偷偷溜进去杀了贺夫人,布下其自缢的假象。又故意打翻茶壶,让茶水打湿第三朵'祥云'。这样谁都会相信贺夫人未牌时上吊,踢翻了茶壶泼湿盘香。而此时冯先生正如约在花园门外。约他来的正是你贺先生。你模仿了令夫人的手迹写信笺,虽然笔迹没有露马脚,可是小童怎能代替胖妇人?贺先生不愧是专理刑名的高手。然而恰恰是自己又画蛇添足,道出'未牌'一词。你在衙厅整整待了半日,而令夫人死在未牌时,你并不在府中。奈何心底的话滑出嘴,坏了你的诡计。你还想抵赖不知冯先生,不知他与令夫人之间的关系吗?"贺春帆垂头丧气,还不愿说出实情:"我怎么会杀死自己的爱妻?老爷如何诬陷我?"狄公道:"你既不愿说,我讲给你。你发现令夫人与冯先生的私情，不问青红皂白，便生了歹心。李代桃僵，一箭双雕，既全了你的名声，又逃了自己的命。来人，将贺春帆押下，明日公堂审讯。"

狄公缓向叶守本说："叶先生，我就派衙役送你回府。"夏明急忙欠身告辞，狄公正色道："夏先生，请稍候，下官有话要与你说。"夏明见狄公断案如此神明，心中直发怵。"夏先生，你虽不是杀人凶手，却也不失被怀疑。不过贺府事情已过去，你的事还需计较一番。第一，你妄图诱奸有夫之妇，有冯先生为证；第二，今天衙厅议事前，你贿赂贺春帆，贺府管家为证。仅此两项，就可判你坐牢……"夏明此时，已抖作一团，跪倒在地，磕头如捣蒜般。狄公看看他的可怜样，怒斥他："想要赎罪也不难。第一，立一字据允许贺夫人的父亲缓期还债，不得逼其卖田产；第二，重金聘冯先生为画师，给你描画新船样本，先预付聘金五十两银子。以后你好自为之。"夏明连连谢恩，狼狈退下。

窗外，木兰花千娇百艳，狄公的心情却仍环绕着那"五朵祥云"。

父母官爱民不分多寡
借东风狄公巧破双谜

狄仁杰出任兰坊县令的第二年，时值边境烽火连绵，突厥大军不断向西北边境大举进犯。为筹措兰坊几万百姓过冬的粮食，狄公来到大石口县，向匡县令筹借。不料，大石口县近几日战事频繁，官道上铁轮马车东来西往，全力支援前线的补给，根本无法解决狄公的问题。

匡县令在衙厅设宴款待狄公，席间有两名歌伎侑酒。一个名叫蔷薇，一个名叫茉莉，虽然花容俊美，却眉宇间似有苦衷。桌面上美酒佳肴，缺少米饭，只能用红薯、芋头作主食。看来盛产大米的大石口县也粮食供给不足。

晚宴罢，狄公沮丧地往城西馆驿走去。兵荒马乱，街上没有马车可雇，他只得在寒风中独行。为借粮之事一筹莫展的狄公此时心情沉重。突然歌伎茉莉从后面追上来，要求与狄公同行，她家就在西城的一条小胡同里，正好陪狄老爷走一程。狄公看她单身女子独自走夜路不安全，也不推辞。走不多时，茉莉指着小巷深处一幢破旧的房子说："奴家就住在此，老爷进来暖暖身子再走不迟。"狄公推辞不过，只得勉强走进小屋。小屋不大，屋角烧着一个火盆。暖暖的火苗使小屋很温馨，小屋的陈设很简陋却很整洁。一个洗得没有颜色的布帘是屋内最奢侈的东西，它把小屋分隔成两半。

布帘后传出婴孩的啼哭声，茉莉端上一碗热汤，红着脸说："老爷不必拘束。这里不比衙厅乐坊，别看我们在酒席上光艳照人，此时不过又是一般女子，那些装门面的衣饰都是乐坊借的。"说着，拉开布帘，抱起一个正在啼哭的婴孩。狄公很欣赏茉莉的直率，问："你的儿子多大了？""才两个月，可是还没有见过他的父亲，将来也不会见到了。"说着委屈得掉下泪来。狄公觉得其中定有原因，就细细问及她落泪的原因。

原来，茉莉的丈夫是一名军营的校尉。他为人憨直，不善言语，却马上马下功夫样样精通。他与潘校尉，也就是潘大龙，属同一营盘，但脾气极不相投。那潘校尉嘴上甜蜜，却心如蛇蝎，他见人三分笑，但枪棒功夫不及茉莉的丈夫，因此忌恨其在上级面前很得信任，常常言语中含着杀机。一天傍晚，潘校尉在军械库遇见茉莉的丈夫，托他带点东西给潘太太，只说自己当夜要值戍，并嘱咐他顺便看顾一下生病的潘太太。茉莉的丈夫不知是计，好心却招来杀头之祸，他

到潘家门前叫了半天没人答应,随后潘校尉很快赶到,抓住他,一口咬定茉莉的丈夫杀了他妻子。果然潘太太被人扼死在床上。

茉莉边说边掉泪,狄公眉头紧皱,心中思索,又听她说:"我丈夫为人忠厚,如何会去调戏潘太太,更不会杀了她。可是,明天一早,军营点卯时,他便要人头落地,留下我们孤儿寡母。"狄公问:"你可知潘校尉的情况?"茉莉想了想说:"夫君也曾提及一些,潘家是苏州城里第一等的大官。其父潘维良是苏州刺史,很有学问。两年前,其父做主为潘校尉娶了一个大户女子,他对女子的容貌很不满意,总是抱怨太太长得平凡,结婚两年没有孩子,两人平平淡淡,看不出新婚的喜悦。"狄公感觉时间紧迫,他辞别茉莉在大街上急行,已是半夜时分。狄公边走边想:"此时战事紧急,为了一个杀人犯干扰主帅,让其复审一个即将执行死刑的案子,简直是开玩笑。但是,不去试试,心中有愧,吴校尉倘若得以辩明清白,也可救他一家弱小,这是一个父母官的本分。"主意已定,狄公直奔辕门。

狄公在辕门费了许多周折,勉强见到潘大龙。他全身披挂,一副出征的模样,态度亦同天地间冰雪一样冷气逼人。狄公头脑灵活,他笑着道:"足下就是潘刺史的公子,幸会幸会。半年前因公务有幸与令尊相见。令尊学识海内人望,狄某佩服得五体投地。临别之时,令尊托我有机会来看望公子，昨日周都督召我来此，询问兰坊军务，故而借机一睹公子英姿。"一番言语，潘大龙态度缓和许多，说："狄老爷过奖，小校尉武夫一个，粗知报国大义，只望生入玉门，建立功勋，也好不辱家门。只是我年少不谙世事，未成名先成家，挫伤了我平生的报国志趣。偏偏贱内不幸早亡，叫我更加苦闷，适才有怠慢之处，请多包涵。"忽而一改哀伤的愁容，昂起头说："如今战事紧急，小校尉投身沙场，也就没有了牵挂，免去许多烦恼，也该感谢吴校尉助我一臂之力。他风流情浓，只爱寻花问柳，居然不念友情对我妻子生了邪念，诱奸不成，活活将贱内扼死。上天有眼，他的死期也不远了……"

　　狄公迟疑不好决策，心中已知七八分。忽然，一个军官风风火火地赶来说："狄县令，周都督有请，事情紧急。"森严的宫殿内，周都督神色紧张，两旁站着两位将军，面色阴郁。周都督见狄仁杰进来，开门见山地问："狄仁杰，听说你断案神明，此刻有一问题亟待解决。"说罢示意狄公同两位将军随他而来。四人各怀心事向后殿走去，穿过雕琢龙云波涛的拱形石门，下了十几级白玉石级，停在一间宽敞的石室内厅。周都督示意小校把后壁的石门打开。石门内是东宫太子的陵墓，其中安放着两只巨大的红漆棺柩，右边一具是太子的棺柩，左边一具是太子妃之棺。一行人恭恭敬敬地倒头跪拜。然后，周都督说："时间紧迫。狄仁杰，请你尽

快断析棺柩之迹。下午右先锋尚将军向我密报刘将军已同突厥首领暗中勾结，在我们西线发起反攻时，他要率部投敌。"他指指站在旁边的一位将军接着说："刘将军是左先锋，反叛的证据就是刘将军在太子棺柩里秘藏了两百副铁甲，上面做有反标。时机成熟，刘将军将亲率大军劈开棺柩，取铁甲分发给战士，倒戈而击。"狄公简直就像在听传奇故事，他的神经被周都督紧紧牵动着。刘将军站在狄公身旁，面色冷峻，却已冷汗如雨。周都督不间断地讲述着："我不愿轻信尚将军的话，在没有拿到确凿证据前，我不愿放弃刘将军。但是，事情紧急，这次反攻是我们最后一次机会，不然后果……而我又不能私自开棺检查，尚将军的话确确实实，棺柩无撬过的迹象，说明敌人狡猾，他们先揭开一层红漆皮，在棺盖上钻一个洞，藏毕铁甲又将红漆皮盖合，这是绝对可能的。可是我们不能开棺验看。奏明圣上再处理显然更不可能。狄仁杰，如今由你来判断刘将军、尚将军究竟哪个是奸逆！"

此刻的狄公，眼不离棺柩心中已有主意，他问："尚将军可说太子妃棺柩内也有铁甲？"周都督不耐烦地说："我何曾提及太子妃墓？"狄公说："既如此，我听说在安葬时，太子的玉体放入一个小金棺里，外面套了楠树外椁，这两层空隙间自然可存放两百副铁甲。而太子妃的棺柩也是如此。若其中没存铁甲，两副棺柩的重量岂不相差无几？"周都督恍然大悟道："确实如此,只是如何比较其重量?"狄公胸有成竹地说:"太子妃棺柩移葬此墓穴时,曾在墓穴后开掘一口大湖,现在只需派士兵将两具棺柩推入湖中,看其水浅是否相等,一切不断自明。"周都督满意地点点头,却又面露难色,道:"只是擅自挪动太子及太子妃棺柩,将来圣上发罪,如何解释?"狄公道:"这有何难,日后圣上问及,周都督便说战事紧急,突厥扬言要夺取太子棺柩内的珍宝,为了保全太子遗体不致落入敌手,所以将太子和太子妃棺柩沉入湖中,这样,不但不会受到责罚,更可得圣上嘉奖。至于问及棺柩如何下沉,可报说在棺柩上缚以铁石,不由人不信。两具棺柩一旦下水,这铁甲之迹不解自破。"周都督大喜,即刻派人按狄公所说行事。片刻间,墓室后壁被打开,月光如水,冷冷地照在墓外一方高高的青石平台上,冰封的湖面闪烁着晶莹的寒光。

士兵们用圆木垫起两副棺柩,棺前、棺左、棺右各三十人牵着绕在棺柩四周的绳索向青石平台上拉,其余几名士兵不停地转换棺柩下的圆木。突然,一声巨响,棺柩被推入冰封的湖面,冰层破裂,水声哗然。太子棺柩在水面上摇晃了几下,不动了,约有七成浸没在湖水中;装着太子妃的棺柩也和太子的棺柩一样在湖水中摇晃了几下,不动了。两副棺柩沉下水的部分几乎相等。周都督和刘将军顿时喜上眉梢,激动地望着狄公,一时语塞。刘将军向狄公深施一礼。周都

督更是如释重负,他用力往刘将军肩头一拍,亲切地说:"刘将军回营盘准备上阵。"刘将军得令,辞别周都督和狄公,兴冲冲地回左营点拨军马。周都督即刻传令逮捕尚将军,收回棺柩,重新推入墓室。

还有一个时辰,天就要亮了。周都督陪同狄公回到辉煌的军衙正厅。周都督升座,狄公拱手道:"下官有一事烦扰,望周都督赐我方便。"周都督正忙于前线战事,不知狄公有何要求,忙道:"狄县令有事但说无妨!"狄公道:"辕门点卯时,将有一个吴校尉要被在西校场砍头,据下官访查,他是被人陷害的,求都督豁免。虽然战事紧急,可此事人命关天,错斩一人,千载冤情难以说清;活人一命,可再救其妻儿,胜造七级浮屠。"周都督心中不悦:"军情如火,区区一个吴校尉也要烦我费心。我这里分秒就是千万士兵的性命,片刻就是万里疆土。可是,狄公……"周都督无可奈何地叹了口气,道:"吴校尉既蒙冤,看在狄县令的面上,我免他死刑。"狄公上前一步,抱拳道:"周都督果断,只是免了吴校尉死刑是其一,不可放弃真凶还在其二。"周都督老大不乐意,耐着性子道:"狄县令,你不要得陇望蜀,逼人太甚。"狄公步步紧逼,抓紧分分秒秒,他说:"都督少安毋躁,那真正的凶手是潘大龙,此刻便可唤来对质,绝不会误了都督大事。"周都督只得一忍再忍,吩咐:"火速带潘大龙进军衙正厅来见。"左右士兵不敢松懈,不多时,潘校尉被押入军衙正厅。都督一腔怒火都发在潘大龙身上："姓潘的,你可知罪?"潘大龙被衙中气氛所压,势已降了三分,听周都督厉声责问,心里更加惶恐不安。狄公正色道:"潘大龙,快将你杀自己妻子的事讲出来,免得皮肉受苦。"潘大龙顿时没了元气,磕头如捣蒜,大呼:"都督饶命,都督饶命……"周都督立即吩咐:"狄县令断案神明,潘大龙招供,推出辕门外斩首!"军令如山,此刻的潘大龙羞恼交加,他突然拔出腰间佩剑,深深地刺入自己的胸膛,顿时气绝身亡。

周都督即刻投入前线战地忙碌。狄公拿着释放吴校尉的手令直奔军营死牢,这时五更鸡鸣,东方刚刚泛起一抹鱼肚白。

不务正业被砍头　李吉误斩因画眉

宋徽宗宣和三年，海宁郡武林门外北新桥下，有一家姓沈的机户，家中颇为殷实。沈昱娶妻严氏，夫妻膝下只有一子名叫沈秀。沈秀不事产业，整日风流闲逛，尤其喜欢养画眉。每天五更时分，他便在城中柳林里遛画眉。这年春末夏初之际，虽然已是花红柳绿，但是天气不暖不寒很令人畅快。

一天，沈秀照例提了他的金漆画眉笼摇摇摆摆地往柳林里去遛画眉。也是今天来得迟于往日，林中遛画眉的都已散了。他兴致大减，独自把笼子挂在柳树上，那只画眉亦独自叫了一会儿。沈秀乘兴而来，此时没了情绪，摘下鸟笼正要回去，忽然老毛病复发。他自小得了"小肠疝气"的病，每发作一次就好像死一回。所以，他一头栽在柳树边不省人事。恰巧，涌金门城脚下的箍桶匠张公挑着担儿，经过柳林里去褚家堂做活。看见柳树下有个人昏迷不醒，这张公贪财心切，只是沈秀身边并无其他财物，仅有一个画眉笼很精致，尤其是笼中的画眉不同寻常，叫声极其动听。他穷极生歹心，顺手提了鸟笼挂在扁担前，正欲离去。沈秀的病势渐弱苏醒过来，看见眼前的老翁要夺走他心爱的画眉，口里喊骂："老东西，还我的画眉。"身子却动不得地方。张公听见旁边人已醒，心中亦不细想，见沈秀只是骂却起身不得，就一不做，二不休，在担子里取了一把削桶的刀，一刀下去，人头落地。张公稍稍愣神，即刻清醒，四下看看没有人发现，拎起沈秀的脑袋塞入一株空心柳树洞中，将刀放回担子里，仓皇离开是非之地。他没有去褚家堂做活，径直朝武林门外走去。

　　武林门外正好进来几个人，说说笑笑，听口音都是东京汴梁人。其中有个名叫李吉的人，以贩卖生药为生。他平日里专爱养画眉，见张公箍桶担上有个精致的鸟笼，一只画眉声音婉转，毛衣并眼长得出类拔萃。李吉眼中生辉，急忙走上前问："老翁，你这画眉肯卖吗？"此时张公巴不得早早脱手这死证，便道："客官想买，就给二两银子，只因我爱如至宝，看客官也是在行的人，少一文也不肯出手。"李吉也不还价，银鸟两清，各自离去。

　　柳林里只是在清晨有人遛鸟，其余时间很少有人经过，直至巳牌时分，两个挑粪的人从这里经过，发现柳树下有具无头尸，声张起来，附近邻居、里甲纷纷赶来。里甲急忙报

官。不多时官差仵作人等，来柳林里检验尸身，别无其他伤痕，只是没了脑袋。一时间，城里城外纷传此事。沈秀父母直到午时也不见儿子回来，只以为他又去闲耍也不在意。可是晚间仍没个消息，沈昱放心不下，四处使人寻找。次日天明，听说城里传出发现无头尸案，沈秀娘大惊，风风火火喊丈夫快些进城打听。沈昱知晓儿子平日游手好闲，却不料惹下杀身之祸。他慌忙奔到柳林里，仔细审视那具无头尸，尸身的衣服正是儿子沈秀所穿之物，于是大哭不止。里甲道："苦主有了，既是你家子弟，赶快报官，追拿凶手。"沈昱哭了一会儿，被众人劝解着止住悲声，买了棺木盛了尸首，回家对妻子交代，道："儿子已经被人杀死，脑袋也不明去向，我已报官，此事你千万想开些，我也好有个安慰。"沈秀娘听罢，泣不成声。她虽是个妇人，却心境较开阔，经沈昱好言劝慰，精神慢慢安定下来。日子一晃又是半月有余，官府对于缉拿凶手之事也没有什么音讯。沈昱夫妻二人商议，儿子平日不听教诲，最终惹下杀身之祸也是他命中注定，只是死无全尸，做父母的心中不安。不如写个帖子晓谕四方人等，如有觅得沈秀头者，赏钱一千贯；捉得凶手者，赏钱二千贯。商定后，沈昱写了几张帖子，满城去贴。当地府衙也出告示道："如有人寻得沈秀头，官赏钱五百贯；如捉获凶手者，赏钱一千贯。"告示接连贴出，满城轰动。

常言道："重赏之下必有勇夫。"南高峰脚下，有个老头姓黄，人称黄老狗，一生愚拙，只靠抬轿营生。近年，他年岁已高，双目无光，靠着两个儿子度日。黄大保和黄小保更是愚蠢，父子三人衣不遮体、食不果腹，苦巴巴熬着日月。一天，黄大保和黄小保从城中听说沈家和官府出钱买人头的消息，就当新闻讲给黄老狗听。没想到黄老狗一时糊涂想出一条荒唐的计划。他对两个儿子说："既然沈秀的一个人头值一千五百贯钱。我如今老了，不中用了，你俩今夜把我的头割了埋在西湖水边。过几日，等没了颜色，就提出报官，得回一千五百贯钱也可少受些疾苦。这事不能耽搁，倘若被其他人先做了，白白毁我的性命。"可怜又可笑这三个愚人，老子愚蠢，两个儿子更是头脑少根弦，且又狠又呆。天黑后，大保、小保四处奔走赊回两瓶酒，父子三人喝得大醉，东倒西歪。直到三更天，两人爬起来，一刀杀了老爹性命，取人头埋在南屏山藕花居湖边浅水处。然后，又将尸身在山脚下掘个深坑埋了。

过了半月，大保和小保进城来探听消息，得知沈家还没找到人头，就先到沈家报说道："我二人昨日因捉虾鱼，在藕花居湖边，乍见一个人头，想必是你儿子的头。"沈昱听了非常激动地说："如果是这样，赏钱一千贯，一文不少。"于是先安排黄家两兄弟吃酒，然后，带人在他们指示的地方去寻找，果然得到一颗人头，只是水浸多日，人头膨胀无法辨认。沈昱用手帕包了那头，径直到府厅报告。知府再三审问，黄家兄弟只说："因捉虾鱼，偶然发现，并不知道其他事情。"知府也按告示赏五百贯钱给他们。二人高高兴兴地去了。尸首已完整，沈昱把那头接在尸身上，重新安葬。

光阴似箭，日月如梭，日子依旧一刻不停地流逝，官府对沈秀之案松懈了。一天，沈昱到东京办理买卖事务。他久闻京师景致独具风情，此番决定四处走走领略一回。偶然走过御用监禽鸟门前，沈昱也是极爱虫蚁的，花了十几个钱，他便进门随意闲看。只听一只画眉，叫得轻巧，定睛细看，正是儿子的宠物。沈昱睹物思人，千行泪下，不觉失声，口中叫得："有这等事！"那掌管禽鸟的校尉怒声斥责："何人在此大呼小叫？"上前押了沈昱到大理寺审问。大理寺官问："你是哪里人，敢在大内御用之处，大惊小怪？有何委屈快快直说。"沈昱心中悲伤，一五一十地把儿子被杀之事从头诉说了一遍。大理寺负责官员听罢，半晌无言。他从押送沈昱的校尉口中得知此画眉是李吉所贡，便火速差人将李吉捉拿归案。李吉不知其中变故，上堂叩头拜见官爷。大理寺官问："你为何在海宁郡杀人夺鸟，却又将画眉鸟拿来进贡？从实招来，免受皮肉之苦。"李吉心中纳闷，只得细细回忆前番去海宁郡之事，他说："我那时因往杭州买卖，走到武林门里，碰见一个箍桶的担上挂着这只画眉，被画眉所吸引，央求箍桶的老翁将画眉卖给我。因这画眉不同一般，不敢独享，以此进贡上用，实在不知其中有人命案。"李吉虽然言辞恳切，无奈勘官再三逼问卖画眉的人现在何处，姓甚名谁。李吉无言以对，勘官大刑起用，李吉经受不过，只得供说："因见画眉生得好巧，一时杀了沈秀，将头抛弃，贪得画眉。"案情已明，李吉押入监牢，大理寺官具本奏上朝廷，圣旨很快回批：李吉杀死沈秀，画眉见存，依律处斩，将画眉还给沈昱。又给了批回，放还原籍，李吉押发市曹斩首。

李吉被杀之事，很快传到当年与李吉同去海宁郡的两个朋友耳中。他们实在觉得事情不平，恰巧二人有些药材，要到杭州交涉，于是，趁机可与李吉讨个公平。他们四处打听当年那个箍桶的人。有个同行告诉他们："城中箍桶行里，只有两个老儿：一个姓李，住在石榴园巷内；一个姓张，住在西城脚下。"二人谢了，径自到石榴园中寻访，李老头正在院中劈篾，不是当年卖画眉的。又寻到西城脚下，可惜，张老头外出做活不在家中。二人等到未牌时分，只得改日再来；刚要起身离去，张老头挑着担儿走进来。二人上前询问："阿公可是姓张？"张公道："小人姓张。"二人又说："我店有许多活计要箍，请张公明日去做可否？"张公一口应允："当然可以，明日我在家中等候，两位只要派领路的人即可。"两方谈妥，二人告辞。他们没有回店中，却径直投知府衙门而去。

时间已晚，正是本府晚堂。他们两个人在堂前跪下，把沈昱在东京认画眉的事和李吉屈死一段详说一遍，然后说出真凶乃是张公，画眉是从他手中买的。知府听得仔细，随即差捕人到西城脚下，连夜将张公绑上公堂。知府正襟危坐，呵斥道："你因何杀了沈秀，反害李吉偿命？今日事已败露，从实招来。"张公犹自抵赖不肯认供，知府大喝道："画眉是真赃物，证人又在堂下，你不肯招，取夹棍夹起。"张公惊慌，只得把所犯罪行一一供认。知府问："那人头放在何处？""小人一时慌乱，将头塞入一株空心柳树内。"知府令张公画了供，差人押着张公，到柳林里寻头，轰动了街市上的男女老幼都来看热闹。果然在张公所指的一个树洞中找到了沈秀的人头。即刻通知沈昱前来认领。真凶已经在案，押送死囚牢，等候处决。

知府马上派人去拿黄大保和黄小保。黄家两兄弟，上堂跪倒在地。知府问："杀沈秀的真凶已捉到了，沈秀的头已找到。你兄弟二人所供人头从何而来，一一招来，免得吃苦。"大保、小保得赏钱后，快活了一段日子，可不料，事情败露，口拙心慌，不能自圆其说。知府大怒，喝令吊起来拷打，又将烧红烙铁烫他们，二人熬不过拷打，只得招认，说："当时见财生心，杀了老父，埋于西湖藕花居水边，以假乱真。"知府问："你们父亲的尸骸现在何处埋葬？"两人道："南高峰脚下。"当时知府差人押了黄家兄弟去验看，回报果然属实。知府大怒道："天地间居然有此等不孝之子，口不欲说，耳不欲闻，笔不欲书，一顿乱棍打死倒干净。"两旁衙役早跃跃欲试，打得二人生不如死，知府又令人送至死囚牢，等候发落。随即具表申奏。奉圣旨，命刑部及都察院将原审问李吉的大理寺官勘问，然后贬为庶人，发配岭南。李吉屈死，官赏钱一千贯，免去子孙差役。张公依律处斩，加罪凌迟，剐割二百四十刀，分尸五段。黄大保、黄小保俱凌迟处死，剐二百四十刀，分尸五段，枭首示众。

一天，文书到府，先将三人押赴木驴上，满城号令三天，然后按律处死。张公的老婆听得老头儿要被剐，到市曹以求再见一面。她赶到时，仵作正动手碎剐，其状可怕，吓得张婆七魂出窍，转身要走，不料一脚踏空，跌得惨重，回家不久，一命归西。